鲁迅全集

第十九卷

鲁迅　著

王德领　钱振文　葛涛　等审订

竖琴

一天的工作

中国科学技术出版社

·北　京·

图书在版编目（CIP）数据

鲁迅全集. 第十九卷 / 鲁迅著. -- 北京 : 中国科学技术出版社, 2024.3

ISBN 978-7-5236-0206-5

Ⅰ. ①鲁… Ⅱ. ①鲁… Ⅲ. ①鲁迅著作－全集 Ⅳ. ①I210.1

中国国家版本馆CIP数据核字（2023）第073754号

目 录

竖琴

一天的工作

竖琴

前记

俄国的文学，从尼古拉斯二世时候以来，就是"为人生"的，无论它的主意是在探究，或在解决，或者堕入神秘，沦于颓唐，而其主流还是一个：为人生。

这一种思想，在大约二十年前即与中国一部分的文艺绍介[1]者合流，陀思妥耶夫斯基、屠格涅夫、契诃夫、托尔斯泰之名，渐渐出现于文字上，并且陆续翻译了他们的一些作品。那时组织的介绍"被压迫民族文学"的是上海的"文学研究会"，也将他们算作为被压迫者而呼号的作家的。

凡这些，离无产者文学本来还很远，所以凡所绍介的作品，自然大抵是叫唤、呻吟、困穷、酸辛，至多也不过是一点挣扎。

但已经使又一部分人很不高兴了，就招来了两标军马的围剿。"创造社"竖起了"为艺术的艺术"的大旗，喊着"自我表现"的口号，要用波斯诗人的酒杯、"黄书"文士的手杖，将这些"庸俗"打平。还有一标是那些受过了英国的小说在供绅士淑女的欣赏，美国的小说家在迎合读者的心思这些"文艺理论"的洗礼而回来的，一听到下层社会的叫唤和呻吟，就使他们眉头百结，扬起了戴着白手套的纤手，挥斥道：这些下流都从"艺术之宫"里滚出去！

而且中国原来还有着一标布满全国的旧式的军马，这就是以小说为"闲书"的人们。小说，是供"看官"们茶余酒后的消遣之用的，所以要优雅，超逸，万不可使读者不欢，打断他消闲的雅兴。此说虽古，但却与英、美时行的小说论合流，于是这三标新旧的大

1　现代汉语常用"介绍"。——编者注

军，就不约而同的来痛剿了"为人生的文学"——俄国文学。

　　然而还是有着不少共鸣的人们，所以它在中国仍然是宛转曲折的生长着。

　　但它在本土，却突然凋零下去了。在这以前，原有许多作者企望着转变的，而十月革命的到来，却给了他们一个意外的莫大的打击。于是有梅烈日科夫斯基夫妇（D. S. Merezhikovski Z. N. Hippius）、库普林（A. I. Kuprin）、蒲宁（I. A. Bunin）、安特莱夫（L. N. Andreev）之流的逃亡，阿尔志跋绥夫（M. P. Artzybashev）、索洛古勃（Fiodor Sologub）之流的沉默，旧作家的还在活动者，只剩了勃留索夫（Valeri Briusov）、魏列萨耶夫（V. Veresaiev）、高尔基（Maxim Gorki）、马雅可夫斯基（V. V. Mayakovski）这几个人，到后来，还回来了一个亚历舍·托尔斯泰（Aleksei N. Tolstoi）。此外也没有什么显著的新起的人物，在国内战争和列强封锁中的文苑，是只见萎谢和荒凉了。

　　至一九二〇年顷，新经济政策实行了，造纸、印刷、出版等项事业的勃兴，也帮助了文艺的复活，这时的最重要的枢纽，是一个文学团体"绥拉比翁的兄弟们[2]"（Serapions brüder）。

　　这一派的出现，表面上是始于二一年二月一日，在列宁格拉[3]"艺术府"里的第一回集会的，加盟者大抵是年青[4]的文人，那立场是在一切立场的否定。左琴科说过："从党人的观点看起来，我是没有宗旨的人物。这不很好么？自己说起自己来，则我既不是共产主义者，也不是社会革命党员，也不是帝制主义者。我只是一个俄国人，而且对于政治，是没有操持的。大概和我最相近的，是布尔塞维克，和他们一同布尔塞维克化，我是赞成的。……但我爱农

2　现译"谢拉皮翁兄弟"。——编者注
3　现译"列宁格勒"。——编者注
4　现代汉语常用"年轻"。——编者注

民的俄国。"这就很明白的说出了他们的立场。

但在那时，这一个文学团体的出现，却确是一种惊异，不久就几乎席卷了全国的文坛。在苏联中，这样的非苏维埃的文学的勃兴，是很足以令人奇怪的。然而理由很简单：当时的革命者，正忙于实行，惟有[5]这些青年文人发表了较为优秀的作品者其一；他们虽非革命者，而身历了铁和火的试练，所以凡所描写的恐怖和战栗，兴奋和感激，易得读者的共鸣者其二；其三，则当时指挥文学界的沃龙斯基，是很给他们支持的。托洛茨基也是支持者之一，称之为"同路人"。"同路人"者，谓因革命中所含有的英雄主义而接受革命，一同前行，但并无彻底为革命而斗争，虽死不惜的信念，仅是一时同道的伴侣罢了。这名称，由那时一直使用到现在。

然而，单说是"爱文学"而没有明确的观念形态的徽帜的"绥拉比翁的兄弟们"，也终于逐渐失掉了作为团体的存在的意义，始于涣散，继以消亡，后来就和别的"同路人"们一样，各各[6]由他个人的才力，受着文学上的评价了。

在四五年以前，中国又曾盛大的绍介了苏联文学，然而就是这"同路人"的作品居多。这也是无足异的。一者，此种文学的兴起较为在先，颇为西欧及日本所赏赞[7]和介绍，给中国也得了不少转译的机缘；二者，恐怕也还是这种没有立场的立场，反而易得介绍者的赏识之故了，虽然他自以为是"革命文学者"。

我向来是想介绍东欧文学的一个人，也曾译过几篇"同路人"作品，现在就合了十个人的短篇为一集，其中的三篇，是别人的翻译，我相信为很可靠的。可惜的是限于篇幅，不能将有名的作家全都收罗在内，使这本书较为完善，但我相信曹靖华君的《烟袋》和

---

5 现代汉语常用"唯有"。——编者注
6 现代汉语常用"各个"。——编者注
7 现代汉语常用"赞赏"。——编者注

《四十一》[8]，是可以补这缺陷的。

至于各个作者的略传，和各篇作品的翻译或重译的来源，都写在卷末的"后记"里，读者倘有兴致，自去翻检就是了。

一九三二年九月九日，鲁迅记于上海。

8　现译"第四十一"。——编者注

洞窟

［俄］M.扎米亚京

冰河，猛犸[1]，旷野。不知什么地方好像人家的夜的岩石，岩石上有着洞穴。可不知道是谁，在夜的岩石之间的小路上，吹着角笛，用鼻子嗅出路来，一面喷起着白白的粉雪。也许，是灰色的拖着长鼻子的猛犸，也许，乃是风。不，也许，风就是最像猛犸冻了的呻吟声。只有一件事分明知道——是冬天。总得咬紧牙关，不要格格[2]地响。总得用石斧来砍柴。总得每夜搬了自己的篝火，一洞一洞的渐渐的深下去。总得多盖些长毛的兽皮……

在一世纪前，是彼得堡街道的岩石之间，夜夜徘徊着灰色的拖着长鼻子的猛犸。用了毛皮、外套、毡毯、破布之类包裹起来的洞窟的人们，一洞一洞地，逐渐躲进去了。在圣母节[3]，玛丁·玛替尼支去钉上了书斋。到凯山圣母节[4]，便搬出食堂，躲在卧室里。这以后，就没有可退的处所了。只好或者在这里熬过了围困，或者是死掉。

洞窟似的彼得堡的卧室里面，近来是诺亚的方舟之中一样的光景——恰如洪水一般乱七八糟的净不净的生物，玛丁·玛替尼支的书桌，书籍，瓷器样的好像石器时代的点心，斯克里亚[5]，作品第七十四号，熨斗，殷勤地洗得雪白了的马铃薯五个，镀镍的卧床的格子、斧头、小厨、柴，在这样的宇宙的中心，则有上帝——短腿，

1　Mammut，古代的巨兽，形略似象。——译者
2　现代汉语常用"咯咯"。——编者注
3　十月一日。——译者
4　十二月二十二日。——译者
5　Aleksandr Skriabin（1871—1915）俄国有名的音乐家。——译者

红锈，贪饕的洞窟的上帝——铸铁的火炉。

上帝正在强有力地呻吟。是在昏暗的洞窟之中的火的奇迹。人类——玛丁·玛替尼支和玛沙，是一声不响，以充满虔诚的感谢的态度，将手都伸向那一边。暂时之间，洞窟里是春天了。暂时之间，毛皮、爪、牙都被脱掉，通过了满结着冰的脑的表皮，抽出碧绿的小草——思想来了。

"玛德[6]，你忘记了罢[7]，明天是……唔唔，一定的，我知道。你忘记了！"

十月，树叶已经发黄，萎靡，彫落[8] 了的时候，是常有仿佛青眼一般的日子的。这样的日子，不要看地面，却仰起头来，也能够相信"还有欢欣，还是夏季"。玛沙就正是这样子。闭了眼睛，一听火炉的声音，便可以相信自己还是先前的自己，目下便要含笑从床上走起，紧抱了男人。而一点钟之前，发了小刀刮着玻璃一般的声音的——那决不是自己的声音，决不是自己……

"唉唉，玛德，玛德！怎么统统……你先前是不会忘记什么的。廿九这天，是玛利亚的命名日呵……"

铁铸的上帝还在呻吟着。照例没有灯。不到十点钟，火是不来的罢。洞窟的破碎了的圆天井在摇动。玛丁·玛替尼支蹲着——留神！再留神些！——仰了头，依旧在望十月的天空。为了不看发黄的，干枯的嘴唇。但玛沙却道——

"玛德，明天一早就烧起来，今天似的烧一整天，怎样！唔？家里有多少呢？书房里该还有半赛旬[9] 罢？"

很久以前，玛沙就不能到北极似的书斋去了，所以什么也不知

6　玛丁的亲爱称呼。——译者
7　现代汉语常用"吧"。——编者注
8　现代汉语常用"凋落"。——编者注
9　一赛旬约七立方尺。——译者

道。那里是，已经……留神，再留神些罢！

"半赛旬？不止的！恐怕那里是……"

忽然，灯来了。正是十点钟。玛丁·玛替尼支没有说完话，细着眼睛，转过脸去了。在亮光中，比昏暗还苦。在明亮的处所，他那打皱的、黏土色的脸，是会分明看见的。大概的人们，现在都显着黏土色的脸。复原——成为亚当。但玛沙却道——

"玛德，我来试一试罢——也许我能够起来的呢……如果你早上就烧起火炉来。"

"那是，玛沙，自然……这样的日子……那自然，早上就烧的。"

洞窟的上帝渐渐平静，退缩了，终于停了响动，只微微地发些毕毕剥剥[10]的声音。听到楼下的阿培志跋绥夫那里，在用石斧劈船板——石斧劈碎了玛丁·玛替尼支。那一片，是给玛沙看着黏土一般的微笑，用珈琲[11]磨子磨着干了的薯皮，准备做点心。然而玛丁·玛替尼支的别一片，却如无意中飞进了屋子里面的小鸟一般，胡乱地撞着天花板、窗玻璃和墙壁。"那里去弄点柴——那里去弄点柴——那里去弄点柴。"

玛丁·玛替尼支穿起外套来，在那上面系好了皮带。（洞窟的人们，是有一种迷信，以为这么一来，就会温暖的。）在屋角的小厨旁边，将洋铁水桶哗唧地响了一下。

"你那里去，玛德？"

"就回来的。到下面去汲一点水。"

玛丁·玛替尼支在冰满了溢出的水的楼梯上站了一会[12]，便摆着身子，长嘘了一口气，脚镣似的响着水桶，下到阿培志跋绥夫那里去了。在这家里，是还有水的。主人阿培志跋绥夫自己来开了门。穿的是用绳子做带的外套，那久不修刮的脸——简直是灰尘直

---

10 现代汉语常用"哔哔剥剥"。——编者注
11 现代汉语常用"咖啡"。——编者注
12 现代汉语常用"一会儿"。——编者注

沁到底似的满生着赭色杂草的荒原。从杂草间，看见黄的石块一般的齿牙，从齿牙间，蜥蜴的小尾巴闪了一下，是微笑。

"阿阿[13]，玛丁·玛替尼支！什么事，汲水么？请请，请请，请请。"

在夹在外门和里门之间的笼一样的屋子，提着水桶，便连转向也难的狭窄的屋子里，就堆着阿培志跋绥夫的柴。黏土色的玛丁·玛替尼支的肚子，在柴上狠狠地一撞，黏土块上竟印上了深痕。这以后，在更深的廊下，是撞在厨角上。

走过食堂，食堂里住着阿培志跋绥夫的雌儿和三匹小仔。雌头连忙将羹碟子藏在擦桌布下面。从别的洞窟里来了人——忽然扑到，会抓了去，也说不定的。

在厨房里捻开水道的龙头，阿培志跋绥夫露出石头一般的牙齿来，笑了一笑。

"可是，太太怎样？太太怎样？太太怎样？"

"无论如何，亚历舍·伊凡诺微支，也还是一样的：总归不行。明天就是命名日了，但家里呢……"

"大家都这样呵，玛丁·玛替尼支。都这样呵，都这样呵，都这样呵……"

在厨房里，听得那误进屋里的小鸟，飞了起来，霍霍地鼓着翅子。原是左左右右飞着的，但突然绝望，拼命将胸脯撞在壁上了。

"亚历舍·伊凡诺微支，我……亚历舍·伊凡诺微支，只要五六块就好，可以将你那里的（柴）借给我么？……"

黄色的石头似的牙齿，从杂草中间露出来。黄色的牙齿，从眼睛里显出来。阿培志跋绥夫的全身，被牙齿所包裹了，那牙齿渐渐伸长开去。

"说什么，玛丁·玛替尼支，说什么，说什么？连我们自己的

13　现代汉语常用"啊"。——编者注

家里面……你大约也知道的罢，现在是什么都……你大约也知道的罢，你大约也知道的罢……"

留神！留神——再留神些罢。玛丁·玛替尼支亲自收紧了自己的心，提起水桶来。于是经过厨房，经过昏暗的廊下，经过食堂，出去了。在食堂的门口，阿培志跋绥夫便蜥蜴似的略略伸一伸手。

"那么，晚安……但是，玛丁·玛替尼支，请你不要忘记，紧紧的 [14] 关上门呀，不要忘记。两层都关上，两层呵，两层——因为无论怎么烧也来不及的！"

在昏暗的处处是冰的小房子里，玛丁·玛替尼支放下了水桶。略一回顾，紧紧地关上了第一层门。侧着耳朵听，但听得到的只是自己身体里的干枯的柴瘁的战栗，和一下一下分成小点的多半是寒噤的呼吸。在两层的门之间的狭窄的笼中，伸出手去一碰——是柴，一块，又一块，又一块……不行！火速亲自将自己的身体推到外面，轻轻地关了门。现在是只要将门一送，碰上了闩就好。

然而——没有力气。没有送上玛沙的"明天"的力气。在被仅能辨认的点线似的呼吸所划出的境界上，两个玛丁·玛替尼支们就开始了拼命的战争。这一面，是和斯克里亚为友的先前的他，知道着"不行"这件事，但那一面的洞窟的玛丁·玛替尼支，是知道着"必要"这件事的。洞窟的他，便咬着牙齿，按倒了对手，将他扼死了。玛丁·玛替尼支至于翻伤了指甲，推开门，将手伸进柴堆去，一块、四块、五块，外套下面、皮带间、水桶里，将门砰的一送，用着野兽一般的大步，跑上了楼梯。在楼梯的中段，他不禁停在结冰的梯级上，将身子帖住 [15] 了墙壁。在下面，门又是呀的一声响，听到遮满灰尘似的阿培志跋绥夫的声音。

14　现代汉语常用"地"。——编者注
15　现代汉语常用"贴住"。——编者注

"在那边的——是谁呀？是谁呀？是谁呀？"

"是我呵，亚历舍·伊凡诺微支，我——我忘记了门——我就——回过去，紧紧的关了门……"

"是你么？哼……为什么会干出这样的事来的？要再认真些呵，要再认真些。因为近来是谁都要偷东西的呀。这就是你，也该明白的罢，唔，明白的罢，为什么会干出这样的事来的？"

廿九日。从早上起，是到处窟窿的旧棉絮似的低垂的天空，从那窟窿里，落下冰来了。然而洞窟的上帝，却从早上起就塞满了肚子，大慈大悲地呻吟起来。就是天空上有了窟窿，也不要紧，就是遍身生了牙齿的阿培志跋绥夫查点了柴，也不要紧——什么都一样。只要捱过今天，就好了。洞窟里的"明天"，是不可解的。只有过了几百年之后，才会懂"明天"呀、"后天"呀那些事。

玛沙起来了。而且为了看不见的风，摇摇摆摆，像先前一般梳好了头发。从中央分开，梳作遮耳的鬓脚[16]。那宛如秃树上面，遗留下来的惟一[17]的摇摇不定的枯叶一样。玛丁·玛替尼支从书桌的中央的抽屉里，拿出书本、信札、体温计这些东西来。后来还拿出了一个不知是什么的蓝色小瓶子[18]，但为要不给玛沙看见，连忙塞回原地方去了，终于从最远的角落里，搬了一只黑漆的小箱子来。在那底里，还存着真的茶叶，真的，真的，真正实在，一点不错的茶叶！两个人喝了茶。玛丁·玛替尼支仰着头，听到了完全和先前一样的声音——

"玛德，还记得我的蓝屋子罢。不是那里有盖着罩布的钢琴，钢琴上面，有一个树做的马样子的烟灰碟子的么？我一弹，你就从背后走过来……"

"是的，正是那一夜，创造了宇宙的，还有出色的聪明的月貌，

16　现代汉语常用"鬓角"。——编者注
17　现代汉语常用"唯一"。——编者注
18　在欧美，凡盛毒药的瓶，例用蓝色的。——译者

以及莺啭一般的廊下的铃声。"

"还有，记得的罢，玛德，开着窗，外面是显着碧绿颜色的天空——从下面，就听到似乎简直从别的世界里飘来的，悠扬的手风琴的声音。"

"拉手风琴人，那个出色的拉手风琴人——你现在在那里了？"

"还有，河边的路上……记得么？树枝条还是精光的、水是带了些红色。那时候，不是流着简直像棺材模样的、冬天的遗物的那蓝蓝的冰块么。看见了那棺材，也只不过发笑，因为我们是不会有什么死亡的，记得么？"

下面用石斧劈起柴来了。忽然停了声响，发出有谁在奔跑，叫喊的声音。被劈成两半的玛丁·玛替尼支，半身在看永远不死的拉手风琴人，永远不死的树做的马，以及永远不死的流冰，而那一半身，却喘着点线一般的呼吸，在和阿培志跋绥夫一同点柴的数目。不多久，阿培志跋绥夫就点查完毕，在穿外套了。而且浑身生着牙齿，猛烈地来打门了。而且……

"等一等，玛沙。总，总好像有人在敲我们的门似的。"

不对，没有人。现在是还没有一个人。又可以呼吸，又可以昂着头，来听完全是先前一样的声音。

黄昏。十月廿九日是老掉了。屹然不动的，老婆子似的钝滞的眼。于是一切事物，在那视线之下，就缩小、打皱、驼背了。圆天井低了下来，靠手椅，书桌，玛丁·玛替尼支，卧床，都扁掉了。而卧床上面，则有完全扁了的，纸似的玛沙在。

黄昏时候，来了房客联合会的干事绥里诃夫。他先前体重是有六普特[19]的，现在却减少了一半，恰如胡桃在哗啷匣子[20]里面跳来跳去似的，在上衣的壳里面跳。只有声音，却仍如先前，仿佛破钟一样。

19　重量名，四十磅为一普特。——译者
20　一种孩子的玩具。——译者

"呀，玛丁·玛替尼支，首先——不，其次，是太太的命名日，来道喜的。那是，怎么！从阿培志跋绥夫那里听到的……"

玛丁·玛替尼支被从靠手椅里弹出去了。于是橐橐地走着，竭力要说些什么话，说些什么都可以……

"茶……就来，现在立刻，今天家里有'真的'东西哩，是真的呵！只要稍微……"

"茶么？我倒是香槟酒合式[21]呵。没有？究竟是怎么了的！哈，哈，哈，哈！可是我，前天和两个朋友，从霍夫曼氏液做出酒来了。实在是笑话呀！狠狠的喝了一通。

"但是那朋友，却道'我是徐诺维夫呵，跪下呀'。唉唉，笑话笑话。

"后来，回到家里去，在战神广场上，不是一个男人，只穿了一件背心，从对面走来了么，唔，自然是真的！你究竟是怎么了的？这一问，他不是说，不，没有什么，不过刚才遭了路劫，要跑回华西理也夫斯基岛去么。真是笑话！"

扁平的纸似的玛沙，在卧床上笑起来了。玛丁·玛替尼支亲自紧紧地绞紧了自己的心，接着更加高声地笑——那是因为想煽热绥里诃夫，使他始终不断，再讲些什么话……

绥里诃夫住了口，将鼻子略哼一下，不说了。觉得他在上衣的壳里左右一摇，便站了起来。

"那么，太太，请你的手，Chik！唔，你不知道么？是学了那些人们的样，将 Chest lmeju Klanyatsa 减缩了的呀，Ch. I. K. 唉唉，真是笑话！"[22]

在廊下，接着是门口，都起了破钟一般的笑声。再一秒钟，这

21　现代汉语常用"合适"。——编者注

22　Chest imeju klanyatsa 是应酬的常套语，有"幸得恭敬作礼"之意。"那些人们"指共产党员，因为常将冗长的固有名词，只取头一字缩成一个新名，所以绥里诃夫以为"笑话"。——译者

样地就走呢，还是……

地板好像摇摇荡荡，玛丁·玛替尼支觉得脚下仿佛在打旋涡。浮着黏土似的微笑，玛丁·玛替尼支靠在柱子上。绥里诃夫嗡嗡的哼着，将脚塞进大的长靴里面去。

穿好长靴，套上皮外套，将猛犸的身子一伸，吐了一口气。于是一声不响，拉了玛丁·玛替尼支的臂膊，一声不响，开了北极一般的书斋的门，一声不响，坐在长椅子上了。

书斋的地板，是冰块。冰块在可闻和不可闻之间，屑索的一声一开裂，便离了岸——于是滔滔地流着，使玛丁·玛替尼支的头晕眩起来。从对面，从辽远的长椅子的岸上，极其幽微地听到绥里诃夫的声音——

"首先，不，其次，我也敢说，那个什么阿培志跋绥夫这虫豸，实在是……但是你自己也明白的罢，因为他居然在明说，明天要去报警察了……实在是虫豸一流的东西！我单是这样地忠告你。你现在立刻，现在立刻到那小子这里去，将那柴，塞进他的喉咙里去罢。"

冰块逐渐迅速地流去了。扁平的、渺小的，好容易才能看见的，简直是木片头一般的玛丁·玛替尼支，回答了自己。但并非关于柴，是另外一件事。

"好，现在立刻。现在立刻。"

"哦，那就好，那就好！那东西实在是无法可想的虫豸，简直是虫豸呵，唔唔，自然是的……"

洞窟里还昏暗。黏土色的、冷的、盲目的玛丁·玛替尼支，钝钝地撞在洪水一般散乱在洞窟里的各种东西上。忽然间，有了令人错愕的声音，是很像先前的玛沙之声的声音——

"你同绥里诃夫先生在那边讲什么？说是什么？粮食票？我是躺着在想了的，要振作一下，到什么有太阳光的地方去……阿呀[23]，

23　现代汉语常用"哎呀"。——编者注

这样碟碟格格地在弄什么东西呀，简直好像故意似的。你不是很知道的么——我受不住，我受不住，受不住！"

像小刀在刮玻璃。固然，在现在，是什么也都一样。连手和脚，也成了机器似的了。一上一下，都非像船上的起重机模样，用绳索和辘轳不可。而且转动辘轳，一个人还不够，大约须有三个了。玛丁·玛替尼支一面拼命地绞紧着绳索，一面将水壶和熬盘都搁在炉火上，重燉起来，将阿培志跋绥夫的柴的最后的几块，抛进火炉里面去。

"你听见我在说话没有？为什么一声不响的？你在听么？"

那自然并不是玛沙。不对，并不是她的声音。玛丁·玛替尼支的举动，逐渐钝重起来了。两脚陷在索索地崩落的沙中，转动辘轳，就步步觉得沉重。忽然之间，搭在不知那一个滑车上的绳索断掉了，起重机——手，便垂了下来。于是撞着了水壶和熬盘，哗拉拉[24]的都落在地板上。洞窟的上帝，蛇一般吱吱地叫。从对面的辽远的岸——卧床里，发出简直是别人似的高亢的声音来——

"你是故意这样的！那边去罢！现在立刻！我用不着谁，什么什么都不要！那边去罢！"

十月廿九日是死掉了。还有永远不死的拉手风琴人，受着夕阳而发红的水上的冰块，玛沙，也都死掉了。这倒好。不像真的"明天"，阿培志跋绥夫，绥里诃夫，玛丁·玛替尼支，都没有了，倒是好的，这个那个，全死掉了，倒是好的。

在远处什么地方的机器之流的玛丁·玛替尼支，还在做着什么事。或者，又烧起火炉来，将落在地上的东西，拾进熬盘里，烧沸那水壶里的水，也说不定的。或者，玛沙讲了句什么话，也说不定的，但他并没有听见。单是为了碎话和撞在小厨、椅子、书桌角上所受的陈伤，黏土在麻木地作痛。

---

24 现代汉语常用"哗啦啦"。——编者注

玛丁·玛替尼支从书桌里，将信札的束、体温计、火漆，装着茶叶的小箱子，于是又是信札，都懒懒地拖出来。而在最后，是从不知那里[25]的最底下，取出了一个深蓝色的小瓶子。

十点钟，灯来了。完全像洞窟的生活一样，也像死一样，精光的、僵硬的、单纯而寒冷的电气的灯光。并且和熨斗，作品第七十四号，点心之类在一处，是一样地单纯的蓝的小瓶子。

铁铸的上帝，吞咽着羊皮纸一般地黄的、浅蓝的、白的、各种颜色的信札，大慈大悲地呻吟起来了。而且使水壶的盖子格格地作声，来通知它自己的存在。玛沙回过了头来。

"茶烧好了？玛德，给我——"

她看见了。给明亮的，精光的，僵硬的电气的光所穿通了的一刹那间，火炉前面，是弯着背脊的玛丁·玛替尼支。信札上面，是恰像受了夕阳的水那样的红红的反射，而且那地方，是蓝的小瓶子。

"玛德……玛德……你已经……要这样了？……"

寂静。满不在意地吞咽着凄苦的，优婉[26]的，黄的、白的、蓝的，永远不死的文字，铁铸的上帝正在呼卢呼卢[27]地响着喉咙。玛沙用了像讨茶一样，随随便便的调子，说：

"玛德，玛德！还是给我罢！"

玛丁·玛替尼支从远处微笑了。

"但是，玛沙，你不是也知道的么？这里面，是只够一个人用的。"

"玛德，但是我，反正已经是并不存在的人了。这已经并不是我了，我反正……玛德，你懂得的罢——玛德。"

唉唉，和她是一样的，和她是一样的声音……只要将头向后面一仰……

25　现代汉语常用"哪里"。——编者注
26　现代汉语常用"悠婉"。——编者注
27　现代汉语常用"呼噜呼噜"。——编者注

"玛沙，我骗了你了。家里的书房里面，柴什么是一块也没有了。但到阿培志跋绥夫那里去一看，那边的门和门的中间……我就偷了，懂了么？所以绥里诃夫对我……我应该立刻去还的，但已经统统烧完了，我统统烧完了，统统！"

铁铸的上帝满不在意地假寐了。洞窟的圆天井一面在消没，一面微微地在发抖。连房屋、岩石、猛犸、玛沙，也微微地在发抖。

"玛德，如果你还是爱我的……玛德，记一记罢！亲爱的玛德！"

永远不死的树做的马，拉手风琴人，冰块。还有这声音……玛丁·玛替尼支慢腾腾地站起来了。好容易转动着辘轳，慢腾腾地从桌上拿起蓝的小瓶子，交给了玛沙。

她推掉毯子，恰如那时受了夕照的水一般，带着微红，显出灵敏的，永远不死的表情，坐在卧床上。于是接了瓶子，笑起来了——

"你看，我躺着想了的，也不是枉然呵——我要走出这里了。再给我点上一盏电灯罢——哪[28]，那桌子上的。是是，对了。这回是，火炉里再放进些什么去。"

玛丁·玛替尼支看也不看，从桌上抓起些什么纸来，抛在火炉里。

"好，那么……出去散步一下子。外面大概是月亮罢——是我的月亮呵，还记得么？不要忘记，带着钥匙。否则，关上之后，要开起来……"

不，外面并没有月亮。低的、暗的、阴惨的云，简直好像圆天井一般，而凡有一切，则是一个大的、寂静的洞窟。墙壁和墙壁之间的狭的无穷的路，冻了的，昏暗的，显着房屋模样的岩，而在岩间，是开着照得通红的深的洞窟。在那洞窟里，是人们蹲在火旁边。轻轻的冰一般的风，从脚下吹拂着雪烟，不知道是什么，最像猛犸的猛犸的伟大而整齐的脚步，谁的耳朵也听不见地，在白的雪烟、石块、洞窟、蹲着的人们上面跨过去。

28　现代汉语常用"那"。——编者注

老耗子

〔俄〕M. 左琴科 作　　柔石 译

建造飞机的募款很顺利地进行着。

书记们中有一个曾经是驾驶过两次气球的航空老手，自己负起责任到各部去游说。

"同志们，新时代已近在眼前了，"这位"专门家"说。"各种建设都应当有飞机以作空中联络……呀，那就是为什么……你们应该出钱的理由……"

雇工们都慨然捐了钱。没有一个和这位专门家争辩。只在会计处一部中，这位专门家却碰到一个倔强的人物。这个倔强的人就是达德乌庚——司帐员[1]之一。

达德乌庚讽刺地微笑着。

"造一架飞机么？吓……一架怎样的飞机呢？为什么我把钱抛在飞机上呢？我，朋友，是一个老耗子呀。"

专门家激昂起来了："怎样的飞机么？呀，就是一架飞机，一架普通的飞机。"

"一架普通的飞机，"达德乌庚苦笑地喊道，"但它万一造得不好，那怎么办呢？假如第一次飞了上去给风吹翻了，那我的钱在那儿[2]呢？我为什么要那样傻，把钱在它身上作孤注一掷呢？我如果替老婆去买一架缝衣机，我可以用自己的手指试摸每一个机轮……但

1　现代汉语常用"司账员"。——编者注
2　现代汉语常用"哪儿"。——编者注

现在我能够干什么呢？大概那推进机是不会活动的。那怎么办呢？"

"对不起，"专门家叫喊道，"这将在一所大工厂里建造！在一所工厂里！一所工厂！"

"工厂就怎么样呢？"达德乌庚讥笑地叫道，"我虽然未曾驾驶过气球，但我毕竟是一个老耗子，我是知道一两件事情的。让别的工厂赚得这笔钱，毫无意思的……呵，不要摇手失望罢，钱是要付的。我并不是吝啬钱……我刚才不过要求公允的处置罢了。钱在这里。我还可以代付密舒力登的钱，因为他正在告假中。……对不起。"

达德乌庚掏出他的钱袋，照当时的兑价数了一个金卢布的钱，算他自己的款子，接着又替密舒力登付了四分之一卢布，签了他的名，又把钱重数一遍，交给这位专门家。

"钱在这里了，我的惟一的条件是：允许我到工厂去，亲自察看这件工作在怎样进行。你知道这句成语的：只有自己的眼睛是金刚石，别人的眼睛都不过是玻璃。"

达德乌庚自言自语地说了很久，然后转身重新对着他的算盘。但他的心绪太紊乱了，他不能工作。

在此后这两个月当中，他一直都不能工作。他到处跟着这位专门家像一个影，在走廊里拦住他，问他募款怎样了，每人拿出多少钱，并且飞机将在那里建造。

当必需的款子都募集好，而飞机正在着手建造的时候，达德乌庚带着嘲笑的神情，到了工厂。

"呀，兄弟们，工作怎样了呀？"他问工人们。

"你来干什么？"一位技师问。

"我来干什么吗？"达德乌庚惊异地喊道。"我拿出钱来造飞机，而且他请我……你们是在为我们建造飞机呀……我是来察看[3]一下的。"

3　现代汉语常用"查看"。——编者注

达德乌庚走上走下地走了许久，察看各种材料，甚至于还拿了有些材料来，用他的牙齿咬过。

他摇摇头。

"看这里，兄弟们，"他对工人们说道，"你们是在替我们建造这个的，看呀，你们竟把它当作一件营利的事业了……我知道你们……你们都是大猾头[4]。我们就要看见，它完工之后，那推进机是不会活动的。我是一个老耗子，我是知道的。请恕我。我实在是有关系的呀。"

这位司帐员达德乌庚又在工厂里到处蹓了一遍，约定下次再来，于是走了出去。

此后他每天都到这工厂里来。有时他一天还来了两次。他批评他们，非难他们。他强迫他们更换材料；有时他还到写字间里检阅图样。

"我真奇怪，"有一天，那个技师说，被他自己的圆到克制着，"我真奇怪……唉。我不知道怎样说才好……我们自然会照你的意思来干的，这事情用不着费心的……但是最好请你不要随便到这里来……否则我想我们不得不谢绝这件工作了……你做代表的人是明白的。"

"什么，代表？"达德乌庚问，"我怎么是个代表？你把那个也造起来了。我是以私人资格来的。我有钱抛在这架飞机上……"

"不是一个代表么？"技师尖声叫道，"什么东西——你抛的是什么东西呢？"

"我抛了多少钱么？呀，一个金卢布。"

"一个卢布，你说什么，是一个卢布么？"技师憎厌地问。

他拉开台子的抽斗，将钱掷还达德乌庚。

---

4 现代汉语常用"滑头"。——编者注

"该咒骂的，钱在这里，在这里……"

达德乌庚耸着他的两肩。

"随你的便，"他说，"你不要，不要就是了。我是不会固执的。我可以把它用在别处的。我是一个老耗子。"

达德乌庚数了数钱，放在衣袋里，出去了。接着又跑回来。

"密舒力登的钱怎样呢？"他问。

"密舒力登的钱么？"这位技师咆哮着，"密舒力登的钱么？你这老耗子！"

达德乌庚吃了一惊，连忙关了门，跑出到街上。

"钱化掉[5]了，"他自语着，"这流氓在这上面弄了四分之一……技师就在那些上……"

5　现代汉语常用"花掉"。——编者注

在沙漠上

［俄］L.隆茨

一

夜晚，是在露营的周围烧起火来，都睡在帐篷里。一到早晨，饥饿的恶狠狠的人们，便又步步向前走去了。人数非常之多。等于旷野之沙的雅各的苗裔——无限的以色列的人民，怎么算得完呢。而且各人还带着自己的家畜、孩子和女人。天热得可怕。白天比夜间更可怕。这怎讲呢，就因为在白天，明晃晃地洋溢着金色的滑泽的光，那不断的光辉，似乎反而觉得比夜暗还要暗。

可怕，而且无聊，此外一无可做，就单是走路。不胜其火烧一般的倦怠和饥饿和空虚的忧愁，为要寻些事给粗指头的毛氄氄的手来做，于是互相偷家具，偷皮革，偷女人，又互将那偷儿杀却。而又从此发生了报复，杀却那曾杀偷儿的人。没有水，却流了许多血。在所向的远方，是横着流乳和蜜的国土。

绝无可逃的地方。凡落后的，只好死掉。而以色列人，是向前向前的爬上去了。后面爬着沙漠的兽，前面爬着时光。

魂灵已经没有。被太阳晒杀了。凡留下的，只是张着黑伞的强健的身体，吃喝的须髯如蝟[1]的脸，单知道走路的脚，和杀生、割肉、在床上拥抱女人的手罢了。在以色列人之上，站着大悲而耐苦、公平而好心的真的神——这是正如以色列族一样，黑色而多须的神，

---

1 现代汉语常用"猬"。——编者注

是复仇者，也是杀戮者。在这神和以色列人之间，则夹着蔚蓝的，无须的，滑泽，然而可怕的太空和为圣灵所凭的摩西——他们的指导者。

二

第六天的傍晚，总要吹起角笛来。于是以色列人便走向集会的幕舍（犹太的神殿）去，群集于麻线和杂色毛绳织出的、大的天幕的面前。祭坛旁边，站着黑色多须的祭司长亚伦，穿了高贵的披肩——叫着，哭着。在那周围是子和孙，黑脸多须的亲属利未族，穿了紫和红的衣——叫着，哭着。穿着山羊皮裘的黑色多须的以色列人——饿而且怕，但叫着，哭着。

此后是裁判了。高的坛上，走上圣灵所凭的摩西来。和神交谈，而不能用以色列话来讲的。在高坛上，他的身体团团回旋，从嘴里喷出白沫。而和这白沫一起，还发出什么莫名其妙，然而可怕的声音。以色列人怕得发抖，哭喊了。于是跪而求赦了。有罪者也忏悔，无罪者也忏悔。因为害怕了。已忏悔者，被击以石。于是又向乳蜜喷流的处所，步步前进了。

三

角笛发声的时候——

金、银、铜、青紫红等的毛绳，麻线，山羊毛，染红的公羊皮，獾皮，合欢树，用于膏油和馥郁的香之类的香料，宝石——

将这些东西，以色列人携带在手里，跑向吹角的幕舍去。于是亚伦，和他的子，孙，和亲属的利未族等，便收去这样的贡献。

没有金、紫的织品，宝石这些东西的，便带了盆、盘、碗、灌奠用的水瓶，最好的香油，最好的葡萄和面包，加了酵素的面包和不加的面包，和涂了香油的饼饵、羊、小牛、小羊这些去。

连香油、葡萄、家畜、器具都没有的——就应该被杀。

四

已经没有了走路之力的时候，沙烙脚底而太阳炙着脊梁的时候，不得不吃驴马的肉而喝驴马的尿的时候——那时候，以色列人走到摩西那里，哭着威逼了——

"究竟是谁给我们吃肉，喝水的？我们还记得在埃及吃过的鱼。也记得王瓜、甜瓜、葱、薤、大蒜。你要带我们到那里去呢？流着乳和蜜的国土，究竟在那里呢？说是引导我们的你的神，究竟在那里呢？我们已经不愿意害怕这样的神了。我们要回埃及去了。"

以色列人的指导者，圣灵附体的摩西，在坛上打旋子。从那嘴里，喷出白沫来，漏了莫名其妙，然而可怕的言语。哥哥亚伦穿着紫和红的衣，站在旁边，威吓似的大叫："将吐不平的去杀掉呀！"于是吐不平的，被杀掉了。

然而，假使以色列人还是不平，叫道，"竟是将我们带出了埃及的地方还不够，且要在这样的旷野中杀掉么？岂不是没有带到流乳和蜜的国土里么？岂不是没有分给葡萄园和田地么？我们不去了，不去，不去了！"呢[2]——那时候，亚伦就向自己的亲属利未族，说，"拔出剑来，通过人民中走罢！"于是利未族的人们拔出剑来，通过人民中，走了，而凡有站在当路的，都被杀掉。以色列人哭喊了。这为什么呢，就因为摩西和神交谈，而利未族是有剑的。

---

2 现代汉语常用"那"。——编者注

从此又离开露营，向着流乳和蜜的地方前进。这样，年岁正如以色列人，慢慢地爬，以色列人正如年岁，慢慢地爬去了。

五

途中倘或遇见别的种族和人民，便杀了那种族和人民。完全是野兽似的，贪婪地撕碎了。撕碎了又前进。从后面爬来着沙漠的兽，恰如以色列人一样，贪婪地撕吃了被杀的人民的残余。

以东族、摩押族、巴珊族、亚摩利族等，都被蹂躏于沙砾里了。赘桌被毁，祭坛被拆，圣木被砍倒。更没有一个生存的人。财宝、家畜、女人、都被掠夺了。女人夜里被玩弄，一到早晨，就被杀掉。有孕的是剖开肚子，拉出胎儿来，女人留到早晨，一到早晨，就被杀掉了。无论是家财，是家畜，是女人，凡最好的都归利未族。

六

年岁正如以色列人，慢慢地爬。饥饿和枯渴和恐怖和愤怒正如年岁和以色列人，慢慢地爬去了。角笛虽响，已没有送往幕舍的东西。以色列人杀了自己的家畜，送到亚伦和他的亲戚利未族那里去。空手而来的呢——被杀掉了。以色列人渐渐常往摩西的处所，叫喊，鸣不平。但利未族的人们更是常常拔了剑，在人民之间通过了。这样子，而孩子们，年岁，恐怖，饥饿，都生长起来了。

七

曾经有了这样的事。以色列人遇着米甸人，起了大激战。亚伦子以利亚撒之子非尼哈，带着以色列军队前去了。圣器和钟鼓在他的手里。以色列军终于战胜了。胜而随意狂暴了。到得后来，是分取家畜和女人。最好的畜群和最美的女人，归于祭司长之孙非尼哈。

然而是第二天早上的事了。非尼哈任意玩弄了女人，于是就要杀掉她，捏了剑，但女人赤条条的躺着，非尼哈到底不能杀掉她。他走出帐篷，叫了奴隶，递给剑去，这样说，"进帐篷去，杀掉那女人！"奴隶说着"唯唯，我去杀掉女人罢"。走进帐篷里去了。过了好一会，非尼哈又向别一个奴隶说，"进帐篷去，杀了那女人和同女人睡着的奴才来。"还将一样的话，说给了第三、第四、第五的奴隶。他们都说着"唯唯"，走进帐篷里去了。过了好一会，走出帐篷来的却是一个也没有。非尼哈走进帐篷去一看，奴隶们是被杀掉了倒在地面上，最后进去的和女人在睡觉。非尼哈取了剑，杀掉奴隶，也要杀掉那女人。然而女人是赤条条的躺着，非尼哈不能杀，走出外面了，而且躺在幕舍的门口了。

八

于是以色列人中，开始了可怕的带疯的发作和淫荡。这非他，女人一躺在床上，以色列的儿郎们便在帐篷的门口交战，胜者就和她去睡觉的。而这一出帐篷外，便又被别个杀死了。

日子这样过去了。日之后来了暗，暗之后来了日，日之后又来了暗。面包没有了，然而谁也没有鸣不平；水没有了，然而谁也不叫渴。

第六天的傍晚，角笛没有吹起来。以色列人不到幕舍那面去，却聚在以利亚撒之子非尼哈的帐篷旁边了。然而非尼哈，是躺在帐篷的门口。

第七天的安息日也过去了。但以色列人既不向神殿去，也不送贡品来。利未族的人们前来杀女人，但他们也互相杀起来，胜者和女人一同睡觉了。

圣灵所凭的摩西，在坛上打旋子，喷白沫，吐咒骂了，然而谁也不听他。

以利亚撒之子非尼哈是躺在帐篷的门口，然而谁也不看他。

以色列的一行，已经不想进向流乳和蜜的国土去，在一处牢牢地停下了。从他们后面爬来的沙漠的兽也站住了。时光也停住了。

九

这是第十天。女人终于出了帐篷，就赤条条地在营寨之间走起来。以色列人跟着在沙上爬来爬去，吻接她的足迹。于是女人说了："你们毁掉那样的赘桌，给非基辣的主造起祭坛来罢。因为这是真的神呀。"以色列人便毁了自己的神的赘桌，给非基辣的主，造起祭坛来。女人走向幕舍那面去了，但幕舍的门口，是躺着以利亚撒之子非尼哈。女人也不能决意走进帐篷去，但是这样地说："为什么像旷野的狗一样，躺在这样的地方的？回到自己的帐篷，和我一同睡觉去罢。"又这样地说："大家都来打这汉子呀。"于是西缅族的首领撒路之子心利，前来以脚踢非尼哈。女人走进帐篷去了，撒路之子心利也跟进去了。

是这晚上的事，以利亚撒之子非尼哈站了起来，走向自己的帐篷，要和女人去睡觉。以色列人看见非尼哈到来，都在前面让开了路。非尼哈走进帐篷去了——在手里有一杆枪。一看，女人是赤条条地躺在床上，上面是撒路之子心利，也是赤条条。以利亚撒之子非尼哈就在那屁股上边，用枪刺下去了。枪从那肚子刺透女人的肚子，竖在床上。那时候，非尼哈将帐篷拆开。一看见女人和撒路之子心利赤条条地刺透在床上，以色列人便大声哭叫起来。祭司长亚伦子以利亚撒之子非尼哈，便离开这里，躺在幕舍的门口了。

<h1 style="text-align:center">十</h1>

是第二天早晨的事，已经没有肉，没有面包，也没有水了。而饥饿和恐怖和愤怒，是苏醒了。以色列人走到圣灵所凭的摩西那里，这样说——

"究竟是谁给我们吃肉，喝水的？我们还记得在埃及吃过的鱼。也记得王瓜、甜瓜、葱、薤、大蒜。为什么你要带我们到这样的旷野里，杀掉我们和牲畜的呢？岂不是没有带到流乳和蜜的国土里么？我们不去了，不去，不去了。"

于是和神交谈的摩西，在坛上打旋子，作为回答。从那嘴里，喷出白沫来，发了莫名其妙的咒骂的话。祭司长亚伦就站起，对利未族的人们这样说："拔出剑来，通过了营寨走罢。"于是利未族的人们拔出剑来，通过营寨走去了。而站在前路的，是统被砍死了。

是这晚上的事，以色列人终于离开营盘，向着流乳和蜜的国土，爬上去了。在前面，慢慢地爬着时光，从后面，慢慢地爬着沙漠的兽和黑暗。

以利亚撒之子非尼哈走在最后面。而且一面走，一面屡屡的回头。在后面，是女人和西缅族的首领撒路之子心利，赤条条地被刺通在床上。

以色列人和时光和流乳和蜜的国土上面，是站着——恰如以色列族一样，色黑而多须的神，是复仇者，也是杀戮者，大悲而耐苦，公平而好心的，真的神。

果树园

［苏］K. 费定

融雪的涨水，总是和果树园的繁花一起的。

果树园从坡上开端，缓缓地斜下去，一直到河岸。那地方用栅栏围起来，整齐地种着剪得圆圆的杨柳。从那枝条的缕缕里，看见朗然如火的方格的水田；在梢头呢，横着一条发光的长带。这也许是河，也许是天，也许不过是空气——总之乃是一种透明的、耀眼的东西。

河上已经是别的果树园，更其前，是接连的第三、第四个。

在那对面，展开着为不很深的山谷所隔断的草原。雨打的山谷的崖边，缠络着鞑靼枫树的欣欣然的斫而复生的萌蘖。

这一点，便是这小小的世界的全部。后面接着荒野，点缀着苦蓬和鸟羽草的团簇，枯了似的不死草的草丛和野菊；中庭的短墙和树篱上，是蔓延着旋花。

白白的灰土的花纱，罩着这荒野的全体。留有深的轮迹的路，胡乱地蜿蜒着，分岔开去，有两三条。

今年是河水直到栅栏边，杨柳艳艳地闪着膏油般的新绿，因为水分太多了，站着显出脲润的情形。篱上处处开着花；剥了树皮，精光的树墩子上，小枝条生得蓬蓬勃勃。黄色的水波，发着恰如猫打呼卢[1]一般的声音，偎倚在土坡的斜面上。

冈坡又全体包在用白花的和红花织成的花样的轻绡里。好像灿烂的太阳一般，明晃晃的那樱林的边际，为树篱所遮蔽，宛如厚

---

1 现代汉语常用"打呼噜"。——编者注

实的缨络[2]，围绕着果树园。

葡萄将带蓝的玫瑰色的花，遍开在大大小小的枝条上，用了简直是茸毛似的温柔的拥抱，包了一切的树木。这模样，仿佛万物都寂然辍响，而委身于春的神秘似的。

园里满开着花了……

先前呢，每到这个时候，照例是从市镇里搬来一位老太太，住在别墅里。宽广的露台，带子一般围绕起来的别墅，是几乎站在坡顶的。从耸立在屋顶上的木造的望楼，可以一览河流、园后的荒野和郊外的教堂的十字架。

那位老太太是早就两脚不便的了，坐在有轮的安乐椅子上，叫人推着走。她每早晨出到露台上，用了镇定的观察似的眼色，历览周围，送她的一日。

园主人——她的儿子，是一位少说话的安静的人物，不过偶或来看他的母亲。但他一到，却一定带着花树匠的希兰契。倘到庭园去散步，那花树匠就总讲给他听些有趣的故事，在什么希罕[3]的苹果树边呀，在种着水仙和蔷薇的温床旁边呀，在和兰莓田旁边呀，——是常常立住的。

主人和花树匠的亲密，是早就下着深根的。当主人动手来开拓这果树园的时候，便雇进了又强壮，又能做，而且不知道什么叫作疲乏的农夫希兰契，给他在离开别墅稍远之处，造了一所坚固宽广的小屋——是从那时以来的事了。

他们互相敬重。这是因为两个人都不爱多说话，而且不喜欢有头无尾的缘故。两个人都是一说出口，不做便不舒服的。而且他们俩的交谊，又都是既切实，又真诚。

年青的果园刚像一个样子的时候，主仆都不说空话，只从这树

2　现代汉语常用"璎珞"。——编者注
3　现代汉语常用"稀罕"。——编者注

跑到那树，注视着疏落落开在细瘦的枝条上的雪白的美花，互相横过眼光去看一看。

"一定会长大起来的罢？"主人试探地问。

"那有不长大起来的道理呢。"仆人小心地回答。

那时候，两人都年青而且强健，并且都将精神注在这园里了。

园步步成长起来，每一交春，那强有力的肩膀就日见其增广，和睦地长发开去了。苹果、梨、樱桃的根，密密地交织得一无空隙。而且用了活的触手，将花树匠的生命也拉到它们那边去，和它们一同在大地里生根了。

他完全过着熊一般的生活。到冬季，就继续着长久的冬眠。树篱旁边，风吹雪积得如山，已没有人和兽和雪风暴的危险。希兰契的妻从早到晚烧着炕炉。他本人就坐着，或是躺在炕炉上，以待春天的来到。

他静静地，沉重地，从炕炉转到食桌上。恰如无言的，冷冷的，受动底的，初凿下来的花刚石[4]一样。

但芳菲的春天一到，花刚石也不知不觉地在自己的内部感到温暖了，暖气一充满，那和秋天的光线一同离开了他的一定的样子，便又逐渐恢复了转来。

熊和园一同醒来了⋯⋯

这一春，希兰契的心为不安所笼罩。去年秋天，主人吩咐将别墅都关起来，卖掉了刚从树上摘下来的多余的大苹果，也不说那里去，也不说什么时候回，就飘然走掉了。

花树匠也从他的妻和近地人那里，知道了地主和商人都已逃走，市里村里，都起了暴动，但他不喜欢讲这些，并且叮嘱自己的妻，教她也不要说。

融雪的路干燥了的时候，不知从那里来的人们，来到果树园。

4　现代汉语常用"花岗石"。——编者注

敲掉了写着主人的名姓的门牌，叫希兰契上市镇去。

"我早就这样想了呀，这究竟算是怎么一回事呢？不是门牌挂着老爷的，园子却是属于苏维埃的么？"希兰契一面拾门牌，一面在胡子里独自苦笑着说。

"所以我们要改写的呵。"从市上来的一个男人道。

"如果不做新的，这样的东西，有甚用处呀。烂木头罢了，不是板呀……"

希兰契并不上市镇去。他想，总会收场的罢，也就没有事了罢。然而并不没有事。

花朵刚谢，子房便饰满了蓬蓬松松的黑的羽毛一般的东西。而且仿佛是要收回先前失去的东西似的，新叶咽着从前养了那粉红面幕一般的花的汁水，日见其生长了。

早该掘松泥土了，然而没有人。以前一到这时节，是从邻近的村庄里，去招一大班妇人和姑娘来。只要弯腰去一看，就从苹果树的行列之间，可以望见白润的女工的腿，在弄松短干周围的土壤；铁锄闪闪地在一起一落；用别针连住了的红裙角，合拍地在动弹的。为了频频掘下去的锄，大地也发出喘息；女人们的声音呢，简直好像许多钟声，从这枝绕到那枝，钻进樱林的茂密里去。

"喂，妈修忒加！这里来，剥掉麻屑呀！"

但现在是静悄悄了，没有人声。

太阳逐日高高地进向空中，希兰契的小屋的门口左近，地面开起裂来了。每晚，连接着无风的闷热的夜，果树园等候着灌溉。

这件事，决不是一个人所能办妥的。从市镇上，又没有人来。于是希兰契只好从早到夜，总垂着两手，显着惹不得的恶意的脸相，踱来踱去。对于自己的妻，也加以从未有过的不干净的恶骂，待到决计上市去的时候，是几乎动手要打了。

他决心顺路去问问教父。那是一直先前，做过造砖厂看守者的活泼而狡猾，且又能干的乡下人。

对着因为刷子和厨刀而成了白色的菩提树桌子，坐着希兰契的教父，用了画花的杯子，在喝苹果茶。当那擦得不大干净的茶炊的龙头，沙沙地将热水吐在大肚子的茶杯中时，他用了圆滑的敷衍似的口气说——

"真好的主儿们呵。生身母亲的俄罗斯的这土，一定在啼哭罢！什么也不知道……你呢，还是到他们的什么苏维埃去看一看好，那就很明白了……"

开着的阔大的门，从窗间可以望见。那对面是既不像工厂，也不是仓库的建筑物，见得黑黝黝。是同造砖厂一样，细长的讨厌的建筑。

"我们在办的事情之类，"看守者用了大有道理似的口气，说，"并不是什么难事情，单是砖头呀！但是，便是这个，他们一办，就一件也弄不好。日里夜里，都要被偷，并没有偷儿从外面来，到底工厂里的砖头连一块也不剩了。想用狗罢，可是连这也全不济事！……"

希兰契从市上回来，已经是傍晚，周围罩着黄昏了。默默地吃了晚膳，便躺在屋中央，他是喜欢睡在夏天的地板上的，因为有浓重的树脂味，而且从板缝里，会吹进湿湿的凉气来。

当东方将白未白之际，便将自己的女人叫起，跑到仓库里去取锹锄。还从大腹膨亨[5]的袋子里拉出一块麻屑来，预备做新刷子，将柏油满满的倒在罐子里，揎着两袖，对女人说——

"太阳上山时要好好的行礼，上帝是大慈大悲的，说不定会有好结果呀。"

他奋然的大大地画了十字，将指头略触地面，便一把抱起锹锄和麻屑来，一面吩咐女人送柏油罐子去，于是乡下式地，跨开那弯着膝髁的脚，向着河那边，走下坂路去了。

5　现代汉语常用"膨脖"。——编者注

在河岸上，不等样的大大的抽水机，伸开着手脚。许多木棍和木材，支着呆气的机器，屹立着，像是好人模样。齿轮和汽筒虽然很有一些妖气，但也许是因为长久的冬眠之后罢，惘惘然像要瞌睡，在盛装的柳树的平和相的碧绿里，显着莫名其妙的丰姿。

希兰契检查了从载在抽水机顶上的桶子里，向四面岔出的水雷的接笋处之后，便去窥一窥井。于是扫了喉咙，沉重地坐在地面上，脱去了长靴，将裹腿解掉。他随即站了起来，解开窄裤的扣子。这——就是伏尔迦河搬运夫所穿那样的拥肿[6]的窄裤一样，皱成手风琴似的襞积，溜了下去，写着出色的 S 字，躺在脚的周围了。

女人默默地定了睛，看希兰契的满是茸毛和筋节的腿，分开了蒙茸交织的黑莓的茂密，踏着未曾割去的油油的草，在地面上一起一落。

很寂静。从河对面，徐徐地爬上红色的曙光来。不动的光滑的水面，也反射着和这一样的颜色。柳枝下垂如疲乏的手；小鸟从那繁茂中醒来时，打着害怕似的寒噤。

希兰契很留神地下井去了。其中满填着涨水时漂来的木片，枝条，以及别的样样色色的尘芥。他一脚踏定横桁，一脚踏定梯子，开手将尘芥抛出井外面。

以后，是仰起头来，简短地用了响亮的声音叫喊道——

"抽水！"

女人便将全身压在唧筒的柄上。以前是用马的。于是田园、宽广的河面、天空，都充满了高朗的轧轹和叫喊和呻吟。杓子互相钩连[7]着，发出嗑嗑的声音；齿轮的齿格格作响，不等样的懒散的轴子，激怒地转动起来。那平和的机械，便仿佛因为拉出了无为之

6　现代汉语常用"臃肿"。——编者注
7　现代汉语常用"勾连"。——编者注

境，很是不平似的，用了无所谓的声调，絮絮叨叨发话了。

藏在丛莽中的小鸟的世界，恰如就在等候这号令，像回答抽水机的呻吟一般，惊心动魄的叫声，立刻跑遍了田园。这撞着丛莽的繁密便即迸碎，一任着大欢喜飞上天空去，又如从正出现于天涯的神奇赤轮，受了蛊惑一般，就在那里缩住了。

希兰契遍体淋漓地从井里爬了出来。小衫湿湿的粘着身体，因疲劳而弯了腰，但他还是又元气，又满足的。"总算还好，吊桶是在的……"

这回是爬到抽水机的上面去，在水桶上涂了柏油，又骑在打横的轮轴上，检查过齿轮。这才穿好衣服，遣女人回家，自己又用树脂涂桶子，用手打扫草茅蓬蓬的水路了。

他的心里，突然觉醒了一点希望。以为做一点工，照应照应，后来总该是不至于坏的。于是他就仿佛要将在烦恼无为的几星期之中，曾经失掉了的东西，一下子就拿回它来一样，拼命地挖、掘，用小斧头橐橐地削，用麻屑来塞好水雷了。

饶舌的野燕，停在花树匠当头的枝条上，似乎在着忙，要说什么可怕的重大的事件。希兰契用袖子拭着油汗的头颈，用了老实的口气，低声地说道——

"啾啾唧唧说着什么呢？你真是多么忙碌的鸟儿呵！好，说罢，说罢……"

要开手来灌溉，总得弄一匹马。抽水机大概是好的，水路这一面，也可以和妻两个来拔草，只是掘松土壤的，却没有一个人。其实呢，如果会送马匹来，那一定也会送工人来的，但是……

斑鸠的群，黑云似的飞来，向苹果树上，好像到处添了眼神一般，停下了，并且叽叽咕咕说着，在枝柯的茂密里，嚷闹起来。希兰契高声地吁的吹了一声口笛，追在同时飞起的鸟后面，而且叫着、骂着，一直到最后的一匹，过了篱笆，飞到邻接的果园里。

用膳的时候，他对他的妻说——

"还得照应一下的。倘要结结实实做事，这样的事，总得熬一熬……况且，老实说，老爷在着的时候，真费了不少的力呀。不过那时呢，什么都顺手，可是现在是这样的时势呀……"

第二天，他到镇上去了。镇上答应他送马匹和工人来。

然而过了几天，太阳猛得如火，绿的干下去，变成黑的了，却不见有一个人来。好像完全忘却了满坡的果树园，正在等候着灌溉。

希兰契心慌了，跑到造砖厂去，又跑到住在邻村的熟识的花树匠那里去，但什么地方都没有马，也没有人肯来做工。

有一回，花树匠从市镇一回来，便走到河这面去了，看看沉默着的抽水机，沿岸走了一转，从干燥的树上，摘了一个又小又青的苹果，拿回到他的妻这里来。

"你瞧，这简直是野苹果了。这是从亚尼斯[8]树上摘来的呵……"

他将干瘪的硬的苹果放在桌子上，补足说——

"而且那树，简直成了野树了……"

于是坐在长椅上，毫不动弹地看着窗门，屹然坐到傍晚。在窗门外面，是看见全体浴着日照，屹然不动的园。

莽苍苍地太阳一落山，他吁一口气，独自说——

"哼，如果不行，不行就是了。横竖即使管得好好的，也谁都没有好处呵……"

鸟的歌啭和园的萧骚中，又新添上孩子的响亮的声音了。向着先前的老太太住过的别墅里，学校的孩子们从镇上跑来了，显着优美的眼色的，顽皮似的大约一打的孩子，前头站着一个仅剩皮骨的年青的凄惨的女教员。

8　苹果的种名。——译者

喧嚷的闯入者的一群，便在先曾闲静的露台上，作样样的游戏。撒豆似的散在冈坡上；在树上，暖床的窗后，别墅的地板下，屋顶房里，板房角里，干掉了的木莓的田地里，都隐现起来。无论从怎样的隐僻处，怎样的丛树的茂密里，都发出青春的叫喊。简直并不是一打或者多得有限，而是有着几百几千人……

不多久，孩子们的一队，在希兰契的住房前面出现了。女教员用了职务底的口调，说道——

"借给我们两畦的地面罢。"

"那是你们要种什么的罢？"花树匠问。

"菜豆，红萝卜……还有，要满种各样的蔬菜的。"

"那么，现在正是种的时候了！"

在大门上，一块小小的布，通在竿子上，上面写着几个装饰很多的花字——

"少年园。"

从眺望镇上和附近的全景的望楼上，这回是挂下通红的大幅的布来。而且无日无夜，那尖角翻着风，烦厌地拍拍⁹地在作响。

每天一向晚，便从露台上发出粗鲁的断续的歌声，沿着树梢流去。在这里面，感到了和这园全无关系的，大胆无敌的，然而含着不祥的一种什么东西了，希兰契便两手抱头，恰如嫌恶钟声的狗一样，左左右右摇着身体。

他的妻耐不住孤寂的苦恼了，拉住少年园的厨娘，讲着先前的大王苹果的收获，竟要塞破了板房的事，借此出些胸中闷气的时候，那只是皱着眉头，默默无话的希兰契，这才开口了。

"你瞧，现在怎样呢，"他的妻怨恨地，悲哀地说，"还没有结成果子，就给虫吃掉了呀！"

"现在是！"希兰契用了不平的口气，斩截地说，"现在是，好像

9　现代汉语常用"啪啪"。——编者注

扫光了似的, 什么也没有了……"

"老爷不在以后, 简直好像什么也都带走了……"

"况且又闯进那些讨厌的顽皮小子来呀。"厨娘附和说。他们三个人就这样地直到就寝时刻, 在叹息、非难、惋惜三者交融为一之中, 吐着各自的愤懑。

穿着处处撕破了的裤子的顽皮小孩三个, 爬到伸得很长的老苹果树的枝子上, 又从那里倒挂下来, 好像江湖卖艺者的骑在撞木上一般, 摇摇地幌荡[10] 着。于是又骑上去, 爬到枝子梢头去了。枝子反拨着不惯的重荷, 一上一下地在摇, 其间发出窣窣的声响, 终于撕裂, 那梢头慢慢地垂向地面去了。

小小的艺员们发一声勇敢的叫喊, 得胜似的哄笑起来。那哄笑, 起了快活的反响, 流遍了全庭园。而不料叫声突然中止, 纷纷钻着树缝, 逃向别墅那边去了。

希兰契跑在后面追。他不使树干碰在头上, 屈身跳过沟, 用两手推开苹果树, 钻过身体去。他完全像是追捕饵食的小野兽, 避开了障碍, 巧妙地疾走。他一面忍住呼吸, 想即使有一点响动, 敌手也不至于知道距离已经逼近; 一面觉得每一跳, 愤怒是火一般烧将起来, 然而虽于极微的动作, 也一一加以仔细的留意。

恐怖逼得孩子们飞跑。危险的临头, 使他们的动作敏捷了十倍。互相交换着警戒似的叫喊, 不管是荨麻的密处, 是刺莓的畦中, 没头没脑的跳去, 一路折断着挡路的枝条, 头也不回地奔去了。绊倒, 便立刻跳起来, 缩着头, 蓦地向前走。

追在他们后面, 希兰契跳进别墅的露台去的时候, 顽皮孩子们都逃进房子里面了。于是, 在流汗而喘气的花树匠之前, 出现了不胜其愤慨似的瘦坏了的女教员的容范。

她扬着没有毛的眉头, 惊愕似的大声说——

10　现代汉语常用"晃荡"。——编者注

"阿呀，这样地吓着孩子，怎么行呢？你莫非发了疯！"

在希兰契，觉得这话实在过于懵懂，而且，凄惨而古怪的年青的女教员，也好像是可笑的东西。于是他的愤怒，便变成断续的，轻轻的威吓的句子，流了出来——

"我要将你们熏出这屋子去，像耗子似的……"

这一天，少年园的全体，因为有了什么事，都到市镇上去了。别墅便又如往日那样，仍复平和而萧闲。

日中时候，希兰契跑在门外。

先前呢，当这时节，是载着早熟的苹果的车，山积着莓子的篓的车，一辆一辆地接连着出去的。现在是路上的轮迹里，满生着野草，耳熟的货车的辘辘的声响，也不能听到了。

"简直好像是老爷自己全都带走了。"希兰契想。于是倦怠地去凝望那从砖造小屋那面，远远地走了过来的两个乡下人。

乡下人走到近旁，便问——这是谁家的果树园。

"你们是来干什么的呀？"

"因为说是叫我们掘松泥土去……"

"这来得多么早呀！"希兰契一笑，"因为现在都是苏维埃的人们了呵。"

于是一样一样，详细地探问之后，知道了那两人是到自己这里来的时候，他便说——

"那是，恐怕走错了！没有听到过这样的果园呀……"

"那么，到那里去才是呢？"

"连自己该去的地方都不知道……但是，我这里，是什么都妥当了。第二回的浇灌，也在三天以前做过了……怎么能一直等到现在呢！"

从回去的乡下人们的背后，投以短短的暗笑之后，他回到小屋里。于是想出一件家里的紧要事情来，将女人差到市镇去。

小鸟的喧声已经寂然，夜的静默下临地面的时候，希兰契走到干草房里，从屋角取出一大抱草，将这拿到别墅那面去了。

他正在露台下铺引火，忽然脚绊着主人的门牌。这是今春从门上除下，藏在干草房里的。他暂时拿在手里，反复转了一通，便深深地塞入草中，又去取干草了。

回到别墅来时，一路拾些落掉的枯枝，放在屋子的对面，这回是擦火柴了。干的麦秆熊熊着火，枯枝高兴地毕剥起来。

在别墅里点了火，希兰契便静静地退向旁边，坐在地面上。于是一心来看那明亮的烟，旋成圆圈，在支着遮阳和露台的木圆柱周围环绕。简直像黑色的花纱一般，装饰的雕镂都飒飒颤动，从无数的空隙里，钻出淡红的火来。

煤一样的浓烟，画着螺旋，仿佛要冲天直上了，但忽而好像聚集了所有的力量似的，通红的猛烈的大火，脱弃了烟的帽子。

房屋像蜡烛一般烧起来了。

但希兰契却用了遍是筋节的强壮的手，抱着膝，眼光注定了火焰，毫不动弹地坐着。

他一直坐到自己的耳畔炸发了女人的狂呼——

"希庐式加！你，怎的！这是怎么一回事？老爷回来看见了，你怎么说呢？"

这时候，他从火焰拉开眼光来，用了严肃的眼色，凝视了女人之后，发出倒是近于自言自语的调子，说——

"你是蠢货呀！你！还以为老爷总要回来的么？……"

于是她也即刻安静了。并且也如她的男人一样，用了未曾有过的眼色，凝视着火。

在两个苍老的脸上，那渐熄的火的蔷薇色影，闪闪地颤动着在游移。

穷苦的人们

[苏] A. 雅各武莱夫

无论那一点，都不像"人家"模样，只是"窠"。然而称这为"人家"。为了小市民式的虚荣心。而且，总之，我们住着的处所是"市镇"。因为我们并非"乡下佬"，而是"小市民"的缘故。但我们，即"小市民"，却是古怪的阶级，为普通的人们所难以懂得的。

安特罗诺夫的一家，就是在我们这四近，也是最穷苦的人们。有一个整天总是醉醺醺的货车夫叫伊革那提·波特里巴林的，但比起安特罗诺夫一家子来，他还要算是"富户"。我在快到三岁的时候，就被寄养到安特罗诺夫的"家里"去了。因为那里有一个好朋友，叫作赛尼加。赛尼加比我大三个月。

从我的幼年时代的记忆上，是拉不掉赛尼加、赛尼加的父亲和母亲的。

是夏天。我和赛尼加从路上走进园里去。那是一个满生着野草的很大的园。我们的身子虽然小，但彼此都忽然好像成了高大的，而且伟大的人物模样。我们携着手，分开野草，走进菜圃去。左手有着台阶，后面有一间堆积库。但园和菜圃之间，却什么东西也没有。在这处所，先前是有过马房的。后来伊凡伯伯（就是赛尼加的父亲）将它和别的房屋一同卖掉，喝酒喝完了。

我曾听到有人在讲这件事，这才知道的。

"听说伊凡·安特罗诺夫将后进的房屋，统统卖掉了。"

"那就现钱捏得很多哩。"

"可是听说也早已喝酒喝完了。"

但在我们，却是除掉了障碍物，倒很方便——唔，好了，可以一直走进菜圃里去了。

"那里去呀？"从后面听到了声音。

凯查伯母（就是赛尼加的母亲）站在台阶上。她是一个又高又瘦的女人。

"那里去呀，淘气小子！"

"到菜园里去呵。"

"不行！不许去！又想摘南瓜去了。"

"不呵，不是摘南瓜去的呀。"

"昨天也糟掉了那么许多花！是去弄南瓜花的罢。"

我和赛尼加就面面相觑。给猜着了。我们的到菜圃去，完全是为了摘取南瓜花。并且为了吸那花蒂里面的甘甜的汁水。

"走进菜园里去，我是不答应的呵！都到这里来。给你们点心吃罢。"

要上大门口的台阶，在小小的我们，非常费力。凯查伯母看着这模样，就笑了起来——

"还是爬快呀，爬！傻子。"

但是，安特罗诺夫的一家，实在是多么穷苦呵！一上台阶，那地方就摆着一张大条榻。那上面总是排着水桶，水都装得满满的。在桶上面，好像用细棍编就的一般，盖着盖子。（这是辟邪的符咒）大门口是宽大的，但其中却一无所有。门口有两个门。一个门通到漆黑的堆积间，别一个通到房子里。此外还有小小的扶梯。走上去，便是屋顶房了。房子有三间，很宽广。也有着厨房。然而房子里，厨房里，都是空荡荡。说起家具来，是桌子两张，椅子两把，就是这一点。除此之外，什么也没有了。

我和赛尼加一同在这"家"里过活，一直到八岁，就是大家都该进学校去了的时光。一同睡觉，一同啼哭。和睦地玩耍，也争吵起来。

伊凡伯伯是不很在家里的。他在"下面"做事。"下面"是有各种古怪事情的地方。在我们的市镇里，就是这样地称呼伏尔迦的沿岸一带的。夏天时候，有挑夫的事情可做。但一到冬，却完全是失业者。在酒场里荡来荡去，便成为伊凡伯伯的工作了。但这是我在后来听到，这才知道的。

凯查伯母也几乎总不在家里，是到"近地"去帮忙洗衣服、扫地面去了。我和赛尼加大了一点以后，是整天总只有两个人看家的。

只有两个人看家，倒不要紧，但凯查伯母将要出门的时候，却总要留下两道"命令"来——

"不许开门。不许上炕炉去。"

我们就捉迷藏，拟赛会，拟强盗，玩耍一整天。

桌子上放着面包，桌子底下，是水桶已经提来了。

我的祖母偶或跑来，从大门外面望一望，道——

"怎样？大家和和气气地在玩么？"

我们有时也悄悄地爬到炕炉上。身子一暖，舒服起来，就拥抱着睡去了。或者从通风口（是手掌般大的小窗），很久地，而且安静地，望着院子。遏菲谟伯伯走了出来，在马旁边做着什么事，于是马理加也跑到那地方去了——马理加是和我们年纪相仿的女孩子。马理加的举动，我们总是热心地看到底的……

凯查伯母天天回来得很迟。外面早已是黄昏了。凯查伯母疲乏得很，但袋子里却总是藏着好东西——蜜饯、小糖，或是白面包。

伊凡伯伯是大抵在我们睡了之后才回来的，但没有睡下，就已回来了的时候却也有。冬天，一同住着，是脾气很大的。吃面包，喝水，于是上床。虽说是床，其实就是将破布铺在地板上，躺在那上面。我和赛尼加略一吵闹，就用了可怕的声音吆喝起来——

"好不烦人的小鬼！静下来！"

我和赛尼加便即刻静下，缩得像鼠子一样。

这样的时候，我就不知怎地，觉得这样那样，全都无聊了。于是连忙穿好外套，戴上帽子，回到祖母那里去。抱着一种说不出的悲怆的心情。

一到夏天，伊凡伯伯就每天喝得烂醉而归了。在伏尔迦河岸，夏天能够找到赚钱的工作。伊凡伯伯是出名的有力气的人。他能将重到廿五普特的货物，独自从船里肩着搬到岸上去。

有时候，黄昏前就回家来。人们将条榻搬到大门外，大家都坐着，在休养做了一天而劳乏了的身体。静静的。用了低声，在讲恶魔与上帝。人们是极喜欢大家谈讲些恶魔与上帝的事体的。也讲起普科夫老爷的女儿，还没有嫁就生了孩子。有的也讲些昨夜所做的梦，和今年的王瓜的收成。于是天空的晚霞淡下去了。家畜也统统归了栖宿的处所去……

听到有货车走过对面的街上的声音——静静的。

忽然，听得有人在很远的地方吆喝了。

静静地坐在条榻上面的人们便扰动起来，侧着耳朵。

"又在嚷了。是伊凡呵。"

"在嚷什么呢？这是伊凡的声音呀。一定是的。多么大的声音呵！"

喊声渐渐临近了。于是从转弯之处，忽然跳出伊凡伯伯的熊一般的形相来。

将没有檐的帽子，一直戴在脑后，大红的小衫的扣子，是全没有扣上的。然而醉了的脸，却总是含着微笑。脚步很不稳，歪歪斜斜地在跄踉，并且唱着中意的小曲。（曲于是无论什么时候，定规是这一首的。)

> 于你既然
> 有意了的那姑娘,
> 不去抱一下呵,
> 你好狠的心肠——

一走过转角,便用了连喉咙也要炸破的大声,叫道——

"喂,老婆!回来啰!来迎接好汉啰!"

坐在条榻上的人们一听到这,就愤慨似的,而且嘲笑似的说道——

"喂,好汉,什么样子呀!会给恶魔抓去的呵!学些得罪上帝的样,要给打死哩。"

但孩子们却都跑出来迎接伊凡伯伯了。虽然醉着,然而伊凡伯伯的回来,在我们是一件喜庆事,因为总带了点心来给我们的。

四近有许多孩子们,像秋天的树菌一样。孩子们连成圈子,围住了他。响亮的笑声和叫声,冲破了寂静。

喝醉了,然而总在微笑的伊凡伯伯,便用他的大手,抓着按住我们。并且笑着说——

"来了那,来了那,小流氓和小扒手,许许多都来了那。为了点心罢?"

伊凡伯伯一动手分点心,就起了吵闹和小争斗。

分完之后,伊凡伯伯却一定说:"那么,和伯伯一同唱起来罢。"

> 新娘子的衣裳
> 是白的。

> 蔷薇花做的花圈
> 是红的——

我们就发出响亮的尖声音，合唱起来。

> 新娘子
> 显着伤心的眼儿，
> 向圣十字架呆看。
> 面庞上呵，
> 泪珠儿亮亮的发闪。

我们是在一直先前，早就暗记了这曲子的了。孩子们的大半，我自己也如此。这曲子恐怕乃是一生中所记得的第一个曲子。我在还没能唱以前，就记得了那句子的了。那是我跟在走过我家附近的平野的兵们之后的时候，就记住了的。

安特罗诺夫家的耳门旁边，站着凯查伯母。并且用了责备似的眼色来迎接伊凡伯伯了。

"又喝了来哩。"

那是不问也知道的。

凯查伯母的所有的物事，是穷苦，是"近地"的工作。还有，是长吁。只是这一点。

我不记得凯查伯母曾经唱过一回歌。这是穷苦之故。但若遇着节日，便化一个戈贝克[1]，买了王瓜子，或是什么的子来。于是到院子里，一面想一面嗑。近地的主妇们一看见这，便说坏话道——

"瞧罢，连吃的东西也买不起，倒嗑着瓜子哩。"

---

1 卢布之百分之一，现约合中国二十文。——译者

于是就将嗑瓜子说得好像大逆不道一样。

凡不能买面包者，没有嗑瓜子的权利。

这是我们"近地"的对于贫苦的人们的道德律。

然而凯查伯母是因为要不使我们饿死，拼命地做工的。即使是生了病，也不能管，只好还像健康时候一样做工。

有一回，凯查伯母常常说起身上没有力，然而还是去做事。是竿子上挂着衣服，到河里洗去了。这样地做着到有一天，回到耳门旁边时候，就忽然跌倒，浑身发抖，在地面上尽爬。近地的人们跑过来，将她抬进"家"里面，不多久，凯查伯母就生了孩子了……

实在是可怜得很。

即使在四近的随便那里搜寻，恐怕也不会发见比安特罗诺夫的一家更穷苦，更不幸的家庭的罢。

有一回，曾经有过这样的事。那是连墙壁也结了冰的二月的大冷天。一个乞丐到安特罗诺夫的家里来了。

我和赛尼加正在大一点的那间屋子里游戏。凯查伯母是在给婴儿做事情。这一天，凯查伯母在家里。

乞丐是秃头的高个子的老人。穿着破烂不堪的短外套。脚上穿的是补钉[2]近百的毡靴。手里拿一枝拄杖。

"请给一点东西罢。"他喘吁吁地说。

凯查伯母就撕给了一片面包。（我在这里，要说几句我的诞生之处的好习惯。在我所诞生的市镇上，拒绝乞丐的人，是一个也没有的。有一次，因为一个女人加以拒绝，四近的人们便聚起来，将她责备了。）

那乞丐接了面包片，画一个十字。我和赛尼加站在门口在看他。乞丐的细瘦的脸，为了严寒，成着紫色。生得乱蓬蓬的下巴胡

2　现代汉语常用"补丁"。——编者注

子是可怜地在发抖。

"太太，给歇一歇，可以么？快要冻死了。"乞丐呐呐[3]地说。

"可以的，可以的。坐在这条榻上面罢。"凯查伯母答道。

乞丐发着怕人的呻吟声，坐在条榻上面了。随即背好了他肩上的袋子，将挂杖放在旁边。那乏极了的乞丐脸上的两眼，昏得似乎简直什么也看不见，恰如灰色的水洼一般。在脸上，则一切音响、动作、思想、生活，好像都并不反映。是无底的空虚。他的鼻子，又瘦又高，简直像瞭楼模样。

凯查伯母也抱着婴孩，站了起来。看着乞丐的样子，说——

"你是从那里来的？"

老人呐呐地说了句话，但是听不真。忽然间，剧烈地咳嗽起来了。接连着咳得很苦，终于伏在条榻上。

"唉唉，这是怎的呵，"凯查伯母吃惊着，说。

她将婴孩放在摇篮里，便用力抱住了老人，扶他起来。

老人是乏极了的。

"冻坏了……"老人说，嘴唇并不动，"没有法子。请给我暖一暖罢。"

"哦哦，好的好的。上炕炉去。放心暖一下。"凯查伯母立刻这样说，"我来扶你罢。"

凯查伯母给老人脱了短外套和毡鞋。于是扶他爬上炕炉去。好不容易，他才爬上了炕炉。从破烂不堪的裤子下面，露出了竿子似的细瘦的两脚。

我和赛尼加就动手来检查那老人的袋子，短外套和毡鞋。

袋子里面只装着一点面包末。短外套上爬着淡黄色的小东西——那一定就是那个虫了。

3　现代汉语常用"喃喃"。——编者注

"客人的物事，动不得的！"凯查伯母斥止我们说。

她于是拾起短外套和袋子，放在炕炉上的老人的旁边。

五分钟之后，我和赛尼加也已经和老人同在炕炉上面了。那老人躺着，闭了眼睛，在打鼾。我和赛尼加目不转睛地看定他。我们不高兴了。老人占据了炕炉的最好的地方，一动也不动。我们就不高兴这一点。

"走开！"

"给客人静静的！"凯查伯母叫了起来。

但是，那⁴有这样的道理呢？却将家里的最好的地方，借给了忽然从街上无端跑来的老头子！

我和赛尼加简直大发脾气了。两个人就都跑到我的祖母那里去——

过了一天，过了两天。然而老人还不从炕炉上走开。

"阿妈，赶走他罢。"赛尼加说。

"胡说！"凯查伯母道。"什么话呀。那老人不是害着病么？况且一个也没有照料他的人。再胡说，我要不答应你的呵！"

于是炕炉就完全被老人所占领了。

老人在炕炉上，一天一天衰弱下去，好像死期已经临近似的。

"那，老伯母，"凯查伯母对我的祖母说。"那人是一定要死的了。死起来，怎么好呢？"

"那是总得给他到什么地方去下葬的。"我的祖母静静地答道。"又不能就摆在这些地方呀。"

来了一个老乞丐，快要死掉了的传闻，近地全都传开了。于是人们就竭力将各种的东西，送到凯查伯母这里来。有的是白面包，有的是点心。人们一看见那老人，便可怜地叹息。

4 现代汉语常用"哪"。——编者注

"从那里来的呢？"

"不知道呀。片纸只字也找不出。"

"怕就是要这样地死掉的罢？"

然而老人并没有死掉。他总是这样地躺在炕炉上，活着。

这之间，三四礼拜的日子过去了。有一天，老人却走下了炕炉来。瘦弱得好像故事里的"不死老翁"似的，是一看也令人害怕的样子。

凯查伯母领他到浴堂去，亲自给他洗了一个澡。

并且很诚恳地照料他各种的事情。他的病是全好了，现在就要走了罢，炕炉又可以随我们便了，——我和赛尼加心里想。

然而，虽然并不专躺在炕炉上面了，老人却还不轻易地就走出去。

他扶着墙壁，走动起来。缒着拄杖，呐呐地开口了——

"真是打搅得不成样子，太太。"

"那里的话。这样的事情，不算什么的。"

"可总应该出去了。"

"那里去呀？连走也不会走呢！再这样地住着罢。"

"可是，总只好再到世界上去跑跑呵。"

"不行的呵。就是跑出去，有什么用呢？住几时再去罢。"

就这样子，老人在安特罗诺夫的家里，和大家一同过活了。他总像什么的影子一样，在家里面徘徊。片时也不放下拄杖。拄杖是茁实的榆树，下端钉着钉。钉在老人走过之后的地板上，就留下雕刻一般的痕迹。一到中午和晚上的用膳时候，老人也就坐到食桌面前来，简直像一家人模样。摆在食桌上面的，虽然天天一定是白菜羹，但是这究竟总还是用膳。

对于老人，伊凡伯伯也成了和蔼的好主人了。

"来，老伯伯，吃呀。"

"我么？不知怎的，今天不想吃东西。"

吃完之后，大家就开始来谈各样的闲天。老人说他年青时候，是曾经当过兵的。伊凡伯伯也是当兵出身，因此谈得很合适。两个人总是谈着兵队的事情。

"怎样，老伯伯，吸一筒罢？"

伊凡伯伯说着，就从烟荷包里撮出烟丝来。

"给你装起来。"他将烟丝满满地装在烟斗里，递给老人道——

"吸呀。"

于是老人说道——

"我有过一枝 ⁵ 很好的烟管，近来不知道在那里遗失了。"

夏天到了，太阳辉煌了起来。老人能够走出院子里去了。他终日坐在耳门的旁边。而且用那没有生气的眼，看着路上的人们，也好像在沉思什么事。

我从未听到凯查伯母说过老人的坏话。给他占领了炕炉上面，即家里的最好的处所，在食桌上，是叫他坐进去，像一家人一样。对于这老人，加以这样的亲密的待遇，究竟有什么好处呢？

时时，老人仿佛记得了似的，说——

"总得再到世界上去跑跑呵。"

一听到这，凯查伯母可就生气了——

"这里的吃的东西，不中意么？乱撞乱走，连面包末屑也不会有的呵。"

凯查伯母是决不许老人背上袋子，跑了出去的。

伊凡伯伯每夜都请他吸烟。有一回，喝得烂醉，提着烧酒的瓶回来了。一面自己就从瓶口大口地喝酒，一面向老人说道——

"大家都是军人呀。军人有不喝酒的道理么？咱们都是肩过枪，冲过锋的人。咱们都是好汉呀。对不对？来，喝罢！"

5　现代汉语常用"支"。——编者注

老人被他灌了不会喝的酒，苦得要命。

有一时候，只有一次，伊凡伯伯曾经显出不高兴的相貌，呵斥了这客人。

"这不是糟么。这样地伤完了地板！给我杖子罢。"

伊凡伯伯从老人接过拄杖来，便将突出的钉，敲进去了。

老人就这样地在安特罗诺夫的家里大约住了一年多。

要给一个人的肚子饱满，身子温暖，必需多少东西呢？只要有面包片和房角，那就够了。但对于老人却给了炕炉。

是初秋的一个早晨，凯查伯母跑到我的祖母这里来了。

"老伯伯快要死掉了哩！"

祖母吃了一惊，不禁将手一拍。

于是跑到种种的地方，费了种种的心思，将通知传给四近。

就在这晚上，老人死掉了。

四近的人们都来送终。一个老女人拿了小衫来。有的送那做尸衣的冷纱，有的送草鞋。木匠伊理亚・陀惠达来合了棺材，工钱却没有要。遏菲谟・希纳列尼科夫借给了自己的马，好拉棺材到墓地去。又有人来掘了墓穴。都不要钱。

"体面"的葬仪举行了。

一到出丧的时候，邻近的人们全到了，一个不缺。并且帮同将棺材抬上货车去。还有一面哭着的。

凯查伯母去立了墓标。那里办来的钱呢，可不知道。总之，是立了墓标了。

这些一切，是人们应该来做的。不肯不做的。

竖琴

[苏] V. 理定

> 快些，歌人呀，快些。
> 这里有黄金的竖琴。
>
> ——莱蒙托夫

早上，水手们占领了市镇。运来了机关枪，掘好壕堑。躺了等着。一天，又一天。药剂师加莱兹基先生和梭罗木诺微支——面粉厂主，是市的委员。跑到支队长的水手蒲什该那里去。蒲什该约定了个人、住宅、信仰、私产，酒仓的不侵。市里放心了。在教会里，主唱是眼向着天空唱歌。梭罗木诺微支为水手们送了五袋饼干去。水手们是在壕堑里，吸着香烟。和市人也熟识起来了。到第三天，壕堑里也住厌了。没有敌人。傍晚时候，水手们便到市的公园里去散步。在小路上，和姑娘们大家开玩笑。第四天早晨，还在大家睡着的时候，连哨兵也睡着的时候，驶到了五辆摩托车，从里面的掩盖下跳出了戴着兜帽的兵士。放步哨，在邮政局旁大约射击了三十分钟。于是并不去追击那用船逃往对岸的水手们，而占领了市镇。整两天之间，搜住户，罚行人，将在银行里办事，毫无错处的理孚庚枪毙了。其次，是将不知姓名的人三个，此后，是五个。夜里在哨位上砍了两个德国人。一到早上，少佐向市里出了征发令。居民那边就又派了代表来，加莱兹基先生和梭罗木诺微支。少佐动着红胡子，实行征发了。但到第二天，不知从那里又开到了战线队，砍了德国人，杀了红胡子少佐，将市镇占领了。从此以后，样样的事情就开头了。

战线队也约定了个人和信仰的不侵。古的犹太的神明，又听到了主唱的响亮的浩唱。但是，在早上，竟有三个坏人将旧的罗德希理特的杂货店捣毁了。日中，开手抢汽水制造厂。居民的代表又去办交涉。军队又约了不侵。然而到晚上，又有三个店铺和梭罗木诺微支自己的事务所遭劫。暴动是九点钟开头的，到十一点，酒仓就遭劫。于是继续了两昼夜。在第三天，亚德曼队到了。彻夜的开枪。到早上，赶走了战线队，亚德曼队就接着暴动。后来，绿军将亚德曼队赶走了。于是来了蓝军——乔邦队。最后，是玛沙·珊普罗瓦坐着铁甲摩托车来到。戴皮帽，着皮袄，穿长靴，还带手枪。亲手枪毙了七个人，用鞭子抽了亚德曼，黑眼珠和油粘的卷发在发闪……自从玛沙·珊普罗瓦来到以后，暴动还继续了三昼夜。总计七昼夜。这七天里，是在街上来来往往，打破玻璃，将犹太人拖来拖去，拉长帽子，偷换长靴……犹太人是躲在楼顶房或地下室里。教会呢，跪了。教士呢，做勤行，教区人民呢，划了十字。夜里，在市边放火了，没有一个去救火的。

十七个犹太人在楼顶房里坐着。用柴塞住门口。在黑暗中，谁也不像还在活着。只有长吁和啜泣和对于亚陀那的呼吁。你伟大者呀，不要使你古旧之民灭亡罢。而婴儿是哭起来了，哇呀，哇呀！生下来才有七个月的婴儿。听我们罢，听罢……你们竟要使我们灭亡么？……给他喝奶罢。我这里没有什么奶呀……谁有奶呢，喂，谁这里有奶呢？给孩子喝一点罢，他要送掉我们的命了……静一静罢，好孩子……阿阿，西玛·伊司罗蔼黎，静着，你是好孩子呀……听见的罢，在走呢，下面在走呢，走过去了……如果没有奶，我可真不知道怎么办才好了。按住那孩子的嘴罢，按住那孩子的嘴罢，不给人们听到那么地……走过去了，走了许多时，敲了门，乱踢了柴，走过去了。

穿着棉衣，眼镜下面有着圆眼睛的年青的男人，夜里，在讲给芳妮·阿里普列息德听。懂了么，女人将孩子紧紧的按在胸脯上，紧按着一直到走过去了之后的，待到走过之后，记得起来，孩子是早已死掉了……我就是用这眼睛在楼顶房里看见的。后来便逃来了，我一定要到墨斯科[1]去。去寻正义去……正义在什么地方呢？人们都说着，正义，是在墨斯科的。

芳妮和他同坐在挂床下的地板上。她也在回墨斯科。撇下了三个月的漂流和基雅夫，以及阿兑塞的生活。芳妮是正在归向陀尔各夫斯基街的留巴伯母那里去……货车——胀满了的，车顶上和破的食堂车里，到处绑扎着人们和箱子和袋子的货车，慢慢地爬出去了。已经交冬，从树林飘出冷气，河里都结了冰。火车格格地响了，颠簸了。人掉下去了。挂床格格地响了——替在挂床上的短发姑娘拉过外套去。那是一位好姑娘。忽然间，火车在野地里停止了，停到有几点钟，停到有一昼夜。旅客挑了锯子和斧头在手里，到近地的树林里去砍柴。到早上，烧起锅炉来。柴木滴着树液，压了火，很不容易烧。火车前去了。夜也跑了。雪的白天也跑了。到夜里，站站总是钻进货车的黑暗中来，是支队上来了。用脚拨着搜寻，乱踢口袋一阵。在叫作"拉士刚那耶"这快活的小站里，将冻死人搬落车顶来，外套好像疥癣，女人似的没有胡子的脸，鼻孔里结着霜。再过一站，水手来围住了，车也停止了，说是没有赶走绿军之间，不给开过去。绿军从林子里出来，占领了土冈。在土冈上，恰如克陀梭夫模样——炮兵军曹凯文将手放在障热版上，眺望了周围。火车停在烧掉了的车站上。旅客在货车里跳舞，水手拿

1　现译"莫斯科"。——编者注

着手榴弹，在车旁边徘徊。夜里，有袭击。机关枪响，手榴弹炸了。是袭击了土冈。到早上，将绿军赶走了，火车等着了。车头哼起来了，前进了。于是又经过了黑的村落，烧掉了的车站，峡间的雪，深渊等。俄罗斯，走过去了。

这么样子地坐在挂床下面走路。回到陀尔各夫斯基街去的芳妮和药剂师亚伯拉罕·勃兰的儿子，因寻正义而出门的雅各·勃兰。在他们的挂床底下，有着支队没有搜出的面包片。吃面包，掠头发。雅各·勃兰说——多么糟呀……连短外套都要烧掉的罢。

墨斯科的芳妮那里，还有伯父，有伯母。有白的摆着眠床的小屋子，有书。芳妮听讲义。后来，来了一个男人，是叫作亚历山大·希略也夫的，刮了胡子，有着黑的发火似的眼和发沙的有威严的声音的男人。开初，是随便戴着皮帽，豁开着外套的前胸的。但后来向谁抛了一个炸弹以后，三天没有露面，这回是成了文官模样跑来了。为了煽动，又为了造反，动身向南方去了。那黑的发火似的眼，深射了芳妮的心。抛了讲义，抛了伯母，抛了白的小屋子，跟着他走了，放浪了，住在有溜出的路的屋子里。夜里，也曾在间道上发抖——从谁（的手里）逃脱了。住在基雅夫。住在阿兑塞。后来，又向谁抛了炸弹。夜里，前来捉去了赛希加。早晨，芳妮去寻觅了，也排了号数，做祷告——寻觅了五天。到第六天，报纸上登出来了。为了暴动，枪毙了二十四个人。亚历山大·希略也夫，即赛希加，也被枪毙了……

雅各·勃兰说——大家都来打犹太人，似乎除打犹太人以外，就没有事情做。入夜，月亮出来了，在雪的土冈上的空中辉煌。第二天的早晨，市镇耸立在藤花色的雾气里，是墨斯科耸立着了。火车像野猪一般，蹒跚着，遍身疮痍地脏着走近去。从车顶上爬下来。在通路上搜检口袋，打开饼干。泥泞的地板上，外套成捆的躺着。街市是白的。人们拉着橇。女人争先后。在广场里，市场显得黑黝黝。雅各·勃兰拖着芳妮的皮包和自己的空的一个，一路走出去。眼睛在眼镜后面歪斜了。脏的汗流在脸上了。运货摩托车轰轧着。十字广场上，半破的石膏像屹立着。学生们在第二段上慌张。一手拿书籍一手拿着火烧的柴。按先后次序排好了。许多工夫，经过了长的街道。许多人们在走。张了嘴在拉，拖，休息。孩子们拿着卷烟，在角落里叫喊。店铺的粉碎的玻璃上，发了一声烈响，铁掉下来了。骑马的人忽而从横街出现了。拿着枪。飘着红旗。马喷着鼻子颠簸着跑过去了。居民慌忙走过去。不多久，露在散步路上的普式庚（像）的肩上，乌鸦站着了。芳妮是听过罗马史的讲义的，有着罗马人的侧脸的志愿讲师，在拉那装着袋子的小橇。从袋子里漏着粉。他的侧脸也软了，看去早不像罗马人了。大张着嘴巴。他站住了，脱一脱帽。冲上热气来。雅各·勃兰到底将芳妮的皮包运到升降口了。揩着前额，约了再会，握手而去了。向雪中，向雾中，提着自己的空空的皮包，寻求着正义。雅各·勃兰作了诗，他终于决计做成一本书，在墨斯科出版。雅各·勃兰已经和血和苦恼和暴动告别，他开始新的生活了。

芳妮将皮包拖上了五层楼。楼阶上挂着冰箸。房门格格地响。从梯盘上的破窗门里，吹进风来。留巴伯父，莱夫·留复微支·莱阿夫，先前是住在三层楼上的，后来一切都改变了。先前是主人的住房的三层楼上，现在是住着兑穆思先生。运货摩托车发着大声，从郊外的关门的多年的窠里，将他撤下来了。渥孚罗司先生是三天为限，赶上了上面的四层楼——这就是，被赶到和神相近，和水却远，狭窄的地方去了。但是，刚刚觉得住惯，就被逐出了。五层楼的二十四号区里，和留巴伯父一起，是住着下面那样的人们——眼下有着三角的前将军札卢锡多先生（七号室）。军事专门家琦林，以及有着褪色的扇子和写着"歌女慈泼来微支·慈泼来夫斯卡耶"的传单，和叫作喀力克的蓝眼睛的近亲的私生子，穿着破后跟靴子的小公爵望德莱罗易的慈泼来微支·慈泼来夫斯卡耶（十三号室）。然而，无论是渥孚罗司先生、兑穆思先生、戏子渥开摩夫先生，有着灰色眼珠，白天是提着跳舞用的皮包跑来跑去的梭耶·乌斯班斯卡耶小姐，都一样地显着渴睡[2]的脸，在好像正在战斗的铁甲舰一般冒烟的烟通[3]的口，从拉窗钻了出来的房屋的大房里站着，拿了茶器和水桶，在从龙头流出的细流，敲着锡器的底之间站着。

留巴伯父办公去了，不在家。伯母呼呼地长吁了。芳妮哭了。用了晚餐。芳妮叙述了一通。军事专门家在间壁劈柴。对于芳妮，给了她一块地方，在钢琴后面支起床来。她隔了一个月，这才躺在干净的被窝里了。床没有颤动。半夜里，因为太静，她醒了。想了，小站、暗、雨、黄色的电灯，满是灰沙的湿湿的货车。小站的风，秋天的，夜半的俄罗斯。黑的村，电柱潮湿的呻吟着、暗、野、泥泞。

芳妮到早上，为了新的生活醒来了。留巴伯父决计在自己这里使用她打打字机。傍晚，芳妮被家屋委员会叫去了。在那地方被吩咐，到劳动调查所去，其间没有工作的时候，就去扫街道。早晨七点钟，经过了灰色的街，被带去了。走了。跨过积雪了。终于在停车场看见飘着红旗了。许多工夫，沿着道路走。碰着风卷雪堆了。在那里等候拿铲来。等了一点钟，铲没有来，又被带着从别的道路走。叫她卸柴薪……到傍晚，芳妮回家了。伯母给做了炸萝卜，给喝茶。芳妮温暖了。冰着的窗玻璃外，下着小雪。她想着新生活——刚才开始的劳动的生活。过去——是恋爱和苦恼。过了一天，她已经在留巴伯父在办公的公署里，打着打字机了。有身穿

2　现代汉语常用"瞌睡"。——编者注
3　现代汉语常用"烟筒"，即烟囱。——编者注

皮外套的女职员。十二号室前的廊下，是（人们）排着班。私室里，在皮的靠手椅子上，是坐着刮光胡子，大鼻子的军事委员。用红墨水，在文件上签名。访问者揩着前额，欣欣然出去了。过一天，戚戚然回来了。他拿来的文件上，是污墁着证明呀签名呀拒绝呀的血。在地下室的仓库里，傍晚是开始了分配。各羊肉二磅，蜂蜜一磅，便宜烟草一袋。公署是活泼地活动了，造预算、付粮食、写报告——管理居民间的烟草的分配。从七点到八点，排在班里，站着一个可怜相的老头子。等出山了，得了一个月的自己的份儿。满足着出去了，为了将世界变烟，钻在窠里，打鼾、咳嗽。

一到夜，戏子渥开摩夫便在院子里劈柴。前面是房子的倒败的残余和悬空的梯子。月和废墟，乌鸦和竖琴——全然是苏格兰式的题目。独立的房屋已被拆去，打碎了。月亮照着瞎眼的窗。渥开摩夫在劈柴，唱歌——您的纤指，发香如白檀兮……搬柴上楼，烧火炉。在火边伸开两腿，悠然而坐，有如华饰炉边的王侯。只要枯煤尚存就好。靠家屋委员会的斡旋，从国库的市区经济的部分给与了八分之一。带小撬去拉来了，但还有一点不好，就是从此以后，两脚发抖，不成其为律动运动了。是瓦尔康斯基派的律动运动呀。渥开摩夫在出台的剧场，是律动底的。渥开摩夫虽在三点钟顷，前去的素菜食堂里，他也始终还是律动底的。无论是对着那装着萝卜馅的卷肉的板的态度，对着帐桌[4]的态度，对着小桌子的态度。于是锡的小匙，在手中发亮，杂件羹上——热气成为轻云，升腾了起来。

留巴伯父看着渥开摩夫的巧妙地劈柴。瓦尔康斯基的事情，是一点都不知道的。但是，有一晚，渥开摩夫全都说给他听了。就是，关于舞台上的人们呀，以及人生之最为重要者，是rhythm（律动）呀这些事。留巴伯父第二天和军事委员谈了天。同志渥开摩夫

4　现代汉语常用"账桌"。——编者注

便得到招请，到那倘使没有这个，则一切老头子和烟草党也许早经倒毙了的公署里，去指导演剧研究。……渥开摩夫第一次前往，示了怎样谓之身段的时候，而渥开摩夫虽然是高个子，青面颊，眼珠灰色的男人，即刻集得了十八位男子和八位女人来做协力者。于是在第二天，又是十八位和八位。研究时间一完，都不回去，聚在大厅里。在大厅里，有镜子和棕榈和传单和金色椅子。渥开摩夫首先说明的，是一切中都有谐和，世界本身就是一个谐和。于是提议，做起动作来看罢。伸开右脚的小腿，伸长颈子的筋肉，将身体从强直弄到自由——教大家团团地走——大家团团地走了，使筋肉自由，又将筋肉紧张了，是轻快的、自由的、专一的……渥开摩夫是每星期做三回练习。于是到第三回完，大家就已经成为律动底了。在电话口唱歌似的叫"喂，喂"了。会计员的什瓦多夫斯基刮了胡子，绑起裹腿来了。先前是村女一般穿着毛皮靴子走的交换手们，这回是带了套靴来穿上，浓浓地擦粉，使头发卷起来了。在大厅上，是拿着花圈，古风地打招呼了。

每星期三四，七点钟来接渥开摩夫。不是肉类搬运车，就是运货摩托车。上面戴着包头布，硬纸匣，打皱的帽子和刮过须而又长了起来的颊，渥开摩夫不是在车底上摇着，就是抓住别人的肩，张了两腿站着。运货摩托车叫着，轧着，走向暗中，向受持区域去。在戛戛发响的车站上，早又有人等着了。还是黑一条白一条的打扮。于是一面穿衣服，一面走过来，车子是这样地将他们往前送，为了发沙声，搽白粉，教初学。两幕间之暇，搬出茶来。也有加了酸酸的果酱的面包片。戏子们吃东西，喝茶……车夫忽然说，车有了障碍了。从勃拉古希到哈木扶涅基，戏子们自己走。抱着硬纸匣，沿着墙壁走。那保孚罗跋、穆尔特庚，珂弥萨耳什夫斯卡耶的一班……

渥开摩夫得了传票，叫他带着被卧、锅子、盘子去，是叫他一星期之间，去砍柴。他前去说明白。廊下混杂着许多人。渥开摩夫说，自己是艺术家、美术家，是在办教育。一个钟头之后，从厌倦而悄然的人们旁边走出去了。是受了命令，此后也还是办教育。札卢锡多也得了一样的传票。眼下有着暗淡的将军式三角的他，便许多工夫，发沙声，给看带着枪伤的脚。蓝色的他是满足着回来了。他孤独地住着。时时从小窗里，伸出斑白的脑袋去，叫住鞑靼人。头戴无边帽子的鞑靼人进来了。显着信心甚深的脸相，来看男人用的裤子。摸着，向明照着。摇头而打舌了。将军发了沙声，偷眼去瞥了。暗咽唾沫了。鞑靼人恭恭敬敬地行过礼，拿了袋子出去了。将军将钱藏在地板下，穿上破破烂烂的红里子的外套，只有靴子是有铜跟的将军靴，走出门外面去了。人们在旁边走过，在行列里冷得发抖。群集接连着走。女人们拿着箱子，扎着衣裾的男人们，接连着走。用了大家合拍的步法走过去。而忽然，音乐，从后面，是吹奏管乐队的行进——在上面，合拍地摇着通红的棺衣。在红棺中，是有节的白的鼻，黑的眉，既归平静，看见一切而知道一切者，漂在最后的波上。军队走过了。白的脸漂去了。摇摆了。乐队停奏了。奏了庄严的永远的光荣了。死人在缺缺刻刻的壁下，永远朽烂。为了在十一月的昏黄中，听取花的磁器[5]底的音响，而被留遗了……

札卢锡多当傍晚时分，在没有火气的屋子里，用了突成筋节的带青的手，写了"重要者，是在力免于饿死也。有减少运动之必要。须买鱼油，否则缺少脂肪矣。似将驱旧军官于一处，而即在其处了之。然有可信之风闻，谓虽集合于展览圣者遗骸之保健局展览会，而在忙于观察之诸人面前，有文官服饰之教士等大作法事云。然则可谓以死相恫吓也。假使连络线而不伸长也，则一月之中，墨斯科

5　现代汉语常用"瓷器"。——编者注

可以占领。一队外国兵可以侵入,乃最确实之事也,今日已变换赤旗之位置——乃伟大之成功,亦空前之略取也。然而重要者,乃得免于饿死也。不当再买白糖。白糖者——奢侈品也,是当惯于无甜味而饮茶之时矣……"将军发出沙声来,吐了长吁。壁的那面,慈泼来微支·慈泼来夫斯卡耶筒了外套躺着。这时候,蓝眼睛的喀力克,小望德莱罗易公爵,虽然为老妪们所驱逐,却还在鳖来鳖去,拾集木片,从废屋的废料里,拉出板片来。将板壁片、纸片,路上检来[6]的小枝等装在袋里,拿回来了,火炉烧起来了。小公爵蹲着烘手。红的火照着蓝的眼,母亲一样的紫花地丁色的眼,是一个平稳的,聪明的,知道了人生的碧眼小老翁。

纽莎——制造束腰带的,住在慈泼来微支·慈泼来夫斯卡耶先前住过的二楼上。结了婚,得到四十亚尔辛[7]的布匹。现在很想早点生孩子,再得到布匹和孩子的名片。丈夫在外面运粉、筹钱。纽莎毫不难为情地走过,将这里九年之间在家中驯熟的,那大名写在红的纸片上的,有名的慈泼来微支·慈泼来夫斯卡耶的先前的住所的房门,用英国式的钥匙开开了。后来,纽莎突然在楼上的有花圈而无火气的屋子里出现。仅罩头巾,站在门口,平静地说,因为愿意用麦粉做谢礼,请教给她唱歌。慈泼来微支·慈泼来夫斯卡耶在她面前张了腿站定,想喷骂她,然而闭了嘴,好像吃了一惊似的,什么也不回答,纽莎嘲笑着跑掉了。白天,慈泼来微支·慈泼来夫斯卡耶筒在外套里躺着。夜里,是望德莱罗易公爵咬牙齿,几乎要从两脚的椅子上抬起那疲乏的头来。他而且还做了认真的,少年老成的梦。第二天早上,她显着浮肿的脸起来了,吩咐他去叫纽莎来。纽莎说身体不舒服,请她自行光降罢。慈泼来微支·慈泼来夫

---

6 现代汉语常用"捡来"。——编者注
7 俄国尺度名,一亚尔辛约中国二尺四寸余。——译者

斯卡耶又咬了一回牙关，但罩上头巾，走下去了。一个钟头之后，到留巴伯母这里来借称。纽莎学唱了。慈泼来微支·慈泼来夫斯卡耶将麦粉装进袋中，挂在钉上，免得招鼠子。

雅各·勃兰是带着旅行皮包，游历公署了。上了五层楼，等候轮到号数。钻过那打通了的墙壁，从这大厅走到那大厅。探问了。又平稳，又固执，又和气——盖他此时终于已在一切同等，谁也不打谁，不砍谁的地方——廉价办公，以劳动获得面包的地方了。女职员们是吵闹，耸肩，从这屋追到那屋。他呢，唠叨地热心地又跑来，非到最后有谁觉得麻烦，竟一不小心，给用妙笔写了——付给可也——之后，是不干休的。到底，付给雅各·勃兰了。就是付给了生活的权利，得有在那下面做事，写字，思索的屋顶的权利了。是停车场旁的第三十四号共同住宿所，先前的"来惠黎"的连带家具的屋子十七号。雅各·勃兰欣欣然走过萨木迪基街，萨陀斐耶街，搬了皮包。傍晚，他坐在没有火气的屋子里了。壁纸后面，有什么东西悉悉索索[8]地作响，滚下去了，在枕头边慢慢地爬了一转。白天里，在花纸上见过的——拿着大镰刀的死，出来了。给爬在文件上，点了火，唏唏地叫，焦黄，裂碎了……

雅各·勃兰决了心，要坚执地来使生活稳固。为自己的事，走遍了全市镇。无论谁，都有工作，都有求生的意志。雅各·勃兰在街上往来，停在街角思索。人们几乎和他相撞，跳开走了。他（故乡）的市镇里，是什么人也不忙，什么地方也不忙的。关在家里——暴动之际，是躲起来了。虽有作诗的本子，诉苦的胃囊，但还是勇敢而不失希望的他，是走而又走了。在空地，砖头，铁堆，冻结而没有人气的店铺和人列的旁边……在灰色的独立屋里，是升腾着苦的烟，坐着打打字机，穿外套的女职员。雅各·勃兰走向靠

---

8 现代汉语常用"窸窸窣窣"。——编者注

边的女人那里，去请教她，倘要受作为著作家的接济，应该怎么办
才好。接济，在他是万不可缺了。还说，否则，他是不来请托的哩。
女职员也想了一想，但将他弄到别的办事桌去了。从此又被弄上楼
去了——于是他走上楼去了。被招待了。翻本子了。结果是约定了
商量着看罢，问一问罢，想一想罢。说是月曜日再来罢。到月曜日，
他去了。再拿出诗来看。是坐着无产者出身的诗人们的屋子。于
是他说，自己也是无产者出身，自己的祖父是管水磨的。诗被接受，
约定了看一看再说。到水曜日，将对于他的接济拒绝了。但在这
时，他已经找到了别的高位的公署。他好像办公一般，每天跑到那
边去，等在客厅里，写了请求书。要求给他作为无产诗人的扶助和
接济和稿费。到金曜日，一切都被拒绝了。就是，对于接济，对于
稿费，对于扶助。然而给了一件公文，教到别的公署去。那地方是，
从阶上满出，在路上，廊下，都排着长蛇之阵了。雅各·勃兰便跟
在尾巴上。日暮了。阵势散了。第二天早晨，他一早就到，进去是
第一名，许多工夫读公文，翻转来看，侧了头。终于给了一道命令
书。凭着黄色的命令书，雅各·勃兰在闭锁了的第四付给局里，领
到了头饰和天鹅绒的帽子。在自己的房里，他戴着这帽子，走近窗
口去。屋顶是白白的。黄昏是浓起来了。乌鸦将胸脯之下埋在雪里
洗澡。市镇和自己全不相干。这里也和别处一样，并无正义存在。
雅各·勃兰觉得精力都耗尽了。他躺在床上，悟到了已没有更大的
力量。在半夜里，走上一只又大又黑，可恶的鸡到他这里来，发出
嘎声叫。他来驱逐这东西。但鸡斜了眼睛瞪视着，张了嘴，不肯走。
将近天明，因为和鸡的战斗，他乏极了。指头冰冷了。头落在枕上，
抬不起来了。大约，白的虱子，到他这里来了。雅各·勃兰是生起
发疹伤寒来了。过了两天，被搬走了。傍晚，他的床上，是从维迪
普斯克到来的两个军事专门家，像纸牌的"夹克"一般躺着了。

芳妮是在办公。从公署搬运羊肉、蜂蜜和便宜烟草。公署是活动，付给。连络线伸长了。地图上的小旗像索子似的蜿蜒了。札卢锡多静对着地图，发出沙声，记录了。

"二星期之后，前卫殆将接近防寨矣。委市街于炮击则不可。应中断铁路——而亦惟有此耳。昨在郊外，又虽在中央，亦有奇技者出现。若辈有宛如磁器之眼，衣殓衣，以亚美利加式之弹锁，跃于地上者高至二亚尔辛。且大呼曰——吾乃不被葬送者也——云。此即豫兆耳。吾感之矣。吾感之矣。"

留巴伯母对于芳妮，将离家的事，希略也夫的事，都宽恕了。傍晚，留巴伯父读了新训令。留巴伯母长太息了。芳妮坐在钢琴后面的自己的地方。窗户外面，是十一月在逞威，雪片纷飞了，埋掉了过去、恋爱、情热。留巴伯父这里，常有竖起衣领，戴着羊皮帽的人前来，在毫无火气的廊下走来走去，在那地方窃窃商量。留巴伯母说，那个烟草商人又来了。有一天的夜里，是芳妮已经睡在钢琴后面，伯父和伯母都睡下了，黑的屋子全然睡着了的深夜里，有人咚咚地叩门。留巴伯父跳了起来。声音在门外说，请开门呀，留巴伯父手发抖了。有痣的善良的下巴，凛凛地跳了。旋了锁，阻挡不住了，进来了，一下子一涌而进。皮帽子和水手的飘带，斑驳陆离。将屋子翻了身，在伯母的贮藏品也下手了。将麦粉撒散了，敲着烟通听，站上椅子去。将文件，插着小旗的札卢锡多的地图，札卢锡多、留巴伯父，对面的房里的渥开摩夫，全都扣留，带去了。小望德莱罗易公爵躲在衣橱里，因为害怕，死尸似的坐着。天亮之前，将全部都带去了。在雪和风卷雪和风里。

芳妮一早就跑到军事委员那里去。军事委员冷淡地耸耸肩胛，并不想帮忙。芳妮绝望，跑出来了，想探得一点缘由，但什么也捉摸不到。她什么地方也没有去。是灰色的一天，从嘴里呼出白的气息来。灰色的一天之后，来的又是一样的灰色的一天。接连了莫名其妙的一星期，留巴伯母躺着。芳妮各处跑着，筋疲力尽了。又各处跑着。第三星期，札卢锡多被开释了。因为是酒胡涂[9]，老头子，没有害处的，教他将退职军官的肩章烧掉。札卢锡多从牢监经过街道，单穿着一只铜跟的靴子走回来了，还有一只是捉去的时候，在路上失掉了的。在路角站住，淋了冷水似的上气不接下气了。在墙上，钉着告捷的湿湿的报纸。在广场上，有着可怕的全体钢铁的蝎子，围绕着红的小旗子，正在爬来爬去。将群众赶散了，是穿木靴、披外套、短身材的，坦波夫、萨玛拉、威多地方的人们，白军的乡下佬。乡下佬们跳跃、拍肚子、吹拳头，满足而去了。到露营地去，去劳动去。最紧要者是当机关枪沉闷地发响时，不要一同来袭击……

追赶了敌人，敌人逃走了。札卢锡多站在路角上，读了湿湿的报章。有和音乐一同走过的人们，骑马、持矛。教会没有撞钟。札卢锡多总算蹩到家了。上了五层楼，歇在窗台下……走进房里躺下了。望德莱罗易公爵为他烧了两天的火炉，给不至于冻坏。

留巴伯父是一连八天，坐在阶沿碎得好像投球戏柱的屋子里。也有被摔进来的，也有被带出去的。从窗户吹进风来，天一晚，就爬下黑黑的臭虫，是在顶缝上等候（人们）睡觉的，这就爬下来了。第十三天，和别人一起，也教留巴伯父准备。坐在运货摩托车上带去了。是黑暗的夜。拿枪的兵士站在两旁。在牢监里，留巴伯父和律动家而先前的军官的渥开摩夫遇见了，握手、拥抱，并排住起来。在忘却的模模胡胡[10]的两天之后，竟给与了三个煎菜和两个煮透的鸡蛋。留巴伯父忘了先后，两眼乱眹，失声哭起来了。将一个煎菜和鸡蛋给了渥开摩夫，一起坐着吃。加上了许多盐，为回忆而凄惨。

9　现代汉语常用"糊涂"。——编者注
10　现代汉语常用"模模糊糊"。——编者注

渥开摩夫是因为隐匿军官名义和帮助阴谋而获罪的。前一条是不错的——渥开摩夫自招。但于第二条，却不承认。他说，音乐会里，自然是到过一回的，但那款子，是用来弥补生活费了，案件拖延了。留巴伯父的罪名，是霸占。留巴伯父满脸通红，伸开臂膊。然而牢监里面，也有烟草商人的，就是竖起衣领，时时来访的那些人……

开审之际，讯问渥开摩夫——职业呢？——戏子。——这以前呢？——是学生。——没有做过军官么？——也做过军官。——反革命家么？——是革命家，在尽力于革命底艺术的。——判事厌倦地说了——知道的呀，在教红军的兵卒嗅麻药的呵。朗吟么？——不，是演剧这一面。——水曜日的七点半，渥开摩夫被提，要移送到县里去了。渥开摩夫收拾了手头的东西，告过别。说是到县里一开释，就要首先来访的……带过廊下，许多工夫，从通路带出去了。吹进风来，很寒冷。在窗外，有着暗淡的空庭。有着十一月。

关于渥开摩夫，第二天贴在墙上的湿湿的报纸上，载着这样的记事——前军官，反革命家，积极底帮助者，演剧戏子。这一天，太阳浮出来了，天空是蓝的。从前线上，运到战利品。广场上呢，早有三辆车。又是高高地将红的棺木运走了。死尸的鼻孔里，塞着棉絮。札卢锡多在这一天是这样地写了："联络线已伸长矣，后方被截断矣，一切归于灭亡矣。本营之远隔，足以致命，乃明了之事也。一切将亡，一切将亡。鱼油业经售罄，无处可购。风闻凡旧军官，虽有年金者，亦入第四类，而算入后方勤务军。即使扫除兵舍，厕所及其他之意也……不给面包已五日矣。不受辱而地图被收者幸也……"——晚间，望德莱罗易公爵到他那里烧火炉去了。札卢锡多正在窗边，站上椅子，要向架上取东西。望德莱罗易公爵向他说话了。他听不见。他便碰一碰他的腿，不料脚竟悬了空。摆了，踏不到椅子了。望德莱罗易公爵发一声尖叫，抱头窜出了。

过了两天，威严的，年青相的，有着竹节鼻和百合色指甲的札卢锡多是在教堂里，由命令书，躺在官办的棺中了。助祭念念有词。教士烧起了香，香烟袅袅地熏在薰香上。没有派军队来。这也是由命令书而没有派来的。派定四号屋的用人拉小橇。于是就搁在柴橇上，拉去了。很容易拉。道路是滑滑地结着冰。拉得乏了，便坐在棺上吸烟草。札卢锡多听着橇条的轧轹声，年青相了，在棺盖下返老还童了。

有魅力的蓝眼珠的梭耶·乌斯班斯卡耶，提着皮包跑到自己的跳舞学校的她，从贴在墙上的报纸上，看见了渥开摩夫的姓名，于是忽然打寒噤，咬嘴唇。虽然缘分不过是汲水的时候，并排了一回，和他一面劈柴，听过一回他唱道"您的纤指，发香如白檀兮……"。但在梭耶·乌斯班斯卡耶那里，是有着温柔的，小鸟似的，易于神往的心的，即使在一切混乱和臭气之中，也竭力在寻求着为自己的小港。渥开摩夫之名，已经就是悲剧底的，被高扬了的灭亡。梭耶便将他设想为久经期待而永久暌离[11]的人了。梭耶已经用趾尖稳稳地走路，一面赶快走，一面用指头按着嘴唇，而且决心要向一个人，去讲述一切的真实，其人为谁，乃是住在官办的旅馆里，坐着摩托车出入，然而仿佛地位一样低微似的等候她，一直送到家里的其人也。傍晚，梭耶到旅馆去了，讨了通行券，将证明书放在肩头，走上红阶梯，敲了磨白玻璃的门户。她不能不将心里想着的事，通盘说出来——锋利地、直截地、滔滔地，纵使因此负了怎样的罪，也不要紧。然而房里坐着两个人，桌子上还有茶。那人似乎吃惊了，但也就脸上发亮，献上茶来，说请喝呀，梭耶不喝，并且说，这来是有一点事情的。那人又说请喝茶呀，座中拘谨了，客人沉默了。梭耶从茶杯喝茶了，那人用了善良的、蕴蓄爱情的眼看她了。梭耶问了些

11　现代汉语常用"暌离"。——编者注

不相干的事，喝干了茶，要回去了。她自己悲伤到要下泪。她为了茶和质问，憎恶自己了。然而他却送她一直到廊下，从手套的洞里，在她那暖热的小小的手掌上接吻了。梭耶跨下一段阶沿，忽然说，我并不是为了这样的事来的……什么都讨厌了，这样地生活，是不能的，我已经不愿意看见你，我是来说这些的。为什么渥开摩夫遭了枪毙的呢？——觉得他和自己都可怜，眼泪流到面庞来了。——那个渥开摩夫呀？——那人惊着问。——渥开摩夫呀，做戏子的……——渥开摩夫是什么人呢，不知道呀。——那人说。——在过渡期，是要 × × 的……革命是粗暴的呀。——梭耶很想说，怎样都好，革命倘在过渡期，这样也好。但我是不愿意再看你，也不要你再跟来跟去了。然而她什么也没有说，跑下去了。第二天的傍晚，他到学校里来接她。她不开口，和他出来了。很想再说一回，不再和他到什么地方去。然而车夫已经开了门，来不及说了。她坐上车，温暖了。黑的、软软的风，在三月里散馥。星星的银色的霉，已经浮了上来。摩托车开走了。街市的尽头，在雪和空旷中吐气。梭耶想，这是完了。弄到那么样，还是不成。她想，没有报答可爱的，温柔的，最为敏感的那人的，最后的临终的微笑。

芳妮那里，忽然来了一个惠涅明勃鲁尼，是赛希加，即亚历山大·希略也夫的朋友。戴着皮帽子，留着黑的短颚须。颊上有一直条的伤痕。芳妮领到钢琴后面的自己的处所。勃鲁尼说，他们的中央委员会，要给死掉的伙伴报仇。亚历山大·希略也夫的名，登了英魂录，再也不会消灭了。关于报仇的事，则对芳妮说，不久就会知道。于是义务已尽，去了。芳妮许多工夫，注视着贴在证明书上的被人乱弄了的照相。赛希加的面庞上，写着号数，蓝的。芳妮哭了。——其时勃鲁尼也在奔波，伤痕发紫了。勃鲁尼上了久经冷透了的屋子的六层楼，敲了门，而在外面倾听。门开了，牙医生的应接室里，坐着垒文、格里戈尔克、波式开微支。举事大约期在明天的十二点。一切都计划好，准备好了。为了给希略也夫报仇，为了恐怖手段，为了制药室，为了委员会的财政充足——都必须有钱。武力抢劫的事，早经考究好，调查好，周密地计划好了。一个钟头之后，勃鲁尼出去了，又是执拗地，伤疤发着紫，在街上走。第二天的两点半，七个人坐着摩托车到了横街的公署前。两个把门，两个到中庭，三个上楼上。算盘毕毕剥剥地在响，出纳课员站在金柜旁，女职员在喝汤。格里戈尔克走上前，用手枪对着，叫擎起手来。勃鲁尼和波式开微支打了出纳课员的头。他跌倒了。动手将成束的钞票抛进口袋去。出纳课员忽然跳起，抱着头，爬一般，电光形地（走着）要逃跑。格里戈尔克对脊梁开一枪，出纳课员扑地倒下了。交换手们发了尖利的叫喊。有谁跑向边门了，一下子攻来了。格里戈尔克解开带子，跳了出去。一切都跳了，被撒散了。灰尘、玻璃，——他们跳下了阶沿。从上面掷下法码和算盘来。摩托车已经动弹了。他们赶到，抓住、跳上了，——摩托车将他们载去了。突然从门里面跳出人来，曲下一膝便掷——格里戈尔克坐着一回头，铜元打中了他的面庞，流出血来了。追的紧跟着。马夫打马。勃鲁尼伸着臂膊，不断的开枪。——弯进了积雪的横街里，——摩托车滑了。车轮蹒跚了，被烟包住了。马匹追到，橇里面外套（的人们）杀到了。勃鲁尼跳了下来，提着口袋跑，闯过门，跳过短墙。后面跑着波式开微支，不料坐下了，躺倒了——又是爆发，——掉下——叱咤，玻璃……勃鲁尼逃出了，回过头去看。波式开微支想跟着他攀上墙——不意横着掉下短墙去，倒在雪里了。勃鲁尼仍然走。铁门关着。他走近门，想推开它。然而门是从里面支住的，走不过。他还在中庭跑了一转，蹲在脏水洼的僻处了。——天空很青，沉闷，是酿雪天。勃鲁尼还等候了一些时。从一角里听到蹄声了。他将枪口含在嘴里，扳了发火机。

街上是孩子们奔跑，窥探。载在大橇上——七个穿短外套的罗马诺夫皇帝党员被运走了。大家叠起来躺着。兵卒拿着枪口向下的枪，跟着走。马匹步调整齐地进行。勃鲁尼躺着，脸伏在别人的肩上。

一切烟草商人，都有家族的。烟草商人是明于法律的人们，而且没有破绽的。——留巴伯父却相反，乱七八糟，第一回审问的时候，早就胡涂了，一切都于他不利。他被提出去审问了九回。九回的陈述都不一样。到第二个月，因为要判决浮肿的，须髯蓬松，衰弱了的他，便经过市街，带出去了。留巴伯父被夹在两个兵卒间，坐在白的大厅的椅子上。对面，是军事委员摆着架子，毫不知道他似的坐着。旁听人里面，也有已经释放了的烟草商人。白白的，寡言的芳妮，和慈泼来微支·慈泼来夫斯卡耶小姐坐在一起。不多久，摇铃了。挟皮包的检事，立刻叫留巴伯父，称为寄食者，读过他混乱的所有的陈述，又示了烟草商人的陈述——市民莱夫·留复微支·莱珂夫者，是盗贼，是寄食者，——检事对于他，要求处以极刑。这之后，律师开口了，什么都不否认，单单请求宽大，指出他的职务，还说到悔悟和老年。裁判官去了，商议了。芳妮用了乌黑的看不见的眼睛，看着前面。留巴伯父浮肿着——铁青，动也不动地坐着，好像早已死掉了似的。烟草商人在廊下吸烟草。裁判长回来了，又摇铃，大家又都归座，肃静了。在窗门外，有机器脚踏车停下了。裁判长宣告了，赞成了检事的提议，判决了极刑。

慈泼来微支·慈泼来夫斯卡耶将芳妮载在街头马车上，带了回来。芳妮走上五楼，见了伯母，哭得倒在椅子上了。一到夜，就躺在钢琴后面的自己的地方了。月亮的角，在窗的那边晃耀，竖琴吟哦了。望德莱罗易公爵在两人之旁守夜，挂下了穿着补钉袜子的细细的脚，在椅子上打起瞌睡来。夜已深，深且尽了。竖琴昏暗，月亮下去了。快活的、年青相的留巴伯父走近枕边来，微笑着，用冰冷的手指，抚摩了芳妮的面庞。

慈泼来微支·慈泼来夫斯卡耶还在教纽莎学本领。纽莎拿着卷起来的乐谱站在钢琴旁，钢琴上面挂着对于钢琴呀、房子呀、物件呀的保管证。这是家宅搜查的结果，因为是女流声乐家，许可了这些的东西的。近来，纽莎上音乐会，即舞台去了，已经登记了。有着保持皮衣呀，金刚钻呀——听众的赠品的权利。纽莎的丈夫和保健部员一同搬了麦粉来。麦粉呢，在市场上，被争先恐后的买去了。于是纽莎便买了海獭的外套，买了挂在客厅里的 A.伊瓦梭夫斯基所画的细浪和挂帆的船。她到"星"社去出演了，和最好的优伶并驾，得了成功。在夜里，他们一同在运货摩托车里摇摆了一通，不自由，寒冷，而且狭窄，但是幸福的。为了艺术，将做戏子的苦痛熬过去了。在降诞节这一天，有夜会，和出场者一同，优伶们也被招请。肚饿的优伶们便高高兴兴，冻红着鼻子跑来了。在食桌上，有鹅、酒，脏腑做馅的馒头之类。优伶们快乐到忘形，时时嚷起来，很是骚扰。纽莎唱了，慈泼来微支·慈泼来夫斯卡耶伴奏。散会的时候，纽莎在大门口将两片鹅肉用纸包着塞给慈泼来微支·慈泼来夫斯卡耶，当作演奏的谢礼。她生了气，很想推回去，但将鹅肉收下了。夜间，小望德莱罗易公爵大嚼鹅肉，幸福地笑了起来。因为吃饱，塞住了呼吸，咳嗽了。

雅各·勃兰那里，后来黑鸡也还进来了八回，在每晚上。现在，他已经认识这鸡，也知道到来的时刻了。可恶的鸡愤然的走来，啄他。他总想将这鸡绞死，满身流汗，但因为心脏跳得太剧烈，没有办妥，便失神了。在周围呻吟，谗谤，徘徊——已被捉住，又回了原样。到第九天的夜里，鸡不来了，他这才睡得很熟。心脏安静，不跳了。到早晨，在太阳，白的窗，又黄又脏的公物的被单下，他看见了骨出崚嶒的自己的枯瘦的膝髁。他衰弱，焦黄，胡子长长了。觉得肚子饿。白的虱子远退了。雅各·勃兰留住了性命，又想爱，工作，生活起来。过了两星期，焦黄的他，才始带了丁字杖，走出门外去。是温和的天。灰色的积雪成着麻脸。在石路上，乌鸦以三月的叫喊在啼。雅各·勃兰带了丁字杖行走。他的心脏是衰弱，向众人开放着的。然而一切人们，都急急忙忙地走过去了。第三十四号共同住宿所呢，一星期之后，便交还了他的旅行皮包。屋子的期限满了的。那地方是军事专门家之后，早住进了一位穿着男人用的长统[12]靴子，跑来跑去的姑娘。雅各·勃兰弄得连在那下面做事、写字、思索的屋顶也没有了。他虽然觉得喘不过气来，但还蹩到曾说给他印诗的公署去。公署里面依然是烟尘陡乱。女职员们大家在谈天。做书记的无产诗人，却是新的，是黑黑的，乱头发的男人。乱翻纸盒，询问姓名，拉开抽屉，究竟寻到了。诗是定为发还的。雅各·勃兰领了诗，戴上天鹅绒帽子。他没有地方可以过夜。到傍晚，他接在免费食堂的长蛇的尾巴上，喝了浮着菜叶小片的热汤。夜里寻住宿，街是暗的。在三月的暗中，风吹着商店和咖啡店的破玻璃在作响。雅各·勃兰站在一所大房子的昏暗的升降口，向阶下的先前是门房的角落里，钻了进去。寻得一点干草，背靠着墙酣睡了。

到天明，他很受了冻，两脚伸不直了。于是拄了丁字杖，蹒跚着走。潮湿的，三月的，劳动的日子开头了——雅各·勃兰蹩到了芳妮的处所。芳妮穿了黑的丧服在大门口迎接他，但一时竟记不起他来。暂时之后，便拍手，引他到自己的角落里，诉说悲哀……雅各·勃兰在火炉旁边暖和了。看看在小小的拉窗外面袅着的烟并且说这里也并无正义。在这里，也依然只有饿死，是做得到的。况且没有一个认识的人，谁也不加怜悯。对于我，并无接济，倒是给了

12　现代汉语常用"长筒"。——编者注

一顶无边帽。我是直到现在，没有戴过什么无边帽子的。要怎么活法才好呢？芳妮给他在廊下的箱子上铺了一个床，到复元为止。雅各·勃兰便躺在箱子上勉力复元、吟咏。他的脸发亮，眼镜后面有大眼睛了。他决了心，要回到故乡的市镇去，在那里虽然并无正义，却也没有饿莩。一星期之后，一无所有地，只提了一空空的旅行皮包，他告了别，动身了。芳妮送给他煎菜的小片和面包，在路上可以充饥。傍晚，和群集一同，在叫唤、呐喊、射击之中，他从车站攻向通路来，在路上失了丁字杖。黑的火车顶上，已经躺着许多人，梯子上也挂着。攻向破掉的车窗去。雅各·勃兰挨了一推。他要跌倒了，抓住了谁的肩。打他的手了，然而死抓着——踏了谁的肩，爬进车子里面了，车里面是漆黑。他抓住在一个包裹上，跌倒了，地板上躺着人们。在什么地方的椅子底下的角落里，占了一个位置。将小行李枕在头下，便瘫掉了。不多久，火车头哼起来，客车相触，作响——列车走动了。脚从梯子上伸出着。车顶上面，是在作过夜的准备。死掉的都市，留在后面了。前面呢——道路、旷野、雪。在火车站上，在半夜里，新的客涌进客车来，从上面打他们。后面有声音，开起枪来了。雅各·勃兰闭了眼睛，躺着，正在回家，回故乡。

　　雅各·勃兰的故乡的市镇上，首先驻在的是白军。后来，绿军到了。此后是玛卢沙·乔邦队，战线队，亚德曼队，最后将一切驱逐、粉碎，而红军开来了，非常委员会到来了。非常委员会即刻着手于扫荡，枪毙了水兵和战线队的余党，枪毙了玛卢沙，枪毙了公证人亚格里柯普罗。暴动停止了。吓怕了的犹太人爬了出来，聚在角落里商量，摇手。落葬了，算帐[13]了。非常委员会占领了广场的汽水制造厂的房屋，在升降口和大门口，站起哨兵来。骑马兵在街上往来，查证票，押送被捕者，日本人，耶沙，坐在铺皮的橇上，戴

13　现代汉语常用"算账"。——编者注

着皮的无边帽，手枪袋插在带子上，来来往往。没有多久，犹太人便又销声匿迹了。商店依然是破玻璃。日曜日的早晨，群集将市场围绕了。大家接连地购买了。乡下人不再将麦粉和奶油和鸡蛋运到市上来。狡猾起来，就在村子里交易了。捉去了只一条裤，而穿着旧的溜冰鞋的人五个——审问之后，送到投机防止局去了。日曜日之夜，市镇里有家宅搜查。搜查银钱、农产物、逃亡者。银钱只发见了一点儿，但农产物很不少。逃亡者的一群，被捉去了。天一亮，亲近的人们就在门前成了长蛇阵。

市镇上突有檄文出现。谁散的呢，无从知道。那上面是写着这样意思的事的。——诸君的一伙，在等候诸君。新政府保有面包和法律和正义，保护农民，保护地主，和暴动战斗，和犹太底压制战斗——总而言之，是说，保护大家的权利的。非常委员会便颁发戒严令，放哨兵，夜里是派巡察。在雅各·勃兰回到故乡的市镇的前天，阴谋败露，帮助者被捕，市镇是弄得天翻地覆了。

这之间，载着雅各·勃兰的火车也在爬、停，等待铁路的修好，于是仍复向前爬。车头损坏了，在旷野里等候送了新的来。夜里，出轨了——有谁抽掉了枕木——又修理，走动了。在客车里，是蜷缩，说昏话，快要死了。到车站上，是搬了出去，放在堆货的月台上。到底，在早晨，火车竟到了故乡的市镇。雅各·勃兰爬出来了，跄踉着，忙乱了，饱吸了空气。破了玻璃的车站、架在澄清的小川上的木桥、两株蓬松的白杨和处处挂着死了似的招牌的，开始融化的，脏的，湿的市街相通的道路，他都认识的。粮食店前，早晨一早就排着人列了。被挨挤，在寒颤。在广场上，是整列着不眠的、穿着衣角湿透的外套的兵卒。从监狱里，在带出拿着铲子的犯人来。家家的铠门都关着。绿色的、红色的，灰黑色的房子——木造——还在睡觉。商店街上，挂着红色的招牌——第一号仓库、第七号仓库、第十二号仓库——全是公有。街角上站着一个戴阔边帽，有白鬓发的犹太人。就是站着，惘惘地看望。他的嘴唇在发抖，喃喃地自语。

雅各·勃兰走到了熟识的，蓝色的，窗窗有花的老家，叩了许多工夫门。门终于由一个戴耳环的兵卒来开了，问什么事。雅各·勃兰想走进家里去。然而兵卒大声说，这房子已经充了公，事务所是十点钟开始办事。雅各·勃兰看看门。于是看见了白的招牌，是——本部事务所。一个钟头之后，他从拉萨黎大街的亲戚那里，知道了父亲是还在乔邦队驻扎此地的时候，退往基雅夫，从此看不见人，也没有信。他的房子充了公，物品也都充公了。雅各·勃兰便暂且住在厨房里。第二天，阴谋的清算人跑到时，他就被捕，交给了非常委员会。雅各·勃兰坐在汽水制造厂的先前的佣人房里了，又从这里拉出去了，替换是另外摔进一个新的来。早上，他被带到裁判官那里去了。裁判官动着耳朵，嗅空气，用一只眼睛看。他问，你不是和乔邦队一同逃走了的勃兰的儿子么？为什么跑来了，而且现在？为什么不来登记的？在你皮包里的公家的帽子，是从那里得来的？雅各·勃兰回答了。裁判官细着眼嘲笑，拿铅笔来玩了。雅各·勃兰说完的时候，他在一角上小小地写下了。雅各·勃兰被带走了。他没有人睡，过了一夜。消雪的水滴，橐橐地在滴下来。春天到了，三月的月亮在辉煌。他张了眼睛，躺着，风无所不吹拂。雅各·勃兰想了，悲伤了却镇静，作了诗，竖琴在风中吟哦，吹响了弦索。雅各·勃兰用手支着颐，想了一会，于是用了咬碎的铅笔片，写在壁上了——

> 静的风，溶[14]的雪，
> 有一个人来我前，
> 唱了歌儿了……

14　现代汉语常用"融"。——编者注

亚克与人性

［苏］E. 左祝黎

一 告示贴了出来

房屋和街道都像平常一样，天空照旧蓝映映[1]的，显着它那一世的单调。步道石板的面具也还是见得冷淡而且坚凝。忽然间，仿佛起了黑死病似的，这里的人们从那脸上将偌大的泪珠落在浆糊[2]盆里了。他们在贴告示。那上面所写，是简明、严厉、无可规避的，就是：

全体知照：

本市居民的生存资格，将由格外严办委员会所设之三项委员会分区检查。医学的及心理学的查考，亦于同地一并举行。凡认为毋庸生存之居民，均有于二十四小时内毕命之义务。在此时期中，准许上告。其上告应具呈文，送至格外严办委员会之干部。至迟在三小时后即可予以答复。倘有毋庸生存之居民，而因意志薄弱或爱惜生命，不能自行毕命者，则由朋友、邻人，或特别武装队执行格外严办委员会之判决。

1　现代汉语常用"蓝莹莹"。——编者注
2　现代汉语常用"糨糊"。——编者注

注意:

1. 凡本市居民,应绝对服从格外严办委员会之办法与断结。对于一切讯问,应有明确之答词。其有认为毋庸生存者,则各就其性格,制成调查录。

2. 所颁发之命令,必以不折不挠之坚决,彻底施行。凡有人中赘物,妨害正义与幸福之基础上之人生改造者,均除去不贷。命令遍及于一切市民,无论男女贫富,决无例外。

3. 在施行检查生存资格期间,无论何人,均不准迁出市外。

二 激昂的第一浪

"你读了么?"

"你读了么?!"

"你读了么?! 你读了么?!"

"你见了么?! 你听到了么?!"

"你读了么?!"

这市里到处聚集起人堆来,交通梗塞了。人们忽然脱了力,靠在墙壁上。许多人哭起来了,晕过去的也不少。到得晚上,这样的人们就上了可惊的数目。

"你读了么?"

"可怕! 吓人! 连听也没有听到过!"

"但其实是我们自己选举了这格外严办委员的,是我们自己交给了他们一切全权的!"

"对,这是真的。"

"错的是我们自己的胡涂透顶。"

"这是真的,我们自己错,但我们是意在改良生活的呀。谁料得到那委员会竟这样吓人的简单地来解决这问题呢？”

“由委员会里的那一伙人！由那一伙人！”

“你怎会知道？名单已经发表了么？”

“一个熟人告诉我的！亚克选上了会长！”

“什么！亚克么？这多么运气呵！”

“真是，实在的！”

“多么运气呵！他的人格是干净的！”

“自然！我们用不着担心了：这将真只是除去那人们里的废物！不正要没有了！”

“你说下去呀，可贵的朋友，你怎么想，人们肯给我生存么？我是一个好人！船要沉了的时候，二十个船客跳到舢板上去，我就是一个，你想必一定知道的。舢板载不起这重量，大家都要没命了。必得五个人跳下水，来救那十五个。我就在这五个里。我自动的跳在海里了。你不要这么怀疑的看我呀。我现在是老了，没有力气了，但那时却是年青，勇敢的。你那时没有听到这件事么？所有的报上都登载过的。别的四个都淹死了。只有我偶然得了救。你看来怎么样，人们肯给我生存下去么？”

“还有我呢，市民？我？我将我的一切东西都给了穷人。这是一直先前的事了，我有文件的证据。”

“我不知道，这都和格外严办委员会的立场和目的是不相合的。”

“你让我来告诉你罢，可敬的同乡，单于自己的关系人有用处，是还不能保证这人的生存资格的。倘使这样，那就凡有看管小孩的傻鸦头[3]，也都有生存的权利了。这事情过去了！你多么落伍呵！”

“那么，人类的价值，是在什么地方呢？”

“人类的价值，是在什么地方呢？”

3　现代汉语常用“丫头”。——编者注

"这我可不知道。"

"哦,你不知道!你既然不知道,为什么向我们来讲讲义的?"

"对不起,我只说我所知道的罢了。"

"市民们!市民们!瞧呀!瞧!人们在这么跑!暴动了!恐怖了!"

"阿呀,我的心呵!我的心呵!阿呀,上帝呵!救救罢!救救罢!"

"停下!站住!"

"不要扩大恐怖!"

"站住!"

三 大家逃走

人堆在街上逃过去。红颜的少年在奔跑,脸上显着无限的骇怕[4]。从商店官署出来的规矩的人员,穿着又白又挺的衬衣的新女婿,男子合唱队里的脚色[5]。绅士、说书人、打弹子的、看电影的晚客、钻谋家、无赖汉、白额捲发的骗子、爱访朋友的闲人、硬脖子、逗趣的、流氓、空想家、恋爱家、坐脚踏车者。阔肩的运动家、饶舌家、欺诈家、长发的伪善家、疲乏的黑眼珠的无谓的忧郁家,青春在这后面藏着冰冷的空漠。唇吻丰肥而含笑的年青的訾嚣家、没有目的的冒险家、吹牛家、兴风作浪家、善心的倒运人[6]、伶俐的破落户。

肥胖的,好吃懒做的女人们在奔跑。瘦长的柳枝子,多话、懒散、风骚。呆子和聪明人的老婆,多嘴的、偷汉的,嫉妒的和鄙吝的,但现在都在脸上显着惶急。因为太闲空了,染染头发的傲慢的痴婆,以及可爱的堂客,还有那孤单、无靠、不识羞、乞怜的无所不可的娼妇,都为了惊愕,将那一向宝爱下来的容姿之美失掉了。

---

4 现代汉语常用"害怕"。——编者注
5 现代汉语常用"角色"。——编者注
6 隐语,指偷儿。——译者

瘦削的老翁、大肚子的胖子；弯腿的、高大的、漂亮的、废人们在奔跑。经租帐房[7]、当铺掌柜、监狱看守、洋货商人、和气的妓院老板、分开了褐色发的马夫、因为欺瞒和卑鄙而肥胖了的家主、打扮漂亮的博徒、凸肚的荡子。

他们成了挤紧的大群，向前在奔跑。百来斤重的汗湿淋淋的衣服，带住着他们的身体和手脚。从他们的嘴里，吐出浓厚的热气来。诅咒和哀鸣，令人耳聋的响彻了寂静的搬空了的房屋。

许多人带着自己的东西在奔跑。用了弯曲的手指，拖着被褥、箱笼和匣子。抓起宝石、小孩、金子，叫喊着、旋转着，两手使着劲，又跑下去了。

但人们又将他们逼回来了。像他们一类的人们，来打他们，迎面而来，用手杖、拳头、石块打，用嘴咬，发着极可怕的喊声，于是这人堆就逃了回来，抛下了死人和负伤者。

到傍晚，市镇又恢复了平常的情形。人们抖抖的坐在自己的房中，钻在自己的床上。在狭小的、热烈的脑壳里，就像短短的尖细的火焰一样，闪出绝望底的希望来。

四　办法是简单的

"你姓什么？"

"蒲斯。"

"多大年纪？"

"三十九。"

"职业呢？"

"我是卷香烟的。"

7　现代汉语常用"账房"。——编者注

"你要说真话呵！"

"我是在说真话呀。我忠实的做工，并且赡养我的家眷，已经十四年了。"

"你的家眷在那里？"

"在这里。这是我的老婆。还有这是我的儿子。"

"医生，请你查一查蒲斯的家眷。"

"好。"

"怎样？"

"市民蒲斯是贫血的。一般健康的状态中等。他的太太有头痛病和关节痛风。孩子是健康的。"

"好，你的事情完了，医生。市民蒲斯，你有什么嗜好呢，你喜欢的是什么？"

"我喜欢人们，尤其是生命。"

"简单些，市民蒲斯，我们没有闲工夫。"

"我喜欢……是的，我喜欢什么……我喜欢我的儿子……他拉得一手好提琴……我喜欢吃，但我的胃口是不大的……我喜欢女人……街上有漂亮的妇人或者姑娘走过的时候，我喜欢看看……我喜欢，在晚上，如果倦了，就睡觉……我喜欢卷香烟……一点钟我要卷五百枝……我喜欢的还多哩……我说喜欢生命……"

"镇定些罢，市民蒲斯，不要哭呀。心理学家，你看怎样呢？"

"这是脓包！朋友，这是废料！是可怜的存在！气质是一半粘液质，一半多血质，活动能力很有限。最低等，没有改良的希望。受动性百分之七十五。他的夫人还要高。孩子是一个蠢才[8]，但是，也许……你的儿子几岁了，市民蒲斯，你还是不要哭了罢！"

"十三岁。"

8　现代汉语常用"蠢材"。——编者注

"你放心就是，你的儿子还可以活下去，延期五年。至于你呢……这是我管不到的。请你判决罢，朋友！"

"以格外严办委员会之名：为肃清多余的人中废物，以及可有可无之存在物，有妨于进步者起见，我命令你，市民蒲斯，和你的妻，均于二十四小时之内毕命。静静的！不要嚷！卫生员，你给这女人吃一点什么镇定剂罢！叫卫兵去！一个人是对付她不了的！"

五　灰色堂的调查录

灰色堂在格外严办委员会的大堂的走廊上。像一切厅堂一样，有着平常的、结实的、严肃而质朴的外观。深和广虽然都不过三码，但却是一两万性命的坟墓。这里标着两行短短的文字：

赘物的目录
性格调查录

目录分为好几个部门，其中有：
"能感动，而不能判断者。"
"小附和者。"
"受动者。"
"无主见者。"
以及其他种种。

性格状做得很简短而且客观。其中有许多处所，用着讽刺的叙述，而且在末尾看见会长亚克的红铅笔的签名，还批注道，凡赘物，人们是无须加以轻蔑的。

这里是几种调查录：

赘物第一四七四一号

健康中等，常去访问那用不着他而且对他毫无兴味的熟人，不听忠告。盛年之际，曾诱引一个姑娘，又复将她撇掉。一生的大事件，是结婚后的置办家用什物。头脑昏庸而软弱，工作能力全无。问他一生所见，什么是最有趣的事情，他就大讲巴黎的律芝大菜馆。最下等的俗物。心脏弱。限二十四小时。

赘物第一四六二三号

箍桶为业，等级中等，不爱做工。思想常偏于反抗精神最少的一面。体质健康。精神上患有极轻微的病症：怕死，怕自由。在休息日和休息时，酒喝得烂醉。在革命时期中，显出精悍的活动：带了红带，收买马铃薯，以及能够买到的东西，因为恐怕挨饿。以无产阶级出身自夸。对于革命，他并没有积极底的参加：抱着恐怖。喜欢打架，殴打他的孩子。人生的调子：全都是无味的。限二十四小时。

赘物第一五二〇一号

通八种语言，说得令听者打呵欠，喜欢那制造小衫扣和发火器的机器，很自负。自负是由于言语学的知识的，要别人尊敬他。多话。对于实生活，冷淡到像一匹公牛。怕乞丐。因为胆小，在路上就很和蔼。喜欢弄死苍蝇和另外的昆虫。觉得高兴的时候很少。限二十四小时。

赘物第四三五六号

她如果觉得无聊，就带了小厮出去逛。暗暗地吃着乳酪和羹里的脂肪。看无聊小说。整天的躺在长椅子上。最高的梦：是一件黄袖子的，两边像钟的衣服。一个有才能的发明家爱了她二十年。她不知道他是什么，只当他电气机器匠。给了他一个钉子，和制革厂员结婚了。无子。无端的闹脾气，哭起来。夜里醒过来，烧起茶炊，喝茶，吃物事。限二十四小时。

六　办公

一群官僚派的专门家，聚在亚克和委员会的周围了。医生、心理学家、经验家、文学家，他们都办得出奇的神速。已经达到只要几个专门家，在一小时以内，便将几百好人送进别一世界去的时候了。灰色堂中，堆着成千的调查录，而公式的威严和那作者的无限的自负，就在这里面争雄。

从早到夜，一直在这干部的机关里办公事。区域委员来来往往。执行判决的科员来来往往。像在大报馆的编辑室里似的，一打一打的人们，坐在桌前，用了飞速的、坚定的、无意识的指头在挥写。

亚克将他的细细的，凝视的眼睛，一瞥这一切，便用那惟有他们自己懂得的思想，想了起来，于是他的背脊就驼下去，他的乱蓬蓬的硬头皮也日见其花白了。

有一点东西，生长在他和官员们的中间；有一点东西，介在他的紧张的无休息的思想，和执行员们的盲目的无意识的手腕中间了。

七　亚克的疑惑

有一天，格外严办委员会的委员们跑到干部的机关来，为的是请亚克去作例行的演讲。

亚克没有坐在平日的位置上。大家搜寻他，但是寻不到。大家派使者，打电话，但是寻不到。

过了两小时之后，这才在灰色堂里发见了他了。

亚克坐在堂里的被杀了的人们的纸坟上，用了不平常的紧张，独自一个人在沉思。

"你在这里干什么？"大家问亚克说。

"你看，我在想。"他疲倦地答道。

"但为什么要在这小堂里？"

"这正是适宜的地方。我在想人类，要想人类，最好是去想那消灭人类的记载。只要坐在消灭人类的文件上，就会知道极其古怪的人生。"

一个人微微的干笑起来。

"你，你不要笑罢，"亚克诰诚地说，挥着一件调查录，"你不要笑罢！格外严办委员会好像是见了转机了。被消灭了的人们的研究，引我去寻进步的新路。你们都学会了简单而刻毒地来证明这个人或者那个人的用不着生存的各种法。就是你们里面的最没才干的，也能用几个公式，说明一下，加以解决了。我可是坐在这里，在想想我们的路究竟对不对。"

亚克又复沉思起来，于是凄苦的叹一口气，轻轻的说道：

"怎么办才好呢？出路在那里呢？只要研究了活着的人们，就可以得到这结论，是他们的四分之三都应该扫荡的，但如果研究起被消灭的那些来，那就想不懂：他们竟不可爱，不可怜的么？到这里，我的对于人类问题是跑进了绝路，这就是人类历史的悲剧的收场。"

亚克忧苦地沉默了，并且钻进调查录的山里去，发着抖只是读那尖刻的、枯燥的文辞。

委员会的委员们走散了。没有一个人反对。第一，因为反对亚克，是枉然的；第二，是因为没有人敢反对。但大家都觉得，有一种新的决心是在成熟起来了，而且谁也不满意：事情是这么顺当，又明白，又定规，但现在却要出什么别的花样了。然而，那是什么呢？

八　转机

亚克跑掉了。

大家到处搜寻他，但是寻不到。有人说，亚克是坐在市镇后面的一棵树上哭。也有人说，亚克是在那自己的园里用手脚爬着走，而且在吃泥。

格外严办委员会的办公停止了。自从亚克不见了以后，事情总有些不顺手。居民在门口设起铁栅来，简直不放调查委员进里面去。有些区域，人们对于委员的来查生存资格，是报之以一笑，而且还有这样的事故，废物反而捉住了格外严办委员会的委员，检查他生存的资格，写下那藏在灰色堂里一类的调查录，当作寻开心。

市镇就混乱了起来。还未肃清的赘物、废料，居然在市街上出现，彼此访问、享用、行乐，甚至于竟有结婚的了。

人们在街上互相招呼：

"完了！完了！哈哈！"

"调查生存资格的事结束了！"

"你觉得么，市民，生活又要有趣起来了？赘物少了。做人也要舒服些了。"

"识羞些罢，市民！你以为失掉了生命的人，是没有生存的资格的么？哼！我知道着没有生存资格的人，而且还是不配生存到一点钟的人，然而他活着，并且还要活下去哩！别一面，却完结了多少可敬的人物呵！哼，你，要知道！"

"那是算不了什么的，错误原是免不掉的事。但你说，你可知道亚克在那里么？"

"我不知道。"

"亚克坐在市后面的树上哭哩。"

"亚克在用手脚爬，还吃着泥哩。"

"难道他得哭的！"

"难道他得吃泥的！"

"你们高兴得太早了，市民！太早了！今天夜里亚克就会回来，那格外严办委员会就又开始办他的公了。"

"你怎么知道？"

"我知道。剩下的赘物还多得很。还应该肃清！肃清！肃清！"

"你真严呀，市民！"

"那里的话！"

"市民！市民！瞧罢！瞧！"

"人在贴新的告示了！"

"市民！恭喜得很！运气得很！"

"市民！读起来！"

"读起来！"

"读起来！读起来！"

九　告示贴了出来

沿街飞跑着气喘吁吁的人们，带了满装浆糊的盆子。在欢笑的腾沸声中，打开大张的玫瑰色告示来，绚烂的贴在人家的墙壁上面了。那内容是平易，明白而简单的：

全体知照：

自贴出布告的瞬间起，即允许本市全体居民生存。要生存，繁殖，布满地上！格外严办委员会已放弃其严峻的权利，改名为格外优待委员会。市民们，你们都是优秀的分子，各有其生存资格，是无须说得的。

格外优待委员会亦由特别的三项委员会所组成，职司每日访问居民各家的住宅。他们应向居民恭贺生存的事件，并将观察所得，载入特设之"快乐调查录"。委员会人员，又有向居民询问生活如何之权利。务希居民从其所请，虽然费神，亦给以详细之答复。此种"快乐调查录"将宝藏于"玫瑰色堂"内，以昭示后人。

十　生活归于平淡

门户、窗子、露台都开开了。响起了人声、笑声、歌声、音乐。肥胖的、没用的姑娘弹着钢琴。从早上直到半夜，留声机闹得不歇。又玩起提琴、铜箫和琵琶来。到晚上，人们就脱掉了他的上衣，坐在露台上，伸开两腿，舒服得打饱暖 [9]。街上热闹到像山崩。青年带着他的新娘，坐在机器脚踏车或街头马车上。谁也不怕到街上去了。点心店和糖果铺，糕饼和刨冰的生意非常好。金属器具店里，镜子是极大的销场。有些人还买不到照照自己的镜子。肖像画家和照相师，都出没在主顾的杂沓之中了。肖像就配了好看的框子，装饰着自己的屋子。

专顾自己的感情和对于自己的爱，增加起来了。冲突和纷争，成了平常的事情。和这一同，谈话里面也出现了这样的一定的说法：

"你是错活的，大家知道，格外严办委员会太不认真了！"

9　现代汉语常用"饱嗝"。——编者注

"实在是太不认真，因为这样的东西，像你似的，竟还活着哩！"

然而这口角也都不知不觉地消失在每天的生活的奔流里了。人们将自己的食桌摆得更加讲究，煮藏水果，温暖的绒线衫的需要也骤然增加起来，因为人们都很担心了自己的康健。

格外优待委员会的委员们很有规则地挨户造访，向居民询问他们过活的光景。

许多人回答说，他们是过得好的，还竭力要使人相信他的话。

"你瞧，"他们满足地搓着手，说，"昨天我称了一下，重了八磅，谢谢上帝。"

有些人却诉说着不方便，并且对于格外优待委员会的成绩的太少，鸣了些不平。

"你可知道，昨天我去坐电车，你想想看，竟连一个空位也没有……这样的乱糟糟……我只好和我的女人都站着。剩着的赘物还是太多了，应该拣了时机，肃清一下的……"

别一个愤激起来，说：

"请你写下来，上星期的星期三，连到星期四，都不来祝贺我的生存了。真不要脸……倒是我得去祝贺你么?！"

十一 尾声

亚克的办公室中，仍像先前一样的在工作。人们坐在这地方，写着字。玫瑰色堂中，塞满了"快乐调查录"。上面是详细而且谨慎地记载着生日、婚礼、洗礼，午餐和晚餐、恋爱故事、冒险等。许多调查录，看起来简直好像小说或传奇。居民向格外优待委员会要求，将这些印成书册。恐怕再没有别的，会比这更有人看的了。

亚克沉默着。

只是他的脊梁更加驼下去，他的头发更加白起来了。

他常常到玫瑰色堂去，坐在那里面，恰如他先前坐在灰色堂里一样。有一回，亚克从玫瑰色堂里跳出来了，大叫道：

"应该杀掉！杀！杀！杀！"

但当他看见他的属员们的雪白的，忙碌地在纸张上移过去的手指，现在热心地记载着活的居民，恰如先前的记载死的居民一样的手指的时候，他就只一挥手，奔出办公室，不见了。

永远不见了。

关于他的失踪，生出了许多的传说，流布了各种的风闻，然而亚克却寻不到。

住在这市镇上的这么多的人们，亚克先行杀戮，继而宽容。后来又想杀戮的人们，其中虽然确有好的，然而也有许多废物的人们，就是仿佛从来没有过一个亚克，而且谁也从来没有提起过关于生存资格的大问题似的生活下来，到了现在的。

星花

[苏]B.拉甫列涅夫　作　　靖华　译

当大齐山双峰上的晨天，发出蓝玉一般的曙色的时候；当淡玫瑰色的晨曦，在蓝玉般的天上浮动的时候，齐山就成了黑蓝色分明的，巍峨的兀立在天鹅绒般的静寂的深谷上。

阵阵的冰冷的寒风，在花园的带着灰色蓓蕾的瘦枝上，在墙头上的带着灰尘的荒草上，在溅溅的冰冷的红石河床的齐山上吹着。

龙吟虎啸的寒风，捋过那一摇三摆的木桥，捨击到茶社的低矮的院墙上。

白杨也抖擞着，栏干[1]上搭的花地毡的穗子，也被吹了起来，带着黑绿胡须的茶社主人石马梅，睁开了吃辣椒吃成了的烂眼。

将带着皱皮长着毛的胸前的破袍子紧紧的掩了掩，由袍子的破绽里露着烂棉絮。

用铁火箸子把炉子里将熄的炭火拨了拨。

黎明前的寒风，分外的刺骨而恶意了。阿拉郝[2]送来这一阵的寒风，使那些老骨头们觉得那在齐山双峰上居住的死神将近了。

但阿拉郝总是慈悲的，当他还没有要出那冰寒的严威的时候，山脊上的白雪，已经闪出了一片光艳夺目的光辉，山脊上已经燃起了一轮庄严的血日。

雄鸡高鸣着，薄雾在深谷的清泉上浮动着。

1　现代汉语常用"栏杆"。——编者注
2　阿拉郝（Allah）为亚拉伯人称上帝之名号。——译者

已经是残冬腊尽的时候了。

石马梅面朝太阳，坐在小地毡上深深的拜着，干瘦的白唇微动着，念着经。

"梅吉喀！"

"干吗？"

"把马鞍子披上！弄草料去！"

"马上就去！"

梅吉喀打着呵欠，由一间小屋里出来。

戴着压平了的军帽，灰色的卷发，由军帽下露出来，到得那晒得漆黑的脸上。

他的眼睛闪着德尼浦江上春潮一般的光辉，他的嘴唇是丰满的，外套紧紧的箍在他那健壮的花刚石般的脊背上，把外套后边的衣缝都挣开来。

梅吉喀眯缝着眼睛去到拴马场里吃得饱腾腾的马跟前。

他现在二十三岁，是白寺附近的人，都叫他戴梅陀·李德文。

在家的时候，老妈子们都这样称呼他，有时称梅陀罗，在晚会上的时候，一般姑娘们也都是这样称呼他。

两年来他已经把梅陀罗这名字忘掉了，现在都叫他的官名：骑兵九团二连红军士兵李德文。

现在环绕他的，不是故乡的旷野，不是遍地芳草的故乡的沃壤，而是终年积雪的石山，顺石河床奔流的山水，和默然不语、居心莫测[3]、操着异样语言的人民。

帖木儿故国的山河，亚细亚的中心，四通八达的通衢，从亚力山大的铁军到史可伯列夫的亚普舍伦半岛的健儿，古今来不知多少英雄的枯骨，都掩埋在这热灼的黑沙漠里。

3　现代汉语常用"居心叵测"。——编者注

但是戴梅陀不想这些。

他的事情很简单。

马、枪，操练和有时在山上剿匪时剽悍英勇的小战。

戴梅陀披了两匹马，捆着捆肚，很和蔼的马肚子上拍着。

"呵……呵，别淘气！……好好站着！……别动！……走的时候你再跑。"

马统统披好了。戴梅陀骑了一匹，另一匹马上骑着一位笨鳖似的郭万秋。

马就地即飞驰起来，黄白的灰球，随着马蹄在镇里街上飞扬着。

市场里杂货的颜色，一直映入到眼帘里。今天礼拜四，是逢集的日子，四乡来赶集的人非常的多。

雅得仁的集镇是很大的，从人丛中挤着非常的难。

两匹马到这里慢慢的走着，那五光十色的货物，把戴梅陀的眼睛都映花了。

这家铺子里摆着地毡、绸缎、刺绣、铜器、金器、银器、锦绣灿烂的酒白帽[4]和柳条布的花长衫。

铺子里边的深处，是半明半暗的。阳光好似箭头一般，由屋顶的缝隙里射进来，落到那贵重的毛毡上，家中自染的毛织物，在那半明半暗的光线里，也映着鲜血一般的红斑。

门限上蹲着一位穿着绣花撒鞋，头上裹着比羽毛还轻的印度绸的白头巾，长着黑胡子的人。

刮了脸的肿胀的双颊上发着黑青色。眼睛半睁半闭着，安静恬淡中含着一种不可言状的神气。这样的眼睛，戴梅陀无论在奥利尚，无论在白寺，无论在法司都，无论在畿辅，就是在那繁华的莫

---

4 酒白帽原名"酒白洁耶克"，形恰似中国之便帽，小而浅，顶无结，满绣以黄白或彩色金线。——译者

斯科也没有看见过的。

望着这样的眼睛好像望着魔渊似的，真真有点可怕而感到不快，戴梅陀到这里已经两年了，但是无论如何总是看不惯。

就是死人的眼里，也表现着这种令俄国人不能明白的秘密。

有一次戴梅陀看见了一个巴斯马其[5]的头目。

他是在山中的羊肠鸟道上被红军的子弹打倒的。他躺在路旁胡桃树下的草地上，头枕着手，袍子在隆起的胸前敞开着，白牙咬着下嘴唇，睁得牛大的眼睛瞪着面前的胡桃树根。

在他那已经幪上[6]一层浊膜的黑睛珠上，也是带着那样安静的，无所不晓的胜利的秘密。

戴梅陀无论如何是不能明白这个的。

集上收摊了。

窄小的街道，蛇一般的在很高的围墙间蜿蜒着。

谁知道是谁把它们这样修的呢，但是到处都是如此的。由小村镇起，一直到汗京义斯克·马拉坎德，好像蛇一般的到处都蜿蜒着小街道，有的向下蜿蜒着，横断在水渠里，有的蠕行到山顶上，有的横断在墙跟前，深入到围墙里，有的穿过了弓形的牌楼，自己也不知道蜿蜒到什么地方去。

土围墙好似狱墙似的永远的死寂、空虚、无生气。

街上没有窗子，没有房子，只有带着雕刻和打木虫蚀成花纹的深入到围墙内的木门。

他们不爱外人的眼睛。

外人的眼睛都是邪恶的眼睛，坚厚的土围墙，隔绝了外人的眼睛，保护着这三千年的安乐窝。

5　巴斯马其，即土匪之意。——译者
6　现代汉语常用"蒙上"。——编者注

戴梅陀与郭万秋懒洋洋的骑着马在街上走。

戴梅陀卷着烟草，吸着、喷着蓝烟。

"哦，他妈的，这些鬼地方！"

"什么？"郭万秋问道。

"什么，到此地两年了，好像钻在墓坑里一样。所见的只有灰尘和围墙！多么热的……而人民……"

戴梅陀默然不语，向前望着。

一个四不像的灰蓝色的东西，带着四方形的黑顶，在春光里由围墙的转角处冒出来浮到路上。

望见了骑马的人，就紧紧的贴在墙上了。

当红军士兵走跟前经过的时候，它完全贴到墙上去了，只有身子在隔着衣服抖颤着，只有那睁大的，不动一动的眼里的黑睛珠，隔着琴白特[7]的黑网迸着惊惧的火星。

戴梅陀恶恨恨[8]的唾了一口。

"瞧见了吗？……你看这像人形吗？可以说，我们家里的女人虽说不像人，但总还是女人。"戴梅陀不能够再明了的表现自己的意思，但郭万秋同情的点着头。"可是这是什么呢？木头柱子不是木头柱子，布袋不像布袋，脸上好像监狱的铁丝网一样罩着。不叫人看见，你要同她说一句话，就会把她骇的屁滚屎流[9]，立刻她的鬼男人就要拿刀子来戳你。你要跑的慢一步，你的肠子都会叫他挖了出来的。"

"不开通，"郭万秋懒洋洋的说，"他们识字的人太少，识字的人，也不过只会写个祈祷文。"

街尽了，已经发青了的两行杨柳中间的道路也宽旷了。

7　琴白特是用头发制的面网。——译者
8　现代汉语常用"恶狠狠"。——编者注
9　现代汉语常用"屁滚尿流"。——编者注巍峨大齐山上的积雪，隔着这路旁的杨柳，闪着藤色、蓝色、淡红色的光辉。

路旁水渠的水溅溅的流着。

春日的小鸟，在杨柳枝上宛转的歌唱着。

在路的转角处，有一个草场，那里堆着去年的苜蓿。

都下了马，把马拴到路旁的木桩上，就去弄干草去了。

这里的巨绅就是亚布杜·甘默。

雅得仁镇上最大最富的商铺，就是亚布杜·甘默的商铺，就是戴梅陀和郭万秋由跟前经过的时候，屋子里边的深处，由箭头一般的射进去的阳光，地毡上映着鲜血似的红斑的铺子。

甘默是一个巨绅，而且是一个圣地参拜者。青年的时候，同其余的参拜者结队去参拜圣地麦加。

从那时起，头上就裹着头巾，作自己尊严的标志。

当他回到故乡雅得仁那天的时候，这青年参拜者的父亲，请了些乡里极负胜望的人物，去赴他那豪奢的宴会。

波罗饭在锅里烹调的响着，放着琥珀一般的蒸气。盘子里满装着食品。

发着绿黄宝石色的布哈尔无核的葡萄干、加塔古甘和加尔孙的蜜团、微酸的红玉色的石榴子、希腊的胡桃，葡萄的，胡桃的，白的、黄的、玫瑰色的蜜，透亮的香瓜、砂糖浸了的西瓜、冰糖，用彩色纸包着的莫斯科的果子糖，盘内的茵沙尔得 [10] 泛着浓厚的雪白的油沫。

甘默整齐严肃的坐到父亲的右旁的上座上，这天他亲自来款待宾客，席上每个宾客敬他的饮食他都吃了喝了。

他傲然的、慢慢的在席间叙述着他的游历，叙述着那用土耳其玉镶饰的教堂的圆顶，和用黄金铺着街道的城市；叙述着叶芙拉特

10　茵沙尔得是由松鼠和糖制成之一种特别美食。——译者

谷的玫瑰园，在那里的树枝上歌着的带着青玉色尾巴的金刚鸟，在山洞里住着的有长着翅膀的美丽的仙女。

叙述着死的旷野，在那里阿拉郝的愤火散了整千整万的异教者。到了夜里的时候，土狼把死人的死尸抓出来到地狱去，而狗头铁身的野人袭击着来往的旅队。

来宾都大吃大嚼着波罗饭，拌着嘴，都争先恐后的角逐着那甘美的一脔，像是都很注意的听着，点着头，惊异的插着嘴。

"难道吗？……阿拉郝万能呵！"

不久甘默的父亲就归天了，他就成了雅得仁附近最肥美的土地和雅得仁镇上最富的一家商铺的所有者。

他的生活质朴而且正经，不把父亲的遗产虚掷到吃喝嫖赌上，他把钱统统积蓄着。

甘默已经讨了两个老婆了，生得微黑的、肉桂色的小兽，结实得好似胡桃一般。这热烘烘的夜间的果子，正合《可兰经》上所说的"最强壮的种子，落到了未曾开发的处女地里。"

甘默的心与手，在雅得仁镇上是铁硬的，数百佃农和佣工，都在他那产米和棉花最丰饶的田地里耕种着，都在他那满枝上的果实结的压得树枝都着了地的果园里作着工。

当蓝眼睛的俄国人在城里起了革命，把沙皇推倒的时候；后来，秋天在炮火连天中，穷光蛋夺取了政权向富而有力的人们宣战的时候；佃农和佣工们都由甘默的田地里跑了，可怕的穿着皮短衣的，只承认自己腰里挂着的手枪匣中的东西为正义的人们，把甘默的田地夺去的时候，他就默然的隐忍着一切的不幸。

他剩下的只有花园与商铺，同这点家产过着也绰有余裕的。

人生是由阿拉郝支配的，如果阿拉郝要夺取了他的田地——这是命该如此的。甘默不信穷光蛋们的统治能长久的。

他不断的同慕拉[11]在自己铺子里闲坐，有一天老慕拉给他说了一个很聪明的故事：

"一个糊涂的耗子，住在帖木儿的京城里。这耗子，猫已经居心想吃它了。耗子虽然糊涂，但很敏捷而诡诈。猫子于是就反复的思索着怎么才能吃了它。有一天耗子在仓库里把头由洞里往外一伸，就望见猫子坐在粮食口袋上，穿着锦绣的袍子，头上裹着头巾。耗子就奇怪起来。

"'呵呀！'耗子说：'我敬爱的猫子，我贤慧[12]的亲侄女，告诉我吧，你穿这一身是什么意思呢？'猫子把胡子耸了耸，把眼睛向天上望着。

"'我现在成了斋公了，'猫子说：'马上就到寺里去念经呢。我已经是不能再吃肉了，你可以告诉一切的耗子去，说我从今以后再不遭它们了。'

"糊涂的耗子高兴疯了，就到仓里跳起舞来大叫着：'万岁！万岁！自由万岁！'跳着跃到猫跟前。一转瞬间，耗子的骨头在猫嘴里嚼的乱响着。

"我说——正道人会悟开的。"

甘默悟开了。

当穿皮短衣的人们由城市来到此地，招集些群众在集市的旷场[13]上开露天大会的时候；那激烈的锋利的关于斗争、报复，和未来的幸福的言辞，激动着空气的时候，甘默坐在铺子里，目不转睛的望着演说者和群众，脸上挂着若隐若现的微笑。

"转瞬间……正道人会悟开的……"

山那边就是阿富汗的君主，英国人和其余的君主帮助他一些大

11　慕拉是清真寺之教师。——译者
12　现代汉语常用"贤惠"。——编者注
13　现代汉语常用"广场"。——编者注

炮、枪支、军官，勇敢的驸马安畏尔在布哈尔山上招集义军。

耗子跳着，耗子呼着："自由万岁！"

转瞬间——耗子没有了。

甘默心平气静，只由那不幸的经历，额上褶起了几道皱纹，从此他就和家中人以多言为戒。

肃然的由集上回来，同自己的妻们不说多余的话，在家里当听见女人或孩子们有一点声音的时候，就把眉头一皱。

立时一切都寂然了。当回答妻们问安的时候，甘默老是一句话：

"少说话！……女人的舌头就是路上的钟，无论什么风都会把它刮响的……"

甘默去年讨了第三个老婆。

头两个都讨厌了，都长老了，脸上有皱纹了，腰也弯得好像弯腰树一般。

邻居贾利慕的女儿美丽亚长大了。

当她做小姑娘在集上跑的时候，甘默就看见她那童女的面孔上两只圆圆的眼睛和弯弯的眉毛，石榴一般的嘴唇和玫瑰色的双颊。

去年春天美丽亚已经到了成熟期了，黑色的面幕已经罩到她脸上。

这么一来，她即刻就成了神秘的他的意中人了。

甘默打发了媒人。穷而倒霉的贾利慕因为同雅得仁镇上最富的巨绅做亲，几乎喜欢得疯起来。赶快的商定了聘金，美丽亚就到甘默家里了。

那时甘默三十六岁，她十三岁。

夜里主人而兼丈夫的甘默，来到那战兢恐惧的妻跟前。

美丽亚长久的哭着，前两妻温存的安慰着她，坐到她旁边抚摩着她那被牙齿咬得青紫的肩膀。

她们不知道嫉妒，在这个国里就没有嫉妒，眼泪在她们那褶成皱纹的双颊上滚着，也许她们是回想起当年她们初来到甘默家里做妻的时候，夜里所受的这样的楚痛[14]。

她们从前也是这样的痛哭着，就这样的被征服了。

但是没有把美丽亚征服下去。

虽然甘默每夜都来，每夜美丽亚的火热的身子都燃烧着，但她总是坚决的狂愤的憎恨着甘默。

但甘默除了她的可以用铁指拧，可以摸，可以揉，可以咬，可以抱，可以压到自己的身子底下发泄性欲的她的肉身子以外，什么也不要的。

正午的时候，戴梅陀由营房出来到街上去。

"上那去？"站在大门口的班长问他道。

"到街上去的。买葡萄干和蜜饯胡桃去。"

"难道你发了财吗？"

"昨天由塔城寄来一点钱。"

"怎么呢，请客吧？"

"你说怎么，班长同志。请喝茶吧。"

"呵，去呵！"

戴梅陀口中啸着到街上去了，走过去皮靴将路上的灰尘都带了起来。

走过了集上的旷场，就转向甘默的铺子去。

除了蜜饯胡桃和葡萄干，他还想买一顶绣着金花的酒白帽，这帽子他久已看好了的。

"当兵当满的时候，回到奥利尚戴着这帽子叫姑娘们瞧一瞧，真不亚于神父们戴的脑顶帽。"戴梅陀想着。

甘默好像平日一样，坐在铺子里吸着烟。

14　现代汉语常用"痛楚"。——编者注

戴梅陀走到跟前。

"好吧，掌柜的。怎么样？"

甘默慢腾腾的喷了一口烟。

"你好吧，老总。"

"你瞧，我想买一顶酒白帽。"

"你想打扮漂亮些吗？想讨老婆的吗？"

"掌柜的，那里的话。在此地那能找来女人呢？难道去同老绵羊结婚吗？"

"呵呀！这样漂亮的老总，无论那一个美人都会跟你的。"

"好吧：……你给我说合吧，现在拿帽子来瞧一瞧。"

"你想要那样的？"

"要最好最漂亮的。"

甘默由背后什么地方取出一顶绣着金线、绿线、橘色线等的布哈尔花缎的酒白帽，金线闪出的光辉，把戴梅陀的眼睛都映花了。

"顶呱呱的，"甘默说着，几乎笑了出来。

戴梅陀把酒白帽嵌到头上，由衣兜里掏出一个破镜片照着，得意而骄傲的微笑着。

"真漂亮！活像一个土匪头！"

甘默点着头。

"唔，掌柜的，你说吧，多少钱？说老实价。"

"两万五千卢布，"甘默回答着，拈着胡子。

"你说那的话？……两万五。一万卢布，再多了不出。"

甘默把手一伸，由戴梅陀头上把酒白帽取过来，默然的放到背后的货架上。

"你老实说要多少钱？你这鬼家伙。"戴梅陀气起来。

"我已经说过了。"

"你说了吗！……你说那算瞎扯！给你一万三，别再想多要。"

"一万三？你还的太少了。亚布杜·甘默有老婆，要吃饭呢……"

"吃，谁都要吃呢，"戴梅陀带着教训的口气："你想要多少钱，一下子说出来。"

"老总，两万三卖给你。"

"去你的吧！……你自己也不值那两万三！"

戴梅陀扭过身子，出了铺子走了。

"老总！……老总！……两万！……"

"一万五！多一个大也不出……"

"两万！"

"一万五！"

太阳蒸晒着。戴梅陀扭回头走了五次，每次甘默都把他喊回来。最后戴梅陀出了一万七把酒白帽买到手里了。

他把头上的英雄帽褶起来，装到兜里，把酒白帽嵌在后脑上。

"你为什么这样戴？……我们人不这样戴呢。往前戴一戴吧。"

"得了，这样也不错。再见吧，掌柜的。"

戴梅陀去买葡萄干去了。

甘默的视线在后边送着他，心里默想着。

花园和葡萄园到忙的时候了。甘默一个人干不过来，老婆们无力，孩子们太小。

正需用着一两个有力的做活人。

可是，要是你雇两个工人的话，即刻就是叫你上税，工会和县苏维埃也连二赶三的给你弄得不快活。这位老总是少壮有力的人。你瞧他的脊背！

戴梅陀弯下腰买蜜饯胡桃，甘默满心满意的望着他那个把衣服都挣得无褶的脊背。

请他园子里去做活，给他说果子熟的时候请他来吃果子。俄国的老总们都挨饿的，只是喝稀饭，将来请他吃水果，他一定会来园里做活的。

戴梅陀买了好吃的东西，付了钱，转回头来走着，手里拿着装着葡萄干和蜜饯的纸袋。

"喂，喂！……老总！"甘默打着招呼。

"什么？"

"请来一下……来叙一叙。"

"唔，有什么鬼话可叙呢？"

"请来一下吧。我有花园，有葡萄。春天到了，葡萄枝得割一割呢，葡萄架得搭一搭呢……你想到园里做活吗……将来水果长熟了，请你来吃果子不要钱……樱桃、橘子、梨、苹果、葡萄，还可以带些送朋友。"

戴梅陀想了一下。

"那么……我，掌柜的，我忙得很。你大概知道，我们当兵的事情多得很。枪，马，还有什么宪法，什么关于资本家捣鬼等政治功课……"

什么政治功课，什么资本家捣鬼，甘默都没有明白，只是平心静气的说：

"白天忙，晚上闲呢。要不了多大工夫，来一两点钟就可帮不少的忙。再找一个朋友来，两个人干，水果好吃得很。"

戴梅陀半闭着眼睛。

他回想起了奥利尚，回想起了故乡的静默的河流，回想起了开得满树的樱桃园和晚会上的嘹亮的歌声。想到此地，那整年在黑壤里耕种的庄稼汉的心，就皱缩起来，狠狠的抖跳了一下。

他起了一种不可忍受的心情，想去挖地，想去用手抓那发着土气的土块，就是异乡的黄土壤也好，总想去用那快利的锄深深的去掘那温顺的准备着播种的土地。

他笑了一声，带着幻想的神情说：

"好！……想一想再说！"

"明天给回信吧。"

"好吧！"

喝过了茶，吃了蜜饯胡桃以后，戴梅陀躺到床上，幻想着故乡的奥利尚，幻想着草原，幻想着田间。

给马倒草料的郭万秋走到他跟前。

"戴梅陀，你想什么心思呢？"

戴梅陀在床上翻了一下身子。

"我告诉你，老郭。刚才我在街上买酒白帽的时候，那掌柜的请我到他园子里做活。在那里割葡萄枝、挖地、搭葡萄架。他说带一个朋友一块来，晚上做一两点钟，将来水果长熟的时候，白吃不讨钱。你想怎么样？我老想下地里去做活。"

他的嘴唇上露着不好意思的怯懦的微笑。

郭万秋的手掌在膝盖上拍了一下，不紧不慢的答道：

"怎样呢！……一定很不错的！……我赞成……不过连长怎么样？"

"什么？我们去请求一下好了！反正一个样，晚上总是白坐着的。没有书看，与其在家里闲躺着，不如去做点活。"

"好吧！"

"我们现在就去找连长吧。我真是等不得……"

戴梅陀话没说到底。

从今年春天起，他就愁闷起来，他自己也不知道这愁闷是因何而起，总觉得有一种奇怪的淡漠和发懒。

不断的坐在营房的土堡上，用那无精打采的眼睛望着天，望着山，望着河，望着山谷。

他怎样了呢——自己也不明白。

或者是因为他怀想着故乡的静寂的田野，怀想着樱桃树下的茅舍，或者是怀想着那拉着手琴唱着歌的欢乐的游玩，或者是怀想着那长着可爱的眼睛，头发髻上结着彩色的缎条，带着歌喉的笑声，紧紧的，紧紧的贴着自己身子的姑娘。

他总觉得若有所失……

"唔，找连长去吧！"

他们由营房出来，去到茶社里，在茶社的二层楼上的像燕雀在笼子似的住着连长希同志。

希同志坐在茶社二楼的露台上，削着细棍做鹌鹑笼，那鹌鹑是茶社的主人送给他的。

他听了戴梅陀和郭万秋的请求以后，即时允许了。

"弟兄们，不过出去别闹事！好好守规矩，别得罪掌柜的。你们自己知道——人民都不是自家人，他们有他们的风俗，我们应当尊重这些。入乡随乡 [15]，别照自己的来。下给前线上的命令看了吗？"

"我们为什么得罪他呢，"戴梅陀答道："连长同志，我们明白的。我们很想到地里去做活。"

"好……去吧。果子熟的时候别忘了我。"

"谢谢你，连长同志！"

"告诉班长，就说我允许你们的，别叫他留难你们。"

回到营房里，郭万秋望着微晴的天空，伸了一个懒腰说：

"到园子里去真好得很！"

15　现代汉语常用"入乡随俗"。——编者注

第二天中饭后，戴梅陀和郭万秋到甘默家里去了。

主人在街上迎着，把他们引到客室里，那里锅煮着波罗饭[16]，放着好吃的东西。

"坐下吧，老总……吃一点。"

"谢谢……刚偏过。"

"请坐，请坐。不许推辞，不然主人都要见怪的。"

喝过了营里的公家汤以后，这肥美的波罗饭分外的有味而可口。

郭万秋吃了三碗饭，饱饱的喝了一顿茶。

喝了茶以后，甘默把他们引到园子里，把锄给他们，并且教他们到树周围如何的掘土。

"现在挖坑，后来割树枝、搭葡萄架。"

在花园的另一角里有三个女人在那里掘土，女人从头到脚都被大衫和琴白特遮蔽着。

甘默自己也拿起锄，工作就沸腾起来了。

郭万秋好奇的向女人做工的那角里望了一眼。

"掌柜的，掌柜的！"

"什么？"

"你说为什么你们女人们出来都弄个狗笼嘴戴上？"

甘默继续的掘着地，带理不理的抢了几句：

"法规……教主说过……女人不应分叫外人看见。免生邪心。"

郭万秋笑起来。

"是的……那里会生邪心？谁能辨出那口袋里装的什么货？或许是女人还像个女人，年青的；或许是一个老妖精，夜间要看见她简直要吓得屁滚屎流呢。"

戴梅陀由树后说：

16　现代汉语常用"菠萝饭"。——编者注

"因为这他们才想的好调门呢，他们的女人当过了二十岁的时候，你瞧，都成了活妖怪，都干了，有皱纹了，好像炙了的苹果一样。因此才把她们遮盖起来叫去嫁人，隔着笼嘴丈夫辨不出是什么样的脸，娶过了门——就活忍受吧。"

都默然了。一阵轻风由山上送来，围墙跟前的白杨迎风飒飒的响着。

早春的甲虫嗡嗡的在树间飞着。

暮色上来的时候就收工了。

甘默把他们送到街上，握了手。

"活做的好，多谢得很，老总！"

"再见吧，掌柜的。"

"再见，请明天再来吧。"

爽凉的深青的夜幕升起了。

甘默由清真寺做礼拜回来，去到美丽亚房里。

她安然的盖着被子熟睡着，甘默脱了衣服、鞋子，钻到被窝里。他推着她，催醒着她，把嘴唇贴到她那温润的嘴唇上。

美丽亚温顺地、不得已地躺着听男人的摆布。

今天比平时更其外气而冷淡。

"你怎么躺着好像木头柱子一样呢？"甘默恶恨恨的低声说着，咬着她的奶子。

"我今天病了。"她低声答道。

"你怎么了？"

"不晓得……身上发烧，出什么疹子。"

甘默怕起来，想着她或许发什么瘟疹子，可以传染上他。于是就野头野脑的用膝盖在她肚子上蹴了一下。

"为什么不早些告诉我呢？"

"我没来得及……"

甘默由被窝里爬出来，穿上鞋子。

老婆的身子把他激怒了，她没有满足他的欲望，站着迟疑了一下，走过了小院子，到旧老婆宰拉房里去了。

他已经三年没到她房里去了，她吃了一惊，当她还没来得及醒的时候，就觉着自己已经被人抱住了。

美丽亚当丈夫走了以后，胳膊支到头下，隔着门望着那四四方方的一块碧蓝的夜天。北极星好似金水珠一般在上边微颤着。

美丽亚的眼睛死死的盯着那灿烂的星光，忽然间，她呵哈了一声，就把头抬起用肘支着。那星光灿烂的地方浮动着一个戴着俄国帽子的人头。红星帽子下边露着灰色的发环和一付[17]水溜溜的快活的仁善的眼睛。

北极星继续的在帽子上发着光辉，但成了鲜明的、五支光的、大红的红星。

美丽亚惊惧的闭起眼睛，觉得窒息的、频繁的、有力的心脏的跳动。

身上起了一阵温柔的懒洋洋的抖颤，仿佛谁用那温柔的抚爱的情人的手，触着了她的弹性的温暖的身子。

她呻吟着，把手指的关节活动了一下，身子伸向那灿烂的北极星的金水珠。

嘴里在不住的微语着可爱的动人的名子[18]。

后来，她向后一躺，伸了一个幸福的疲惫的懒腰，侧着身子，屈成一团，就入到梦乡了。

17　现代汉语常用"一副"。——编者注
18　现代汉语常用"名字"。——编者注

院中雄鸡已经司晨了。

戴梅陀与郭万秋在园里做活已经是第二个礼拜了。

树统统都剪好了。洼也挖好了，树干的下部都用油和石灰汁涂好了。

还得要割葡萄枝，将葡萄枝捆到葡萄架上去。

发大的半开的樱桃花苞上已经涨着淡红的颜色。

收工的时候甘默放下锄说：

"明天阿拉郝给一个好天，樱桃开起来，是很好看的。"

早晨全园都泛滥着柔媚的淡红的轻浮的荡漾的花浪。

这日正是礼拜。戴梅陀一个人从早晨就来了。郭万秋到三哩[19]远的当俘虏的养蜂的匈牙利人那里弄蜂蜜去了。

甘默已经在做着活，带着欢迎的样子给戴梅陀点着头。

他已经干了便宜事。俄国的士兵是不要钱的很好的做活人。

"谢谢！不久我们就可以吃水果了。拿起锄吧，戴梅陀！"

戴梅陀跟着主人挖着水渠。

女人们在葡萄树上乱忙着。

美丽亚尽力的用刀子割着葡萄枝，眼睛时时瞟着那微扁的戴梅陀的英雄帽上闪着的红星。

突然间她觉着激烈的血潮涌到头上来。

她起来，抓住葡萄架杆子，发昏了的眼睛向园中环顾了一下。

淡红的花浪到处都沸腾了，忽然间她觉得在那久已熟识的平常的树枝上开的不是花，而是大红的红星。

全园都怒放着眩目[20]的大红的星花。

19　现代汉语常用"里"。——编者注

20　现代汉语常用"炫目"。——编者注

美丽亚踉跄了一下，刀子落到地下了。

甘默向她喊了一声什么，戴梅陀抬起头来。

美丽亚没有回答。

甘默走到老婆跟前，又粗又野的命令的喊着，她仍然不答。

那时甘默抬起手用力向她一撞，她呵哈了一声，倒到葡萄架杆子上，杆子被压倒了，她仰天倒在地下。

甘默骂起来。

戴梅陀走上去护她。

"掌柜的，为什么打呢？你没瞧见，女人在太阳下边晒晕了，没精神的。"

"女人应当有精神的。女人有病，该驱逐出去，女人是混蛋！"

"为什么这样？女人是助手，应当要怜惜女人，尊敬女人，应当把她扶起来，喷点水。"

戴梅陀忘了他是在雅得仁，不是在奥利尚，用英雄帽到水渠里舀了一帽子水，去到躺着的人跟前。

甘默抓住他手。

"不行，老总！教主没有吩咐……请把水倒了吧，叫女人们来扶她。"

他向他的妻们喊了一声，她们都跑来把美丽亚扶起来，架到家里。

戴梅陀把手挣脱了，带着轻视的神气望着甘默的眼。

"你真是混帐[21]人，我叫你瞧一瞧呢。谁要不尊重女人，那他就比狗还坏！女人生了我们，受了苦，一辈子都为我们做活，难道可以轻视女人吗？"

甘默耸了耸肩。

21　现代汉语常用"混账"。——编者注

过了两天都割着葡萄枝。

男人们在很长的葡萄树行的一端做着活,女人们在另一端做着。

戴梅陀在树行间走着,隔着葡萄枝望见那一端闪着的长衫,望见那用心用意做着活的小手。

"那个大概就是昨天晕倒的。"他想着。

戴梅陀到现在还不能将她们辨清楚。身干一个样,长衫一个样,都戴着狗笼嘴,谁晓得那是那呢?

树行尽了。

戴梅陀割着干枝的头端,举目一望,甚觉茫然。隔着疏枝望见一副两颊绯红的可爱的惊人的美丽的容颜。

一副水溜溜的扁桃眼好似太阳一般的发着光辉,丰满的美丽的半月形的双唇上挂着微笑。

伸着纤手,火焰一般的抖颤着,到那强壮的兽蹄似的戴梅陀的手上触了一下。

后来把手指贴到嘴唇上,放下琴白特,这一幕就完了。

戴梅陀站起来,把刀子插到葡萄架的杆子上,不动一动的,惊愕的欣喜的久站着。

"怎么不做活呢,老总?"走到他跟前的甘默问着他。

戴梅陀默然了一会。

"有点累了……太阳晒得太利害[22]。好!"

"太阳是好的,太阳是阿拉郝做的。太阳——不分善人恶人一齐照。"

戴梅陀出其不意的向主人望了一眼。

"是的,连你这老鬼也照呢……你奶奶的。你这胖鬼讨这样花

22　现代汉语常用"厉害"。"利害"现多指利益和损害。——编者注

一般的老婆。最好不照你这狗仔子[23]。"他心里想着。

后来拿起刀子，恶恨恨的，聚精会神的默然的一直做到收工的时候。

这夜在营房里的硬床上，在同志们的甜睡中和气闷的暑热中，戴梅陀好久都不能入睡，总想着那惊人的面容。

"这样一朵纤弱的，好看的小花，好像雁来红一样。嫁了这样一个鬼东西，大概打的怪可怜的。"

那美丽的面容招唤的可爱的给他微笑着。

工作快到完结的时候了。

再有一天，葡萄园的活就做完了。

戴梅陀对园子满怀着惜别的心情。

他割着葡萄枝，时时向女人的那一端偷看着，——能不能再露一下那难忘的微笑。

但在葡萄园里移动着可笑的口袋，面上盖着极密的琴白特，隔着它什么也辨不出来的。

已经是将近黄昏的时候了，戴梅陀到葡萄园头坐下休息，卷着烟草。

当擦洋火的时候，觉得肩上有种轻微的接触，并望见伸着的手。他快忙的转过身来，但琴白特没有揭开。

只听得低微的耳语，可笑的错误的异地的语言。

"弗作声，老总……夜……鸡啼……墙头……你知道？"她赶快的用手指向通到荒原的围墙的破墙头指着。

"我等你，等老总……甘默亚拉马日沙一旦[24]……老总好……美

23　现代汉语常用"狗崽子"。——编者注
24　亚拉马日沙一旦，即坏鬼。——著者

丽亚爱老总。”

手由肩上取去了，美丽亚藏起了。

戴梅陀连呵呵一声都没来得及。

向她后边望着，摇着头。

“真是难题！一定是找我来幽会的。真好看的女人！她可别跳到坑里去！这次一定没有好下场。刀子往你肚子一戮——就完了。”

他掷了烟卷，起来。

郭万秋走来了，甘默在他后边跟着。

“呵，活做完了，掌柜的！”

“谢谢。老总们真好，真是会做活的人，来吃果子吧，来当客吧。”

甘默给红军士兵们握了手，送到门外。

血红的太阳吞没了旷野的辽远的白杨的树顶。

戴梅陀不作声的走着，望着地在想心思。

“戴梅陀，你又在想心思吗？”

戴梅陀抬起头来，耸了耸肩。

“你瞧，这是多难的事。掌柜的女人请我半夜去幽会的。”

郭万秋好像树盘似的站在当路上，这出其不意的奇事使他口吃起来。

“不撒谎吧？怎么回事？”

“就这么回事。”戴梅陀短简的答着他。

“这么这么……你怎么呢？”

“我自己也不知道究竟呢，怕什么？”

“同他们来往是危险的！他们是凶恶的人！不要头了可以去。”

“那我不怕。或许我把他们的头拔下来的。不过别把她弄到火坑里去，叫我去就去，因为她很请求我的。那黑鬼大概她讨厌了，女人需要安慰的。”

"怎么呢，祝你们的好事成功吧。"

"郭万秋，你别开玩笑，因为这不是什么儿戏。我觉得那女人在那绅士手里，好似畜生一样活受罪。她要人的话去安慰呢，去同她谈知心话呢。"

"你怎么同她谈呢？她不会说俄国话，你不会说她们的话。"

戴梅陀耸了耸肩，啸着，仿佛想逐去那无益的思想，说：

"要是爱，那就用不着说。心心相……"

晚饭后戴梅陀躺到床上，吸了烟，决然的起来到排长那里去了。

"鲁肯同志，请把手枪今天借我用一下吧。"

"你要它干什么呢？"

"今天此地一位先生请我去看他们结婚的。请让我去玩一玩，手枪带着可以防什么意外，因为他住在镇外花园里，夜间回来方便些。"

"如果要发生什么事情呢？"

"要是有手枪，什么事情都不会发生的。会发生什么事情呢，附近没有土匪，人民都是很和平的。"

"唔，拿去吧！"

排长由手枪匣里把手枪掏出来，给戴梅陀。

戴梅陀把手枪接到手里，看了看，装在兜里。

十一点钟的时候，他由营房出来，顺街上走着。

薄雾起了，很大的、倾斜的、暗淡的，将没的月亮在薄雾里抖颤而浮动着。

到会期还有两小时。

戴梅陀下了狭街道的斜坡，走到桥跟前，过了齐河，坐在岸边的一个大平石上。

溅溅的河流，沸腾着冰寒的水花，水花激到桥柱上，飞溅到空中，空气中都觉得湿润而气闷。

齐山峰上的积雪，映着淡绿的真珠[25]的光辉。

戴梅陀坐着，凝视着石间的急流组成的花边似的漩涡，卷了起来，又飞了出去，一直看到头晕的时候。

第一声雄鸡的啼鸣远远的由镇中的深处送来。

戴梅陀由石上起来，伸了一个懒腰，向山走去了，走过了死寂的集市。在铺子旁边，一匹在旷场上闲跑的马，走到他跟前，热腾腾的马鼻子撞在他肩膀上，吃的干草气扑到他脸上，马低声的温和的嘶着。

戴梅陀在它脖子上拍了一下，转入一条熟识的小街上，很快的向花园走去了。

心脏一步比一步击得响而且快起来，鬓角的血管也跳起来，发干的舌头勉强能在口里打过弯来。

右边展开了黑暗的、神秘的荒原。

戴梅陀想按着习惯划一个十字，但一想起了政治指导员的讲演，就低低的骂了一句算了。

跨过了残垣，沿着杨柳树行，无声的走到通入甘默的园中的破墙头跟前。破墙头好似一个破绽一般，在灰色的围墙上隐现着。

破墙头对面兀立着一个被伐的树盘。戴梅陀坐到上边，觉得浑身在发着奇怪的寒战，手入到兜里握住那暖热了的手枪。

雄鸡又鸣了。月亮完全没入山后，周围黑暗了，寒气上来了。

细枝在树杪[26]里沙沙作响，多液的花蕾发着香气。

墙那边哗喇[27]的响了一声。戴梅陀坐在树盘上，向前伸着身子。

破墙头上出现了一个黑影。

她向周围环顾了一下，轻轻的跳到荒原里。

25　现代汉语常用"珍珠"。——编者注
26　现代汉语常用"树梢"。——编者注
27　现代汉语常用"哗啦"。——编者注

"老总？"戴梅陀听到抖颤的微语。

"这里！"他答道，站起来，几乎认不得自己的破嗓音。

女人扑向前去，那抖颤的烧手的身子在戴梅陀的手里颤动着。

他不知所措的，迷惑的不会把她紧紧的抱住贴着自己。

他语无伦次的微语道：

"我的小花，我的可爱的小姑娘！"

美丽亚偏着头，用那黑溜溜的、火热的、无底井一般的眼睛望着他的脸，后来双手抱着他的颈，把颊贴到他的颊上，低语些什么温柔的、抖颤的，动情的话。

戴梅陀不懂，只紧紧的将她拥抱着，用嘴唇去找着她的嘴唇，当找着的时候，一切都沉没在响亮的旋风里了。

好似齐山积雪上赤霞的反光，一连三夜在燃烧着。

戴梅陀成了疯疯癫癫，少魂少魄的了。红军兵士们都哈哈大笑着，猜七猜八的胡乱推想着。

但是他的心儿全不在这上边，就是白天当洗马，练习去障碍，或听政治指导员讲演巴黎公社的时候，那无底的眼睛和红玉的嘴唇现到他面前，遮住了一切。他什么也看不见，什么也听不见。

夜里是熟路，荒原和甜蜜的期待。

每夜在鸡鸣以前，温顺的女人接受着憎恨的丈夫的宠爱，嘴唇都被咬得要出血了。

甘默当性欲满足了以后，就上到二层楼上。不久，当他的鼾声把芦苇风屏震动的时候，她就一声不响的起来，好似看不见的黑影一般，经过葡萄园去到水渠上，仔仔细细的由嘴唇上、颊上、乳上，将丈夫拥抱的痕迹由全身上洗了下去。

把薄小衫往那用清水新爽了的，复活了的身上一披，就向破墙头跑去了。

她两三小时无恐惧，无疑惑的同俄国的、强壮的、羞答答的，温柔的士兵饮着自己的深夜的幸福。他给她微语着那些不明白的动情的蜜语，好像她给他微语的那些一般。

当第三夜完了以后，美丽亚回来的时候，宰拉睡醒了，到园子去上茅房。

她看见一个黑影在树间轻轻的移动着。

初上来把她骇了一跳，是不是恶鬼在园中游魂，等着拉她到地狱去呢，可是，即刻她就辨清了是美丽亚。

摇了摇头，回到房里，又盖起被子睡了。

次晨就把昨夜的奇遇告诉了甘默。

不是因为妒嫉，她爱惜而且怜悯美丽亚，可是，不成规矩。良家的女子夜里不应当不知去向的在园里走。

甘默的血涌上了心头，把眉头一皱，说道：

"别作声！"

第四夜又到了。

甘默照例的上到二层楼上，美丽亚起来了。

甘默静悄悄由二层楼上下来，跟在她后边，爬过了葡萄园。

看着美丽亚如何的在水渠里洗身子，如何走到破墙头跟前，如何的消失在那里。

他爬到墙跟前，由破墙头上望着。

心血涌到头上来，腿也抖颤了。恶恨恨的抽出刀子，但即时想到同老总干是危险的。老总一定有手枪，当甘默还没走到倒戈的老婆跟前的时候，老总会早用手枪把他打死了呢。

用牙齿咬着围墙的干土，顺着嘴唇流着白沫。但不作声的冷结在气疯的紧张的注意中。

他看见美丽亚如何同戴梅陀辞别，如何吻他，戴梅陀如何向镇里的街上走去，美丽亚如何的在他背后望着。

她愁眉不展的低着头，静悄悄的，轻轻的抬起赤足向回走去。

脚刚刚跳过破墙头，甘默一声不响的扑到她跟前。

美丽亚短短的叫了一声，坚硬的手掌就盖在她嘴上了。

"你是什么妻……去偷外教的俄国人，你这该死的畜生……你背叛了教义……按教规去处分你……明天……"

但是，美丽亚竭着猫一般的弹力，由那橡树似的手里挣脱出来。她的气成疯狂的眼睛，白斑似的在黑暗里乱闪着。

"鬼东西……坏东西……杂种，你这顶坏的东西……我憎恨你……你这该咒的，我憎恨你……我爱兵士……趁我还没把你打死的时候你把我打死吧……"

甘默惊骇的战栗着，他第一次听见女人口里说出这些话。无论他自己，无论他的父亲，无论他父亲的父亲，从来都没有听过这样话。他觉得脚下的地都飘浮起来了。

他不知所措的环顾了一下，望见旁边一根搭葡萄架的带刺的长棍子。把棍子由地下往外一拔，用力一挥，打到女人的腰里。

美丽亚倒了，那时甘默牛一般的吼着，挥起棍子，不紧不慢的到她身上排着。

她初上去呻吟着，后来就不作声了。

甘默掷了棍子，弯下腰向着那不动一动的身子。

"够了吗，狗东西？"

但是可怜的缩成一团的身子，突然伸直了，翻了一翻身，甘默即觉到左脚跟上边的筋好似刀割一般，难忍的楚痛，美丽亚的牙齿竭着疯狂的力气在那里咬了一口。

那时他痛得呵哈了一声，由腰里抽出刀子照美丽亚的乳下边刺进去。血蹿到他手上，身子抖颤着，脚乱踢着。

呻吟了一声就寂无声息了。

甘默用衣襟把刀子拭了拭。

"躺着吧，畜生……明天我把你拉到谷里去叫狗吃你……"

他在死尸上踢了一脚，跛行着回去了。

彩霞已经在齐山上的宵夜的碧蓝的地毡上织成了轻微的绿花。岩石分外的发着黑色，河流声渐渐的低了下去。

营房门口的快活的守卫的背着马枪，低声的动人的唱着关于青春，关于斗争，关于农民的歌。

唱着，在门口来回的走着。一点钟以前戴梅陀愉快的迷昏的去幽会回来。在门口同守卫的谈了一会，把自己的幸福给他分了一点。把守卫的撩的愁不得，喜不得。

他打着呵欠，用手摸了摸门口的木柱子，又走向靠镇的那一面，但突然的站了起来，向前伸着身子，忙快的端起枪来。

望见在对面的围墙下爬着一个什么东西。

围墙在背影的，很黑，但仿佛有一个什么灰色的斑点向他蠕动着。

"谁在走的？"

枪机搬的响着。

寂静……沉重的、潮湿的，晨曦以前的寂静。

"谁在走的？"守卫的声音抖颤了一下。寂静，但守卫的已经显然的望见在墙跟前徐徐的，低低的爬着……不像狗也不像人，一个四不像的东西在墙跟蠕动着。

"站住！我要开枪的！"守卫的喊着。急忙的在昏暗中用枪的标星向斑点瞄着准。

他的手指已经放到搬钩上去的时候，微风由墙跟前送来一声清亮的呻吟。

他放下马枪。

"这是什么家伙，他妈的……仿佛在哼的……"

他小心的照墙跟前走去，走到跟前，辨清了一个人身子的轮廓，半坐着靠着围墙。

"这是谁？"

没有回答。

守卫的弯下腰，就看见好像用粉笔涂了的白脸，带着凹陷的眼睛和由割破了的，由肩上脱下的小衫里，望见流着什么黑色的，小小的女人的乳头。

"女人……你这家伙……怎么的……"

他直起腰来。

空气中激动着啸子的颤音。

营房里的人们都乱动着，说着话，点着灯，红军士兵们都只穿一条衬裤，不穿布衫跑了出去，但都带着枪和子弹匣。

"什么……为什么打啸子……在那里……谁……"

"排长同志，到这里来，这里有个死女人……"

排长向围墙跟前跑过去，但戴梅陀已经飞到他前边去，跑到跟前，望着，紧紧握着拳头……

"用刀子戳了她，鬼东西，"低声的，气愤愤的对排长说。

"这是谁？她是谁家的女人？"

"我的排长同志！就是我爱的那一个。"

排长向墙跟前的死白的脸上看了一眼，把眼光转移到戴梅陀的坚硬的脸上。

在那经过欧洲大战的和经过国内战争的排长的嘴上，抖颤着怜惜的褶纹。

"呵……都站着干吗呢？把她抬到营房去。或者还活着的……可惜医生没有在，去领药品去了……好吧，——政治指导员会医道的，架起来！"

那些惯于拿枪的铁手，好像拿羽毛似的把美丽亚抱了起来。

到营房里，把她放在排长的床上。

"请快跑去请指导员去！告诉他说伤了人，要裹伤的！"

三个人就即刻跑去找指导员去了。

"弟兄们，都走开，别挤到这里……空气要多一点的……呵哈，鬼东西！"排长说着，弯下腰，把煤油灯照到美丽亚身上，把布衫拉的将乳头盖起来。

"戳的多利害！"他望着由右乳下边一直穿到锁骨上的很深的刀伤："差一点没有穿到奶头上。"

"死不了吧，排长同志？"戴梅陀抖颤的问道。

"为什么死呢？别说丧气话！死是不会死，得受一点苦。你作的好事。将来希同志约束我们，恐怕要比他的鹌鹑还严呢。"

戴梅陀好像扇风箱似的长叹了一口气。

"怎么呢，你爱她吗？"

"怎么呢，排长同志？我不是儿戏的，不是强迫的，我第一次看见她的时候，看她很受那鬼东西的虐待，受那大肚子的折磨，我心里很过不去。这么小的，这么好的，简直是小雀子装在笼子里。我很可怜她，我待她也就好像老婆一样，虽然我不明白她说的话，她也不明白我说的……"

"在那里？谁受伤了，什么女人？"指导员走来问着。"闹什么玩意呢？"

"不，不是闹玩意，可以说是一件奇事。因为你懂得医道，因为医生没在营里，所以我着人把你请来。帮她一点忙吧！不然戴梅陀会心痛死了呢！"排长用目向戴梅陀指示了一下。

"完全是小姑娘的！"指导员说着，向美丽亚弯着腰。

"弟兄们，拿点水来，最好是开过的，拿两条手巾和针来……呵，快一点……"

"怎么一回事？这里发生什么事情了？"

这已经是被一个红军士兵惊醒的连长希同志说的话。

排长把身子一挺，行着举手礼。

"官长同志，报告……"

希同志不作声的听着报告，怒视着排长，用手指拈着胡子，平心静气的说：

"戴梅陀因无连长允许，擅自外出，拘留五日。你，鲁肯同志，因排内放荡和不善于约束部下，着记过一次。"

后来希连长转过身向门口走去了。

"连长同志！"指导员喊道。"对女人怎么办呢？"

连长转过身来，沉思了一下。

"伤裹一裹，送到医院去。早晨到我那里去，关于一切都得商量一下的。你晓得这会闹出什么事情呢？不痛快的事情已经不少了，充军似的生活就这样也够过了。"

早晨就闹得满城风雨了。

红军士兵们在集市上都谈着昨夜所发生的事件。

居民们都摇着头，哭丧着脸，到清真寺去了。

快到正午的时候，慕拉由寺里出来，前后左右都被人民包围着到茶社去了。

希连长和政治指导员由早晨起都在茶社里坐着。

指导员好久的，激烈的给希连长说不能够把美丽亚交给丈夫去。

"希同志！这是反对我们的一切宗旨的，反对共产主义伦理的。

要是女人甘心离开丈夫，要是她爱上别的人，我们的义务就是要保护她，尤其是在此地。把她交回本丈夫——这就是送她到死地去。他不过是再把她割一割而已。你把这件事放到心上想一想没有？"

"我知道……可是你晓得，要是我们不放她，怕周围一二百里的居民都要激动起来的吧？你晓得这将来会闹到什么地步呢？那时怕要把我们都要赶走的。你晓得什么叫做东方政策？"

"你听着，希同志。我担这责任。党有什么处分的时候我承当，但是要把女人往刀子下边送，我是不能的。并且今天我同戴梅陀谈过话的。他是很好的人，这回事并不是随随便便的闹玩笑，也不是闷不过的时候想开心。他爱她……"

"他不会说一句这里的土话，女的不会说俄国话，他怎么能会爱上她呢？"

指导员笑了一声。

"呵，爱是用不着说话的！"

"他将来对她怎么办呢？"

"他请求把她派到塔城去。我允许给他有法子办，着妇女部照管她，把她安插到学校寄舍里，教她俄文。至于戴梅陀的兵役期限马上就期满了，他说他要娶她，因为他说他很爱她。"

"奇事！你办着看吧！不管你！我却不负一切的责任。"

"连长同志！慕拉要来见连长的。"值日的进来说。

"呵！来了。现在你可去同他周旋吧！"连长说。

"我去对付他……不是头一次了……叫他进来。"指导员说着，到长着乱蓬蓬的头发的后脑上搔着。

慕拉庄重的进来，拈了一下胡须，鞠了一躬。

"日安。你是连长吗？"

"同他讲吧。"连长答着，用手指指着指导员。

"你，同志，把女人交出来！"

指导员坐到凳子上，脊背靠着墙，带着讽刺的神气望着慕拉的眼睛。

"为什么交出来？"

"教法是如此的，教主说……妻是丈夫的……丈夫是主人。丈夫是教民，妻是教民。你手下的老总作的很不好，夺人家的有夫之妻。唉，不好！你们这布尔塞维克——知道我们教民的法规吗？法规存在呢。"

"我们怎么呢，没有法规吗？"指导员问道。

"为什么这样呢……我们是我们的法规——布尔塞维克是布尔塞维克的法规。你有你们的，我有我们的。把女人交出来。"

"可是，你是住在那一国呢，——住在苏维埃国呢，或是什么别的国呢？或是苏维埃的法律对你不是必然的呢？"

"苏维埃的法规是俄国的，我们的教主就是法规。我们的法规存在呢。"

"怎么呢，这是按着你们的教法，夜间好像宰羊一般来杀妻吗？"

"为什么宰羊？妻对丈夫变节了……丈夫可以杀她。教主说的。"

"别提你的教主吧。我告诉你，慕拉！女人爱我们的红军士兵，这是她自己说的。我们苏维埃有这样的法律——女人爱谁就同谁住，谁也不能强迫她去同不爱的人住。我们不能把女人交出来，我们要派她到塔城去的，这是我最后的话。你可以不要再来吧。"

"你得罪了居民……居民要震怒的！人民要去当巴斯马其的。"

指导员要开口去回答，但希连长把话打断了。

当慕拉回答那句话的时候，他已经忘了他说他不干与[28]这件事情了。他的筋肉都收缩起来，走到慕拉紧跟前，带着不可侵犯的严

28　现代汉语常用"干预"。——编者注

威，一字一板的说道：

"你这是干吗呢……拿巴斯马其来骇我吗？我告诉你。要是这镇里有一个人去当巴斯马其的时候，我认为这是你把他们煽动起来的。那时没有多余的话。不管你什么慕拉不慕拉——就枪决你，你回去告诉一切的人，别教拿这话来骇我。要是有一个人敢用指头弹一弹我的士兵的时候，我把全镇上洗得寸草不留。开差吧！"

慕拉走了，希连长气愤愤的在室内来回踱着，指导员哈哈大笑起来。

"怎么，沉不住气了吗？"

"同这些鬼东西真难缠，在此地做工作真是难，真是反动，顽固。一切的将军，大元帅，协约国，就是连那些土豪都被我们打得落花流水，可是这些呢？……我们还得听从他，得受他们的摆布……真讨厌得很。"

"是的，很得一些工作做呢。要想打破他们的旧观念、迷信，此地得数十年的工作做呢，现在耳朵很得要放机警一点呢。"

戴梅陀在小屋里五天已经坐满了，那里发着牛粪和灰尘气。

到第六天就把他释放了。

洗了洗手脸，清了清身上，就去到连长那里。

"连长同志！请让我去看一看美丽亚！"

连长笑了一声。

"你爱她吗？……"

"大概，是这样。"戴梅陀羞惭惭的笑着。

"呵，去吧！可是夜间别再出去逛，不然就把你交到军法处里去！"

戴梅陀到营里的军医院去了。

由塔城回来的医生坐在门槛上。

"医生同志！我要看一看美丽亚。连长允许了的。"

"你想她了吗，武士？去吧，去吧，她问过你的。"

戴梅陀心神不安的跨过门限，站着。

美丽亚坐在被窝里，憔瘦[29]，纤弱，面无血色。她的睫毛抖颤了一下，好像蝴蝶翅膀一般展开来，眼睛放着炽热的光辉，她拉着戴梅陀的强壮的手。

"戴梅陀……爱……"

戴梅陀不好意思的走到被窝跟前，双膝跪着，头倒在被子上。

美丽亚静静的手指抚摩着他的头发，低语了几个温存的字。

戴梅陀不知如何好，欢喜的热泪在他那砖头似的颊上滚着。

美丽亚恢复康健了，已经出来在医院的小院里晒太阳的。

戴梅陀每天来到医院里，他到山谷里摘些野花，结成花球给她送来。

他带了一位红军士兵克尔格支人吴芝白同他一块来，借着他的帮助同美丽亚谈了些话。

她很愿意到塔城去，很愿同戴梅陀回到他的故乡去。

她的眼睛一天天的愉快起来，笑声也一天天的高起来。

全骑兵连好似都带上了这爱史的标记，士兵们都心不在肝[30]的带着幻想的神情逍遥着，相互间谈论着罗漫的奇遇。

甘默依旧的坐在自己铺子里，严肃的，沉默的，一切都放在心里，全不介意那邻人的私语。

礼拜日的晚上，美丽亚把戴梅陀送到营房门口又回到医院里。

炎热的、沉闷的，恼人的苦夜袭来了。黑云在齐山脊上蠕动着，打着电闪，隆隆的春雷也响起来了。

29　现代汉语常用"憔悴"。——编者注
30　现代汉语常用"心不在焉"。——编者注

到夜半的时候，美丽亚睡醒了，室内闷得很，发着药气。她想呼吸点新鲜空气。

她静悄悄的起了床，出来跨过了在门口睡着了的医生，走过了院子。

新鲜的凉风扬着微尘，爽快的吹着那炽热的身子。

美丽亚出了大门，凭依着围墙瞻望着那对她最末一次的远山。明天她就要到很远的塔城去的，由那里要同戴梅陀到更远的地方去的。

电打闪得更其频繁了，温和的雷声慢慢的在山坡上滚着。

美丽亚深深的呼吸了一口气，想回到室内去，但即刻有一个什么东西塞住了她的口，窄窄的刀子在空中一闪，刺到她的咽喉里。

胸部窒息了，血好似黑浪一般在咽喉里呼噜着，她由围墙上滚到灰尘里。

橙色的环圈在她眼前浮动着，忽然间：地、天、围墙、树木——立时都开放着眩惑人目的鲜红的星花，好像她第一次看见戴梅陀的那夜一般，不过星花更觉得分外的美丽，分外的灿烂。

后来黑暗好似急流一般的涌来。

被她的鼻息声惊醒的医生飞奔到门口，惊起了骚乱。

士兵们都跑来了，希连长也来了。

美丽亚已经用不着救助了。

刀子穿过了颈脖，达到脊椎骨上。

希连长即时就吩咐了一切。

侦缉队即刻飞奔到甘默和慕拉家里去。

慕拉带来了，甘默无踪迹……

妻们说昨晚美丽亚的父亲去见甘默，他们披好了马，夜间出去了。

随后回来骑上马，打得飞快的就跑走了，向那去了——不晓得。

慕拉被释放了。

第二天把美丽亚葬到镇外的附近。

戴梅陀憔悴了，面色苍白了，走起路来好像失了魂一般。

当黄土冢在她身上凸起的时候，他挺起身子，咬着牙，默然的用拳头向深山那方面威吓着。

过一礼拜在安格林沟里发见了巴斯马其。

骑兵连往山里派了侦探，一队骑探向南去，一队向东去。

第二队骑探里有郭万秋、戴梅陀、吴芝白，此外还有两个人。

他们沿着那两旁开得火一般的罂粟花夹着的山径走了三十里，没遇见敌人，于是就在苏村一位相识的在教的家里宿了夜。

早晨由原路向回走去了。

到安格林的下坡上得排成一条线走。

马在小圆石路上谨慎小心的走着，喘着气，滑的打着跛脚。

吴芝白懒洋洋的在马鞍上一摇三幌的摇着，哼着克尔格支的悲歌。

戴梅陀在马上无精打采的垂着头，当马打跛脚的时候，两次都几乎跌下马来。

"戴梅陀，醒一醒吧！"郭万秋喊道。

戴梅陀只挥了一挥手。

在安格林沟对面，在山径旁绿灰色的花刚岩上，很高的太阳射着小小的反光的环圈，环圈移动着、抖颤着，对准着戴梅陀的马。

当马走到了摇动的桥上的时候，反光的小小的环圈在刹那间蔽起了一层蓝蓝的薄膜。

一声洪亮的枪声在满山上滚着。

戴梅陀伸手向脖子里，失了缰绳，由马鞍上跌下来落到桥板上。两只腿在狂暴的安得林的山水上悬挂着。

但吴芝白把缰绳一勒，一步跨上前去，由鞍上把手一伸，把他由桥边上拉了过来。

转过身来，向郭万秋喊道：

"把马打开！"

吴芝白把马鞭一扬，马好像雀子一般飞过了桥，但即时第二声枪声又响了，马头跌到碎石上，吴芝白缩成一团滚到一边去。

郭万秋飞驰到前边去，紧紧的握着马刀。

他看见一个人带着步枪，穿着条子布长衫，由石头后边出来向悬岩上奔去。

马喘着气向山上跑着。

"赶上赶不上呢？"郭万秋心里想着，狠狠的把马刺一蹬。

马飞开了。

那人与郭万秋中间的距离突然缩得比那人到岩跟前的距离小起来。

那人知道是跑不脱了，转过身来，端起枪。

郭万秋把身子一闪。

啪……子弹由身边飞过去。

马把身子一缩，两跃就追到那人跟前。

郭万秋即时就认清了那肥胖的、油光的、面熟的脸，认清了他的黑胡子。

甘默手忙脚乱的拉着枪栓。

但还没有来得及二次端起枪的时候，郭万秋已经完全到他跟前了。

郭万秋向前把身子一欠，马刀向上一挥，喊道：

"领受吧！为着戴梅陀！为着美丽亚……"

甘默的头应着这在空气中激出啸声的马刀落了下去。

…………

把枪上的皮带拿来挽结到两匹马的中间，把戴梅陀放上去，运到雅得仁镇上。

晚上回到镇上，郭万秋就去报告了希连长。

"真能干！"连长说。

将肺打穿了的，人事不省的戴梅陀，在第二天早上就用马车送往塔城军医院里去了。

帖木儿的故土真是严峻而坚固呵。

耸入云霄的山巅的积雪，万代千秋都不溶消，黑沙漠里的荒沙，万代千秋都呼吸着不当心的旅人的灼热的死。

岩石万代千秋都躺在山径上，下边奔放着山水的急流。

帖木儿国度的人民好像岩石似的——不动、坚固。

在他们的眼睛里，就是死了以后也是石头一般，莫测的隐密 [31]。

仿佛三千年以前似的，红石的齐水的河床上，兀立着低矮的茶社，闪着绿色光辉的大齐山双峰上的彩霞，照着那万代千秋的黄土。

仿佛三千年以前似的，那带着黑绿胡须的茶社主人石马梅，早晨裹着破袍子，抵当 [32] 那阵阵吹来的冰冷的寒风。

只有那山谷里的花园，到第六年春天的时候，开着灿烂的，鲜红的星花；只有那山谷里的花园，到第六年春天的时候，扩张、放大，盖括 [33] 了山岩与巨石。

在那用四方万国的人民的枯骨——由亚力山大的铁军到史可伯列夫的亚普舍伦半岛的健儿培养成的沃壤上，灿烂的星花开得更其壮美而胜利。

31　现代汉语常用"隐秘"。——编者注

32　现代汉语常用"抵挡"。——编者注

33　现代汉语常用"概括"。——编者注

拉拉的利益

〔苏〕V.英培尔

升降机是有了年纪了，寂寞地在他的铁栅栏后面。因为不停的上上落落，他就成了坏脾气，一关门，便愤懑地轧响，一面下降，一面微呻着好像一匹受伤的狼。他常常不大听指挥，挂在楼的半中腰，不高兴地看着爬上扶梯去的过客。

升降机的司机人是雅各·密忒罗辛，十一岁，一个不知道父母的孩子。他在街路上，被门丁看中了意，便留下他管升降机了。照住宅管理部的命令，是不准雅各·密忒罗辛给谁独自升降的，但他就自己来给过客上下，并且照章收取五个戈贝克。

当漫漫的长夜中，外面怒吼着大风雨的时候，雅各·密忒罗辛还是管住了他对于升降机的职务，等候那些出去看戏或是访友的人们，一面想想世事。他想想世事，想想自己的破烂的皮长靴，也想想将他当作儿子的门丁密忒罗方·亚夫达支，无缘无故的打得他这么利害，还有，如果能够拾到一枝铅笔，来用用功，那就好极了。他常常再三观察那升降机的构造，内部，有垫的椅子和开关的捺扣。尤其是红的一颗：只要将这用力一按，飞快的升降机也立刻停止了。这是非常有趣的事情！

晚上，大人们看戏去了，或者在家里邀客喝茶的时候，便有全寓里的不知那里的小头巾和小羊皮帽[1]到雅各·密忒罗辛这里来闲谈，是的，有时还夹着一个绒小头巾，六岁的，名字叫拉拉。拉拉

1　指女孩和男孩。——译者

的母亲胖得像一个装满的衣包，很不高兴这交际，说道：

"拉拉，那东西可实实在在是没爹娘的小子呵，揩揩你的鼻子！他真会偷东西，真会杀人的呢，不要舐指头！你竟没有别的朋友了么？"

如果雅各·密忒罗辛听到了这等话，他就勃然愤怒起来，然而不开口。

拉拉的保姆是一位上流的老太太，所以对于这交际也更加不高兴：

"小拉拉，莫去理他罢，再也莫去睬他了！你找到了怎样的好货了呀：一个管升降机的小厮，你爹爹却是有着满绷软皮的写字桌的，你自己也是每天喝可可茶的。吓，这样的一个宝贝！这也配和你做朋友么？"

但这花蕾一般娇嫩的、圆圆的小拉拉，却已经习惯，总要设法去接近雅各·密忒罗辛去，向他微笑了。

有一天，在升降机的门的下边，平时贴这公寓里的一切布告的处所，有了这样的新布告：

"这屋子里的所有孩子们，请在明天三点钟，全到楼下堆着羊皮的地方去。要提出紧要议案，入场无费，邻家的人，则收入场费胡椒糖饼两个。"下面是没有署名的。

第一个留心到这布告的，是拉拉的母亲。她先戴了眼镜看，接着又除了眼镜看，于是立刻叫那住在二层楼的房屋管理员。来的是房屋管理员的副手。

"你以为怎么样，波拉第斯同志？"拉拉的母亲说。"你怎么能这样的事也不管的？"她用戴手套的手去点着那布告。"有人在这里教坏我们的孩子，你却一声也不响。你为什么一声不响的呀？我们的拉拉是一定不会去的，不要紧，不过照道理讲起来……"

波拉第斯同志走近去一看，就哼着鼻子，回答道：

"我看这里面也并没有什么出奇的事情，太太。孩子们原是有着组织起来，拥护他们的本行利益的权利的。"

拉拉的母亲激昂得口吃了，切着齿说：

"什么叫利益，他们鼻涕还没有干呢。我很知道，这是十八号屋子里的由拉写的。他是一个什么科长的儿子罢。"

科长绥垒史诺夫，是一个脾气不好的生着肾脏病的汉子，向布告瞥了一眼，自己想：

"我认识的，是由拉的笔迹。我真不知道他会成怎样的人物哩。也许是毕勒苏特斯基[2]之类的泼皮罢。"

孩子们都好像并没有留心到这布告的样子。只是楼梯上面，特别增多了小小的足踪[3]，在邻近的铺子里，胡椒糖饼的需要也骤然增高，非派人到仓库里去取新的货色不可了。

这夜是安静地过去了。但到早上，就热闹了起来。

首先来了送牛奶的女人，还说外面是大风雪，眼前也看不见手，她系自己的马，几乎系的不是头，倒是尾巴，所以牛奶就要涨价一戈贝克了。屋子里面都弥漫了暴风雨一般的心境。但绥垒史诺夫却将他那午膳放在皮夹里，仍旧去办公，拉拉的母亲是为了调查送牛奶的纠葛，到拉槟那里去了。

孩子们坐在自己的房里，非常地沉静。

到六点钟，当大多数的父母都因为办公、风雪、中餐而疲倦了，躺着休息，将他们的无力的手埋在《真理》和《思想》[4]里的时候，小小的影子就溜到楼下，的确像是跑向那堆着羊皮的处所去了。

拉拉的母亲到拉槟那里去列了席，才知道牛奶果然涨价，牛

2　Josef Pilsudski，欧洲大战时，助德国与俄国战，占领波兰，后为其共和国的总统，又为总理兼陆军总长，常掌握国内的实权，准备与苏联开战的独裁者。——译者

3　现代汉语常用"足迹"。——编者注

4　Pravda 与 Isvestia，都是俄国著名的日报。——译者

酪是简直买不到，一个钟头以后，她也躺在长椅子上的一大堆华贵的，有些是汽车轮子一般大，有些是茶杯托子一般大的圆垫子中间了。保姆跑到厨房去，和洗衣女人讨论着究竟有没有上帝。

这时忽然房门响了一声。

拉拉的母亲跳了起来，知道她的女儿爱莱娜·伊戈罗夫那·安敦诺华已经不在了。

拉拉的母亲抛开一切，冲着对面的房门大叫起来。科长绥垒史诺夫自己来开门了，手里拿着一个汤婆子。

"我们的拉拉不见了，你家的由拉一定也是的罢，"拉拉的母亲说。"他们在扶梯下面开会哩，什么本行的利益，一句话，就是发死昏。"

科长绥垒史诺夫不高兴地答道：

"我们的由拉也不在家，一定也在那里的，我还觉得他也许是发起人呢，我就去穿外套去。"

两个人一同走下了扶梯，升降机就发出老弱的呻吟声，从七层楼上落下去了。雅各·密忒罗辛一看见坐客，便将停机闩一按，止住了升降机，一面冷冷地说：

"对不起。"

正在这时候，下面的堆着羊皮和冬眠中的马路洒水车用的水管的屋子里，也聚集了很多的孩子们，多得令人不能喘气。发出薄荷的气味，像在药铺子里似的。

由拉站在一把旧椅子上，在作[5]开会的准备。中立的代理主席维克多尔，一个十二岁的孩子，不息的跑到他这里来听命令。

"由拉，隔壁的姑娘抱着婴孩来了，那婴孩可以将自己的发言委托她么，还是不行呢？"

这时候，那婴儿却自己来发言了，几乎震聋了大家的耳朵。

5　现代汉语常用"做"。——编者注

"同志们，"由拉竭力发出比他更大的声音，说"同志们，大家要知道，可以发言的，以能够独自走路的为限。除此以外，都不应该发言。发言也不能托别人代理。要演说的人，请来登记罢。我们没有多工夫。议案是：新选双亲。"

拉拉，她青白了脸，睁着发光的眼睛，冲到维克多尔跟前，轻轻的说道：

"请，也给我写上，我有话要说。你写罢：五层楼的拉拉。"

"关于什么问题呀，同志，你想发表的是？"

"关于温暖的短裤，已经穿不来的，穿旧了的短裤的问题，也还有许多别的。"

由拉用胡椒糖饼敲着窗沿，开口道：

"同志们，我要说几句话。一切人们——金属工人、商人，连那擦皮靴的——都有防备榨取的他们的团体。但我们孩子们却没有设立这样的东西。各人都被那双亲、母亲呀、父亲呀，尤其是如果他是生着肾脏病的，随意开玩笑。这样下去，是不行的。我提议要提出要求，并且做一个适应时代的口号。谁赞成，谁反对，谁不发言呢？"

"雅各·密忒罗辛登记在这里了，"维克多尔报告说，"关于不许再打嘴巴的问题，但他本人没有到。"

由拉诚恳地皱了眉头，说道：

"当然的，他没有闲空。这就是说，他是在做一种重要的事情。他的提议是成立的。"

会议像暴风雨一般开下去了。许多是了不得的难问题，使谁也不能缄默。有人说，大人们太过分，至于禁止孩子们在公寓的通路上游戏，这是应该积极对付的。也有人说，在积水洼里洗洗长靴，是应该无条件地承认的，而且还有种种别的事。

孩子气的利益的拥护，这才开始在行业的基础上建立起来了。

升降机在第三层和第四层楼之间，挂了一点半钟。拉拉的母亲暴怒着去打门也无用，科长按着他那生病的肾脏也无用。雅各·密忒罗辛回复大家，只说升降机的内部出了毛病，他也没有法子办：它挂着——后来会自己活动的罢。

到得拉拉的母亲因为焦躁和久待，弄得半死，好容易才回到自己的圆垫子上的时候，却看见拉拉已经坐在她父亲的写字桌前了。她拿一枝粗的蓝铅笔，在一大张纸上，用花字写着会上议决的口号：

"孩子们，选择你们的双亲，要小心呀！"

拉拉的母亲吓得脸色变成青黄了。

第二天，由保姆来交给她一封信。她看见肮脏的信封里装着一点圆东西，便觉得奇怪了。她拆开信，里面却有一个大的、肮脏的五戈贝克钱，纸片上写的是：

"太太，我将升降机的钱送还你，这是应该的。我是特地将你们在升降机里关了这许多时光的，为的是给你的女儿拉拉可以发表关于她的一切的利益。"

给不会写字的雅各·密忒罗辛代笔。

由拉·绥垒史诺夫

"物事"

[苏]V.凯泰耶夫　作　　　柔石　译

在一种情热的双恋的导力之下，乔治和赛加已在五月间结婚了。那时天气是明媚的。不耐烦地听完那结婚登记员的简短的颂词后，这对新婚的年青的夫妇就走出礼堂，到了街上。

"我们此刻到那里去呢？"瘦弱的、凹胸的，沉静的乔治问道，一面斜视着赛加。

她，高大的、美丽的，而且和火一样情热的，将自己挨近他的身旁，那缠在她头发上的一枝紫丁香花轻触他的鼻子，同时又张大她的鼻孔，情热地耳语着：

"到商品陈列所去，买物事去，还有什么别的地方去呢？"

"你说去买我们的家具么？"她丈夫说，一面乏味地笑着，又整一整他头上的帽子，当他们俩开步走的时候。

一阵饱和尘埃的风掠过商品陈列所。淡色的披巾，在干燥的空气中在货摊上面浮动；尖声的留声机，在一切乐器场中交相演唱。太阳照射着风中摆动的挂着的镜子。各种各样的迷人的器具和极端美丽的物品，围绕着这对年青的夫妇。

赛加的两颊起了一阵红晕，她的前额变得很湿了，那枝紫丁香花从她的蓬发上跌了下来，而她的两眼也变得大而圆了。她用火热的手抓住乔治的臂膊，紧咬着她那颤抖的薄薄的嘴唇，拖着他在所内到处漫步。

"先买凫绒被呀，"她喘不出气地说，"先买凫绒被！"

被货摊的主人的尖声震聋了耳朵的他们，匆促地买了两条凑缀成功的正方的被，重而厚，太阔，但不够长。一条是鲜艳的砖红色的，另一条是黯淡[1]的微紫的。

"现在来买拖鞋罢，"她密语着，她的温热的气息吹满她丈夫的面庞——"衬着红里子的，而且印着字母的，使别人不能偷去。"

他们买了拖鞋，两双，女的和男的，衬着大红的里子而且有字的。赛加的眼睛几乎变成闪亮的了。

"毛巾！绣着小雄鸡的……"当她将自己的滚热的头靠在她丈夫的肩上时，她几乎是呻吟着了。他们买好绣着小雄鸡的毛巾之后，又买了四条毯子、一只闹钟、一块斜纹布料、一面镜子、一条印有虎像的小毯子、两把用黄铜钉的漂亮的椅子，还有几团毛线。

他们还想买一张饰有大镍球的卧床，以及许多别的东西，可是钱不够了。他们重负而归。乔治背着两把椅子，同时又将卷着的凫绒被用下巴钩住。他的濡湿的头发，粘在他白白的前额上，瘦削的、红润的两颊，罩满了汗水。在他的眼下，见有一些蓝紫色的阴影。他的半开着的嘴巴，露出不健全的牙齿，他要流下涎沫来了。

回到凄冷的寓所时，他得救似的抛下他的帽子，同时咳嗽着。她将物件抛在他的单人床上，向房内审视一下，而且因了少女的娇羞的感触，用她那大而红的拳头亲爱地轻轻地拍着他的胁肋。

"好了罢，不要咳得这样利害，"她装作严紧地说，"否则，你立即就会死在肺病之下的，现在你有我在你身边……真的！"她用她的红颊在他的骨瘦如柴的肩头摩擦着。

晚上，宾客们到了，于是举行婚宴。他们带着羡慕参观这些新物事，赞美它们，拘谨地喝了两瓶白兰地，吃了一点面饼，合着小风琴的曲调跳舞了一场，不久便走散了。各样事情都是适得其宜。

1　现代汉语中"暗淡"。——编者注

连邻人们对于这婚礼的严肃适度，毫不过分，也都有些诧异。

来宾散了之后，赛加和乔治又将这些物事赞美了一番，赛加很当心地用报纸罩好椅子，还将其余的物件，连凫绒被，都锁在箱子里，拖鞋放在最上层，有字母的一面向上，于是下了锁。

到了夜半，赛加在一种切念的心境中觉醒转来，唤醒她的丈夫。

"你听到么，乔治……乔治，亲爱的，"她热烈地低语着，"醒来罢！你知道么，我们刚才错了，没有买那淡黄色的凫绒被。那种淡黄色的是比较有趣得多了，我们实在应该买那一种。这拖鞋的里子也不好，我们不曾想到……我们应该买那种衬着灰色的里子的。它们比红里子的要好得多了。还有饰着镍球的床……我们实在没有仔细地想一想。"

早晨，赶紧打发乔治去做他的工作之后，赛加慌忙跑到厨房里和邻舍们讨论大家对于她结婚的印象。为要合礼的缘故，她谈了五分钟她丈夫的应该注意的健康后，就领妇人们到她的房里，开了箱，展示那些物事。她拿出凫绒被来，于是伴着一声微微的叹息，说道：

"这是错了的，我们没有把那种淡黄色的买了来……我们没有想到买它……唉……我们没有细想。"

于是她的两眼变成圆圆的，呆钝的了。

邻人们都称赞这些物事。那位教授夫人，一个慈善的老妇，接着说：

"这一切都是很好的，但是你的丈夫似乎咳得很不好。隔壁的一切我们都可以听到，你必须当心这个，否则你要知道……"

"哦，那是没有什么的，他不会死的，"赛加用故意的粗鲁的口吻说道，"即使他死了，在他也很好，而我又可以找别个男人的。"

但忽然她的心房颤抖了一下。

"我要弄鸡给他吃。他非吃得饱饱的不可。"她对自己说。

这对夫妇好容易等到下次发薪日。但到了那时，他们立即去到商品陈列所，买了那种淡黄色的凫绒被，还有许多家内必需的物件，以及别的美丽无比的物事。一只八音钟、两张海狸皮、一只最新式的小花瓶架、衬着灰色里子的男的和女的套鞋、六码丝纱天鹅绒、一只饰着各色斑点的非常好看的石膏狗、一条羊毛披巾、一个锁键会奏音乐的淡绿色的小箱子。

他们回到家里时，赛加将物事很整齐地装在新箱子里。那会奏音乐的锁键便发出声调来。

夜里她醒了转来，将她的火热的面庞偎在她丈夫的冰冷的、发汗的前额上，一面静静地说：

"乔治！你睡着么？不要睡罢！乔治！亲爱的！你听到么？还有一种蓝色的……多么可惜呀，我们没有买它……那真是很出色的凫绒被……有些发亮的……我们当时没有想到……"

那年仲夏，有一次赛加很快活地走进厨房里。

"我的丈夫，"她说，"快有放假的日子了。他们给每人都只有两星期，但他却有一个半月，我可以对你发誓，还有一笔津贴。我们马上就要去买那有镍球的铁床，一定的！"

"我劝你还是设法给他送到好的疗养院去，"那位年老的教授夫人含有深意地说，将一筛热气蒸腾的马铃薯放在水管下面，"否则，你知道，要来不及的。"

"他不会发生什么事情的！"赛加愤愤地回答，一面将两只手插在腰上。"我照顾他比什么疗养院都来得周到，我将炸鸡给他，使他尽量吃得饱饱的！"

傍晚，他们同着一辆满载物事的小手车从商品陈列所回到家里。赛加跟在车后，凝视着，好像在对她的发红的脸庞映在床间的镍球上的影子发迷似的。乔治沉重地喘着气，实在推不动了。他有一条蔚蓝色凫绒被，紧挤着他那瘦削的下巴下面的胸膛。他不断地咳嗽。一簇暗色的汗珠，凝聚在他的凹陷的鬓角上。

夜里，赛加醒了过来。热烈的、贪多的思潮不让她睡觉。

"乔治！亲爱的！"她急促地耳语起来了，"还有一种灰色的……你听到没有……真是可惜，我们没有买它……唉，它是多么漂亮呀。灰色的，那里子却不是灰色的，倒是玫瑰色的……这样一条可爱的凫绒被。"

乔治最后一次被人看见的是在晚秋的一天早晨。他笨滞地走下那条狭小的横街，他的长长的、发光的，几乎和蜡一样的鼻子，钻在他那常穿的皮短衣的领子里面。他的尖尖的两膝，凸了出来，宽大的裤子，敲拍着他多骨的两腿，他的小小的帽子挂在后脑。他的长发垂在前额上，黑而暗。

他蹒跚地走着，但很当心地回避那些积水，使不致湿了他的薄靴。一种虚弱的、愉快的，几乎是满意的微笑，浮泛在他的苍白色的唇吻上。

当他回到家里的时候，他不得不躺在床上了，而当地的那位医生也来了。赛加急忙跑到保险公司，领取病时可以挪借的款子。她只好独自去到商品陈列所，买回一条灰色的凫绒被，放进箱子里。

不多久，乔治觉得更加沉重了。初次的雪，湿的雪——出现了。天空变得朦胧而阴惨。那位教授和他夫人互相耳语，另一位医生顷刻又到了。他诊察过病人，便到厨房里用消毒肥皂洗他的手。赛加泪流满面，站在弥漫的黑烟中，她正在火炉上炸着鸡片和蒜头。

"你疯了么！"教授夫人惊骇地喊道。"你在干什么？你会害死他的。你以为他能吃鸡片和蒜头么？"

"他可以吃，"医生冷淡地说，一面将他雪白的手指上的水点抖落在面盆里，"现在他什么都可以吃。"

"鸡片对于他有什么害处呢？"赛加尖声地说，同时用袖子揩一揩她的脸。"他是不会发生什么事情的。"

到了傍晚，裹着白色的棉外衣的卫生局人员到来，将各个房间都消了毒，消毒剂的气味充溢着回廊。夜里，赛加醒了转来。一种无名的悲痛，撕破了她的心窝。

"乔治！"她急迫地耳语道。"乔治，乔治亲爱的，醒来罢！我告诉你，乔治……"

乔治没有回答。他冷了。于是她从床上跳了下来，赤着脚艰难地沿着回廊走。那时差不多三点钟了，但这地方的人没有谁能够入睡。她跑到那位教授的门口，倒下了。

"他去了！去了！"她在恐怖中惊叫着，"去了！我的天呀！他死了！乔治！唉，乔治亲爱的！"

她开始哭泣了。邻人们都从他们的门缝里向外窥视。阴惨而冷淡的天星，辉映着黑窗后面的清脆的严霜。

到了早晨，那匹爱猫走近赛加的开着的房门去，在门槛上踌躇，窥探房内，它的毛忽然耸起来了。它怒怒地，退了出去。赛加坐在房子的中央，满脸泪水，正在愤愤地对着邻人们诉说，仿佛她被侮辱了似的：

"我总向他说，把鸡片吃得饱饱的罢！他不要吃。看罢，剩那么多呀！叫我做什么用呢？而且你把我抛给谁，你恶毒的乔治呀！他已经抛了我，不愿意带我同去，而且还不肯吃我的鸡片！唉，乔治亲爱的！"

三天之后，门外停着一辆用灰色马拉曳的柩车。大门开着，一种冰冷的寒气浸透了整座的房舍。同时有一种柏树的气味。乔治被运走了。

丧宴时候，赛加异常的开心。她在未吃别种东西以前，先喝了半杯白兰地。她脸上涨得通红，她流泪了，她并且一面顿着脚，一面用一种断续的声音说道：

"唉，那儿是谁？你们全体都请进去，快乐一下罢……凡是愿意进来的……无论谁我都让他进来，除了乔治……我不许他进去！他拒绝了我的鸡片，坚决地拒绝了！"

接着她沉重地倒在那只新箱子上面了，开始在那会发乐音的锁键上碰她的头。

此后，寓中的一切都和往常一样地过去，很有秩序地，很合规矩地。赛加仍旧去做使女了。那年冬季有很多男人向她求婚，但她都拒绝了。她在期待着一个沉静的、和善的男子，而这些却都是莽撞的家伙，那是被她积聚起来的物事引诱了来的。

到了冬底，她变得颇瘦削了，同时开始穿上一件黑色的羊毛衫，这倒增加了她的美丽的姿态。在那工场中的汽车房里，有一个汽车夫名叫伊凡。他是沉静的、和善的，而且富于默想的。也为了爱着赛加的缘故，弄得非常憔悴。到了春天，她也爱他了。

那时天气是明媚的。不耐烦地听了那结婚登记员的简短的颂词后，这对年青的夫妇就走出礼堂，到了街上。

"我们此刻到那里去呢？"年青的伊凡羞涩地问，一面斜瞥着赛加。

她挨近他的身旁，用一枝太大的紫丁香花轻触着他的红耳朵，同时张大她的鼻孔，耳语道：

"到商品陈列所去！买物事去！还有什么别的地方去呢？"

于是她的眼睛忽然变得大而圆了。

后记

　　札米亚京（Evgenii Zamiatin）生于一八八四年，是造船专家，俄国的最大的碎冰船"列宁"，就是他的劳作。在文学上，革命前就已有名，进了大家之列，当革命的内战时期，他还借"艺术府""文人府"的演坛为发表机关，朗读自己的作品，并且是"绥拉比翁的兄弟们"的组织者和指导者，于文学是颇为尽力的。革命前原是布尔塞维克，后遂脱离，而一切作品，也终于不脱旧智识[1]阶级所特有的怀疑和冷笑底态度，现在已经被看作反动的作家，很少有发表作品的机会了。

　　《洞窟》是从米川正夫的《劳农露西亚小说集》译出的，并参用尾濑敬止的《艺术战线》里所载的译本。说的是饥饿的彼得堡一隅的居民，苦于饥寒，几乎失了思想的能力，一面变成无能的微弱的生物，一面显出原始的野蛮时代的状态来。为病妇而偷柴的男人，终于只得将毒药让给她，听她服毒，这是革命中的无能者的一点小悲剧。写法虽然好像很晦涩，但仔细一看，是极其明白的。关于十月革命开初的饥饿的作品，中国已经译过好几篇了，而这是关于"冻"的一篇好作品。

　　左琴科（Mihail Zoshchenko）也是最初的"绥拉比翁的兄弟们"之一员，他有一篇很短的自传，说：

　　　　我于一八九五年生在波尔泰瓦。父亲是美术家，出身贵

1　现代汉语常用"知识"。——编者注

族。一九一三年毕业古典中学，入彼得堡大学的法科，未毕业。一九一五年当了义勇军向战线去了，受了伤，还被毒瓦斯所害，心有点异样，做了参谋大尉。一九一八年，当了义勇兵，加入赤军，一九一九年以第一名成绩回籍，一九二一年从事文学了。我的处女作，于一九二一年登在《彼得堡年报》上。

但他的作品总是滑稽的居多，往往使人觉得太过于轻巧。在欧美，也有一部分爱好的人，所以译出的颇不少。这一篇《老耗子》是柔石从《俄国短篇小说杰作集》（Great Russian Short Stories）里译过来的，柴林（Leonide Zarine）原译，因为那时是在预备《朝华旬刊》的材料，所以选着短篇中的短篇。但这也就是左琴科作品的标本，见一斑可推全豹的。

隆茨（Lev Lunz）的《在沙漠上》，也出于米川正夫的《劳农露西亚小说集》，原译者还在卷末写有一段说明，如下：

> 在青年的"绥拉比翁的兄弟们"之中，最年少的可爱的作家莱夫·隆茨，为病魔所苦者将近一年，但至一九二四年五月，终于在汉堡的病院里长逝了，享年仅二十二。当刚才跨出人生的第一步，创作方面也将自此从事于真切的工作之际，虽有丰饶的天禀[2]，竟不遑很得秋实而去世。在俄国文学，是可以说，殊非微细的损失的。隆茨是充满着光明和欢喜和活泼的力的少年，常常驱除朋友们的沉滞和忧郁和疲劳，当绝望的瞬息中，灌进力量和希望去，而振起新的勇气来的"杠杆"。别的"绥拉比翁的兄弟们"一接他的讣报，便悲泣如失同胞，是不为无故的。

2　现代汉语常用"天赋"。——编者注

性情如此的他，在文学上也力斥那旧时代俄国文学特色的沉重的忧郁的静底的倾向，而于适合现代生活基调的动底的突进态度，加以张扬。因此他埋头于研究仲马和司谛芬生，竭力要领悟那传奇底，冒险底的作风的真髓，而发见和新的时代精神的合致点。此外，则西班牙的骑士故事，法兰西的乐剧，也是他的热心研究的对象。"动"的主张者隆茨，较之小说，倒在戏剧方面觉得更所加意。因为小说的本来的性质就属于"静"，而戏剧是和这相反的……

《在沙漠上》是隆茨十九岁时之作，是从《旧约》的《出埃及记》里，提出和初革命后的俄国相共通的意义来，将圣书中的话和现代的话，巧施调和，用了有弹力的暗示底的文体，加以表现的。凡这些处所，我相信，都足以窥见他的不平常的才气。

然而这些话似乎不免有些偏爱，据珂刚教授说，则隆茨是"在一九二一年二月的最伟大的法规制定期，登记期，兵营整理期中，逃进'绥拉比翁的兄弟们'的自由的怀抱里去的。"那么，假使尚在，现在也决不能再是那时的隆茨了。至于本篇的取材，则上半虽在《出埃及记》，而后来所用的却是《民数记》，见第二十五章，杀掉的女人就是米甸族首领苏甸的女儿哥斯比。篇末所写的神，大概便是作者所看见的俄国初革命后的精神，但我们也不要忘却这观察者是"绥拉比翁的兄弟们"中的青年，时候是革命后不多久。现今的无产作家的作品，已只是一意赞美工作，属望将来，和那色黑而多须的真的神，面目全不相像了。

《果树园》是一九一九至二十年之间所作，出处与前篇同，这里并仍录原译者的话：

费定（Konstantin Fedin）也是"绥拉比翁的兄弟们"中之一人，是自从将短篇寄给一九二二年所举行的"文人府"的悬赏竞技，获得首选的荣冠以来，骤然出名的体面的作者。他的经历也和几乎一切的劳动作家一样，是颇富于变化的。故乡和雅各武莱夫同是萨拉妥夫（Saratov）的伏尔迦（Volga）河畔，家庭是不富裕的商家。生长于古老的果园，渔夫的小屋，纤夫的歌曲那样的诗底的环境的他，一早就表示了艺术底倾向，但那倾向，是先出现于音乐方面的。他善奏璜亚林，巧于歌唱，常常出演于各处的音乐会。他既有这样的艺术的天禀，则不适应商家的空气，正是当然的事。十四岁时（一九〇四年），曾经典质了爱用的乐器，离了家，往彼得堡去，后来得到父亲的许可，可以上京苦学了。世界大战前，为研究语学起见，便往德国，幸有天生的音乐的才能，所以一面做着舞蹈会的璜亚林弹奏人之类，继续着他的修学。

世界大战起，费定也受了侦探的嫌疑，被监视了。当这时候，为消遣无聊计，便学学画，或则到村市的剧场去，作为歌剧的合唱队的一员。他的生活，虽然物质底地穷蹙，但大体是藏在艺术这"象牙之塔"里，守御着实际生活的粗糙的刺激的。但到革命后，回到俄国，却不能不立刻受火和血的洗礼了。他便成为共产党员，从事于煽动的演说，或做日报的编辑，或做执委的秘书，或自率赤军，往来于硝烟里。这对于他之为人的完成，自然有着伟大的贡献，连他自己，也称这时期为生涯中的 Pathos（感奋）的。

费定是有着纤细优美的作风的作者，在劳农俄国的作者们里，是最像艺术家的艺术家（但在这文字的最普通的意义上）。只要看他作品中最有名的《果树园》，也可以一眼便看见这特色。这篇是在"文人府"的悬赏时，列为一等的他的出山之作，描写那古老的美的传统渐就灭亡，代以粗野的新事物这一种人生永远的悲剧的。题目虽然是绝望底，而充满着像看水彩画一般的美丽明朗的色彩和绰约的抒情味（Lyricism）。加以并不令人感到矛盾缺陷，却酿出特种的调和，有力量将读者拉进那世界里面去，只这一点，就证明着作者的才能的非凡。

此外，他的作品中，有名的还有中篇"Anna Timovna"。

后二年，他又作了《都市与年》的长篇，遂被称为第一流的大匠，但至一九二八年，第二种长篇《兄弟》出版，却因为颇多对于艺术至上主义与个人主义的赞颂，又很受批评家的责难了。这一短篇，倘使作于现在，是决不至于脍炙人口的。中国亦已有靖华的译本，收在《烟袋》中，本可无需再录，但一者因为可以见苏联文学那时的情形，二者我的译本，成文后又用《新兴文学全集》卷二十三中的横泽芳人译本细加参校，于字句似略有所长，便又不忍舍弃，仍旧收在这里了。

雅各武莱夫（Aleksandr Iakovlev）以一八八六年生于做漆匠的父亲的家里，本家全都是农夫，能够执笔写字的，全族中他是第一个。在宗教的氛围气中长大；而终于独立生活、旅行、入狱，进了大学。十月革命后，经过了多时的苦闷，在文学上见了救星，为"绥拉比翁的兄弟们"之一个，自传云："俄罗斯和人类和人性，已成为我的新的宗教了。"

从他毕业于彼得堡大学这端说，是智识分子，但他的本质，却纯是农民底，宗教底的。他的艺术的基调，是博爱和良心，而认农民为人类正义和良心的保持者，且以为惟有农民，是真将全世界联结于友爱的精神的。这篇《穷苦的人们》，从《近代短篇小说集》中八住利雄的译本重译，所发挥的自然也是人们互相救助爱抚的精神，就是作者所信仰的"人性"，然而还是幻想的产物。别有一种中篇《十月》，是被称为显示着较前进的观念形态的作品的，虽然所描写的大抵是游移和后悔，没有一个铁似的革命者在内，但恐怕是因为不远于事实的缘故罢，至今还有阅读的人们。我也曾于前年译给一家书店，但至今没有印。

理定（Vladimir Lidin）是一八九四年二月三日，生于墨斯科的。七岁，入拉赛列夫斯基东方语学院。十四岁丧父，就营独立生活，到一九一一年毕业。夏秋两季，在森林中过活了几年。欧洲大战时候，由墨斯科大学毕业，赴西部战线。十月革命时是在赤军中及西伯利亚和墨斯科，后来常旅行于外国。

他的作品正式的出版，在一九一五年，因为是大学毕业的，所以是智识阶级作家，也是"同路人"，但读者颇多，算是一个较为出色的作者。这原是短篇小说集《往日的故事》中的一篇，从村田春海译本重译的。时候是十月革命后到次年三月，约半年。事情是一个犹太人因为不堪在故乡的迫害和虐杀，到墨斯科去寻正义，然而只有饥饿，待回来时，故家已经充公，自己也下了狱。就以这人为中心，用简洁的蕴藉的文章，画出着革命俄国的最初时候的周围的生活。

原译本印在《新兴文学全集》第二十四卷里，有几个脱印的字，现在看上下文义补上了，自己不知道有无错误。另有两个 ×，却原来如此，大约是"示威""杀戮"这些字样罢，没有补。又因为希图易懂，另外加添了几个字，为原译本所无，则都用括弧作记。至于黑鸡来啄等等 [3]，乃是生了伤寒，发热时所见的幻象，不是"智识阶

3　现代汉语在此句式中常用一个"等"。——编者注

级"作家,作品里大概不至于有这样的玩意儿的——理定在自传中说,他年青时,曾很受契诃夫的影响。

左祝黎(Efim Sosulia)生于一八九一年,是墨斯科一个小商人的儿子。他的少年时代大抵过在工业都市罗特(Lodz)里。一九〇五年,因为和几个大暴动的指导者的个人的交情,被捕系狱者很长久。释放之后,想到美洲去,便学"国际的手艺",就是学成了招牌画工和漆匠。十九岁时,他发表了最初的杰出的小说。此后便先在阿兑塞,后在列宁格勒做文艺栏的记者,通信员和编辑人。他的擅长之处,是简短的、奇特的(Groteske)散文作品。

《亚克与人性》从《新俄新小说家三十人集》(Dreissig neue Erzahler des neuen Russland)译出,原译者是荷涅克(Erwin Honig)。从表面上看起来,也是一篇"奇特的"作品,但其中充满着怀疑和失望,虽然穿上许多讽刺的衣裳,也还是一点都遮掩不过去,和确信农民的雅各武莱夫所见的"人性",完全两样了。

听说这篇在中国已经有几种译本,是出于英文和法文的,可见西欧诸国,皆以此为作者的代表的作品。我只见过译载在《青年界》上的一篇,则与德译本很有些不同,所以我仍不将这一篇废弃。

拉甫列涅夫(Boris Lavrenev)于一八九二年生在南俄的一个小城里,家是一个半破落的家庭,虽然拮据,却还能竭力给他受很好的教育。从墨斯科大学毕业后,欧战已经开头,他便再入圣彼得堡的炮兵学校,受训练六月,上战线去了。革命后,他为铁甲车指挥官和乌克兰炮兵司令部参谋长,一九二四年退伍,住在列宁格勒,一直到现在。

他的文学活动,是一九一二年就开始的,中间为战争所阻止,直到二三年，才又盛行创作。小说制成影片，戏剧为剧场所开演，作品之被翻译者，几及十种国文；在中国有靖华译的《四十一》附《平常东西的故事》一本，在《未名丛刊》里。

这一个中篇《星花》，也是靖华所译，直接出于原文的。书叙一久被禁锢的妇女，爱一红军士兵，而终被其夫所杀害。所写的居民的风习和性质、土地的景色、士兵的朴诚，均极动人，令人非一气读完，不肯掩卷。然而和无产作者的作品，还是截然不同，看去就觉得教民和红军士兵，都一样是作品中的资材，写得一样地出色，并无偏倚。盖"同路人"者，乃是"决然的同情革命，描写革命，描写它的震撼世界的时代，描写它的社会主义建设的日子"（《四十一》卷首"作者传"中语）的，而自己究不是战斗到底的一员，所以见于笔墨，便只能偏以洗练的技术制胜了。将这样的"同路人"的最优秀之作，和无产作家的作品对比起来，仔细一看，足令读者得益不少。

英培尔（Vera Inber）以一八九三年生于阿兑塞。九岁已经作诗；在高等女学校的时候，曾想去做女伶。卒业后，研究哲学、历史、艺术史者两年，又旅行了好几次。她最初的著作是诗集，一九一二年出版于巴黎，至二五年才始来做散文，"受了狄更斯（Dickens）、吉柏龄（Kipling）、缪塞（Musset）、托尔斯泰、斯丹达尔（Stendhal）、法兰斯、哈德（Bret Harte）等人的影响"。许多诗集之外，她还有几种小说集，少年小说，并一种自叙传的长篇小说，曰《太阳之下》，在德国已经有译本。

《拉拉的利益》也出于《新俄新小说家三十人集》中，原译者弗兰克（Elena Frank）。虽然只是一种小品，又有些失之夸张，但使新旧两代——母女与父子——相对照之处，是颇为巧妙的。

　　凯泰耶夫（Valentin Kataev）生于一八九七年，是一个阿兑塞的教员的儿子。一九一五年为师范学生时，已经发表了诗篇。欧洲大战起，以义勇兵赴西部战线，受伤了两回。俄国内战时，他在乌克兰，被红军及白军所拘禁者许多次。一九二二年以后，就住在墨斯科，出版了很多的小说，两部长篇，还有一种滑稽剧。

　　《物事》也是柔石的遗稿，出处和原译者，都与《老耗子》同。

　　这回所收集的资料中，"同路人"本来还有皮力尼亚克和绥甫林娜的作品，但因为纸数关系，都移到下一本去了。此外，有着世界的声名，而这里没有收录的，是伊凡诺夫（Vsevolod Ivanov）、爱伦堡（Ilia Ehrenburg）、巴别尔（Isack Babel），还有老作家如惠垒赛耶夫（V. Veresaev）、普里希文（M. Prishvin）、托尔斯泰（Aleksei Tolstoi）这些人。

一九三二年九月十日，编者

一天的工作

前记

苏联的无产作家，是十月革命以后，即努力于创作的，一九一八年，无产者教化团就印行了无产者小说家和诗人的丛书。二十年夏，又开了作家的大会。而最初的文学者的大结合，则是名为"锻冶厂"的集团。

但这一集团的作者，是往往负着深的传统的影响的，因此就少有独创性，到新经济政策施行后，误以为革命近于失败，折了幻想的翅子，几乎不能歌唱了。首先对他们宣战的，是"那巴斯图"（意云：在前哨）派的批评家，英古罗夫说："对于我们的今日，他们在怠工，理由是因为我们的今日，没有十月那时的灿烂。他们……不愿意走下英雄底阿灵比亚来。这太平常了，这不是他们的事。"

一九二二年十二月，无产者作家的一团在"青年卫军"的编辑室里集合，决议另组一个"十月团"，"锻冶厂"和"青年卫军"的团员，离开旧社，加入者不少，这是"锻冶厂"分裂的开端。"十月团"的主张，如烈烈威支说，是"内乱已经结束，'暴风雨和袭击'的时代过去了。而灰色的暴风雨的时代又已到来，在无聊的幔下，暗暗地准备着新的'暴风雨'和新的'袭击'。"所以抒情诗须用叙事诗和小说来替代。抒情诗也"应该是血，是肉，给我们看活人的心绪和感情，不要表示柏拉图一流的欢喜了。"

但"青年卫军"的主张，却原与"十月团"有些相近的。

革命之后的无产者文学，诚然也以诗歌为最多，内容和技术，杰出的都很少。有才能的革命者，还在血战的旋涡中，文坛几乎全被较为闲散的"同路人"所独占。然而还是步步和社会和现实一同进行，渐从抽象的，主观的而到了具体的，实在的描写，纪念碑的长篇大作，陆续发表出来，如里培进斯基的《一周间》，绥拉菲莫维奇的《铁流》，革拉特科夫的《士敏土》，就都是一九二三至二四年中的大收获，且已移植到中国，为我们所熟识的。

站在新的立场上的智识者的作家既经辈出，一面有些"同路人"也和现实接近起来，如伊凡诺夫的《哈蒲》，费定的《都市与年》，也被称为苏联文坛上的重要的收获。先前的势如水火的作家，现在似乎渐渐有些融洽了。然而这文学上的接近，渊源其实是很不相同的。珂刚教授在所著的《伟大的十年的文学》中说：

> 无产者文学虽然经过了几多的变迁，各团体间有过争斗，但总是以一个观念为标帜，发展下去的。这观念，就是将文学看作阶级底表现，无产阶级的世界感的艺术底形式化，组织意识，使意志向着一定的行动的因子，最后，则是战斗时候的观念形态底武器。纵使各团体间，颇有不相一致的地方，但我们从不见有谁想要复兴一种超阶级的、自足的、价值内在的、和生活毫无关系的文学。无产者文学是从生活出发，不是从文学性出发的。虽然因为作家们的眼界扩张，以及从直接斗争的主题移向心理问题、伦理问题、感情、情热、人心的细微的经验，那些称为永久底全人类的主题的一切问题去，而"文学性"，也愈加占得光荣的地位。所谓艺术底手法、表现法，技巧之类，又会有重要的意义。学习艺术、研究艺术、研究艺术的技法等事，成了急务，公认为切要的口号。有时还好像文学绕了一个大圈子，又回到原先的处所了。

> 所谓"同路人"的文学，是开拓了别一条路的。他们从文学走到生活去。他们从价值内在底的技巧出发。他们先将革命看

作艺术底作品的题材，自说是对于一切倾向性的敌人，梦想着无关于倾向的作家的自由的共和国。然而这些"纯粹的"文学主义者们，大抵是青年，终于也不能不被拉进全线沸腾着的战争里去了。他们参加了战争。于是从革命底实生活到达了文学的无产阶级作家们，和从文学到达了革命底实生活的'同路人们'，就在最初的十年之终会面了。最初的十年的终末，组织了苏联作家的联盟。将在这联盟之下，互相提携，前进了。最初的十年的终末，由这样伟大的试练来作纪念，是毫不足怪的。

由此可见在一九二七年顷，苏联的"同路人"已因受了现实的熏陶，了解了革命，而革命者则由努力和教养，获得了文学。但仅仅这几年的洗练，其实是还不能消泯痕迹的。我们看起作品来，总觉得前者虽写革命或建设，时时总显出旁观的神情，而后者一落笔，就无一不自己就在里边，都是自己们的事。

可惜我所见的无产者作家的短篇小说很有限，这十篇之中，首先的两篇，还是"同路人"的，后八篇中的两篇，也是由商借而来的别人所译，然而是极可信赖的译本。而伟大的作者，遗漏的还很多，好在大抵别有长篇，可供阅读，所以现在也不再等待，收罗了。

至于作者小传及译本所据的本子，也都写在《后记》里，和《竖琴》一样。

临末，我并且在此声谢那帮助我搜集传记材料的朋友。

一九三二年九月十八夜，鲁迅记。

苦蓬

［苏］B. 皮力尼亚克

一

回转身，走向童山顶上的发掘场[1]那面去，就觉出苦蓬的苦气来。苦蓬展开了蒙着银色尘埃的硬毛，生满在丘冈上，发着干燥的苦味。从空旷的顶上，可望周围四十威尔斯忒[2]，山下流着伏尔迦河，山后的那边，躺着烟囱林立的少有人烟的临终的街市。从平原上，是吹来了飒飒的风。

当站住告别的时候，望见从对面的山峡里，向发掘场这边跑来了一串裸体的女人，披头散发，露出乌黑的凹进的小腹，手捏茅花，大踏着从从容容的脚步。女人们一声不响，走到发掘场，将太古的遗迹绕了一圈，又扬着苦蓬的尘埃，回到山崖那边，山峡那边，峡后面的村落那边去了。

包迪克于是开口说：

"离这里十五威尔斯忒的处所，有一个沿河的小村，那里还留着千年前以来的迷信。闺女们跑出了自己的土地，用了自己的身体和纯洁来厌禳，那是在彼得·桑者符洛忒周间内举行的。谁想出来的呢，说是什么桑者符洛忒！比起发掘之类来，有趣得多哩。此刻岂不是半夜么，那些闺女们恐怕正在厌禳我们罢，那是闺女的秘密呵。"

1　考古学家发掘古代遗迹之处。——译者
2　俄里。——译者

从平原上，又吹来了飒飒的风。在无限的天空中，星在流走，——七月的流星期已经来到了。络纬发出干燥闷热的声音。苦蓬放着苦气味。

告别了。临别的时候，包迪克捏着那泰理亚的手，这样说：

"那泰理亚，可爱的人儿，你什么时候归我呢？"

那泰理亚并不立刻，用了低低的声音回答道：

"不要这样子，弗罗贝呀。"

包迪克往天幕那边去了。那泰理亚回到山崖这面，穿过白辛树和枫树生得蒙蒙茸茸的小路，回了公社的地主的家里。夜也减不掉白天晒上的热。虽说是半夜，却热得气闷，草、远方、伏尔迦河、大气，一切都银似的干透了在发闪。从多石的小路上，飞起了干燥的尘埃。

调马的空地上，躺着斯惠里特，看了天在唱歌：

> 伏尔迦，伏尔迦，河的娘！
> 请打科尔却克[3]的耳光！
> 伏尔迦，伏尔迦，水的娘！
> 请打共产党员的耳光！

看见了那泰理亚，便说：

"就是夜里，那泰理亚姑娘，也还是不能困觉的呵，倘不怎么消遣消遣，公社里的人们，都到野地里去了哩。到发掘场去走了一趟么？不是全市都要掘转了么，这样的年头，什么都要掘转呀，真是的。"——于是又唱起歌来：

> 伏尔迦，伏尔迦，河的娘呀……

3　白党的将军。——译者

"市上的报纸送到了。苦蓬的气味好不重呵，这地方是。"

那泰理亚走进天花板低低的读书室（在地主时代，这地方是客厅），点起蜡烛来。昏昏的光，反映在带黄的木柱上。挂着布片的小厨，打磨过的大厨（没有门的），还是先前一样站着，窗上是垂着手编的镂空花纹的窗幔。低矮的家用什物，都依了平凡的摆法整然排列着。

侧着头，沉重的束发，挂下了，看报。用灰色纸印的市上送来的报章上，用阿喀末屑做成的青色的墨斯科的报章上，都满是扰乱和悲惨的记事。粮食没有了，铁没有了，有饥渴和死亡和虚伪和艰难和恐怖。

老资格的革命家，生着马克思一般的络腮胡子的绥蒙·伊凡诺微支走了进来。坐在安乐椅子上，手忙脚乱地开始吸烟卷。

"那泰理亚！"

"嗡。"

"我去过市里了，你猜是开手了些什么？什么也没有！到冬天，怕都要饿死，冻掉的罢。你知道，在俄国，没有炼铁所必要的盐：没有铁，就不能打锉子，没有锉，就不能磨锯子。所以连锯柴也无论如何做不到，——那里有盐呢！糟呀。你也懂得的罢，多么糟呢，——多么糟的，讨厌的冷静呵。你瞧，说是活，说是创造，不如说死倒是真的。在这里四近的，是死呀、饥饿呀、伤寒症呀、天泡疮[4]呀、霍乱呀……树林里，山谷里，到处是流氓。怎么样，——那死一般的冷静。死灭呀。在草原上，连全体死灭了的村子也有，没一个来埋掉死尸的人。每夜每夜，逃兵和野狗在恶臭里乱跑……唉唉，俄罗斯国民……"

屋顶的那泰理亚的屋子里面，和堆在屋角的草捆一起，竖着十

---

4 现代汉语常用"天疱疮"。——编者注

字架的像。大肚子的桃花心木的梳妆台上，和旧的杂乱的小器具并排放着的镜子，是昏暗，剥落了。梳妆台的匣子打开着，从这里还在放散些地主时代的蜡香，在底里，则撒着条纹绢的小片，——这屋子里，先前是住着地主的女儿的，有小地毯和路毯。从窗间，则伏尔迦河，以及那对面的草原——耕作地和美陀益尼的森林，都邈然在望，知道冬天一到，这茫茫的平野便将掩于积雪，通体皓然了。那泰理亚重整了束发，脱去上衣，只穿一件雪白的小衫，站在窗前很长久。她想着考古学家包迪克的事，绥蒙·伊凡诺微支的事，自己的事，革命的悲哀，自己的悲哀。

　　燕子首先报晓，在昏黄干燥的暗中，飞着锡且培吉[5]，最后的蝙蝠也飞过了。和黎明一同，苦蓬也开始发出苦气来。那泰理亚知道——苦蓬的发散气味，那苦的童话一般的气味，生和死的水的气味之在发散，也不仅是这平野中的七月，我们的一生中是都在发散的。苦蓬的苦，是现代的苦，但农家妇女们，都用苦蓬来驱除恶魔和不净。俄罗斯的民众……她想起来了，四月里，在平野上的一个小车站那里，那地方，有的是天空和平野和五株白杨树和铁轨和站屋，曾经见过三个人——两个农夫和一个孩子。三个都穿草鞋，老人披着短外套，女儿是赤膊的。他们的鼻子，都在说明着他们的血中，的确混着秋瓦希和鞑靼的血液。三个都显着瘦削的脸。大的通黄的落日，照映着他们。老人的脸正像农家草舍，头发是草屋顶一般披垂，深陷的眼（是昏暗的小窗）凝视着西方，似乎千年之间总是这模样。在那眼中，有着一点东西，可以称为无限的无差别，也可以称为难懂的世纪的智慧。那泰理亚那时想——惟[6]这才是真的俄罗斯国民，惟这才是有着农家草舍似的损伤了的脸和草屋顶似

5　似是鸟名。——译者
6　现代汉语常用"唯"。——编者注

的头发的，浸透了灰尘和汗水的、钝弱的灰色的眼。老人凝视着西方。别一个弯了腿，将头靠在那上面，不动地坐着。女孩躺在散着向日葵子壳和痰和唾沫的街石上，睡着了。大家都不说话。如果去细看他们，——正值仗着他们，以他们之名，而在革命，——是悲痛，难堪的……他们，是没有历史的国民，——为什么呢，因为有俄罗斯国民的历史的地方，就有作自己的童话，作自己的歌谣的国民在……这些农民，于是偶或误入公社中，发出悲声、唱歌、行礼，求讨东西，自述他们是巡礼者。首先，是平野上的饥渴，赶他们出来的，什么全都吃光，连马也吃掉了，在故乡，只剩下钉了门的小屋，而且为了基督的缘故，在平野里彷徨。那泰理亚看见从他们那里有虮子落下。

家里有水桶声，女人们出去挤牛奶了。马匹已由夜间的放牧，赶了回来。一夜没有睡的绥蒙·伊凡诺微支，和斯惠里特一同整好马车，出外往滩边收罗干草去了。颇大了的鸡雏，闹起来了。用炎热来烧焦大地的白天，已经到来。那时候，在晚上，为了前去寻求别样的苦蓬——觅求包迪克的苦蓬，寻求欢喜的苦楚，非熬这炎热不可了。因为在那泰理亚，是未曾有过这苦蓬的欢喜的，而送来那欢喜者，则是或生或死的这些炎热的白天。

二

伏尔迦河被锋利地吃了进去。沿崖只有白辛树生长着的空荡荡的童山，突出在伏尔迦河里，这以四十威尔斯忒的眺望，高高地挺然立于伏尔迦之上。名曰乌佛克山，——世纪在这里保存了自己的名字。

在乌佛克的顶上，发见了遗迹和古坟，考古学家包迪克为要掘出它来，和先前在伏尔迦河上做工的一队工人一同光降了。发掘亘三周间，世纪被从地下掘起。在乌佛克，有古代街市的遗迹发见了。石造的水道的旧迹，屋宇的基础，运河等类皆出现。为石灰石和黑土所埋没的这建筑物，并非斯启孚和保加利亚人所遗留下来的东西。是不知何人从亚细亚的平原来到这里，想建立都会，而永久地从历史上消灭了的。他们之后，这不知何人之后，这里便来了斯启孚人，他们就留下了自己的坟墓。在坟墓里，石的坟洞里，石的棺里，穿着一触便灰烬似的纷纷迸散的衣服的人骨、和刀、银的花瓶——这里是有阿拉伯的钱币的，——画出骑马人和猎夫模样的瓶和盘子——这里是曾经盛过饮料和食物的——这些东西一同倒卧着。脚的处所，有带着金和骨和石做成的鞍桥的马骨，那皮是成了木乃伊似的了。石的坟洞里，是死的世界，什么气味也没有，非进那里面去不可的时候，思想总是分明地沉静下去，心里是涌出了悲哀。乌佛克的顶上，是光光的。在炎热的暑气中，展开了蒙着银似的尘埃的硬毛，苦蓬生长着。而且发出苦的气味来。这是世纪。

世纪也如星辰一般，能教诲。包迪克知道苦的欢喜。考古学家包迪克的理解，是上下几世纪的。事物总不诉说生活，倒诉说艺术。事件，已经便是艺术了。包迪克也如一切艺术家一样，由艺术来测度了生活。

在这里，乌佛克和曙光一同开始发掘，用大锅烧了热汤。发掘了。正午，从公社里搬了食物来，休息了，又发掘了，直到傍晚。晚上，堆了柴，烧起篝火来，围着它谈天、唱歌……在山峡的那边的村子里，都在耕耘、收获、饮、食、眠——为了要活。山崖下面的公社里，也和这一样，做、食、眠。而且一切人们，还想十足地喝干生活的杯，饮尽平安和欢乐。和照例的炎热的日子一同，热的七月是到了。白天呢，实在耀眼得当不住。夜呢，送来了惟夜独有的那轰动和平安。

或者在掘开夹着燧石和鬼石（黑而细长的）的干燥的黑土，或者将土载在手推车子上，运去了在过筛。掘下去到了石造的进口了。包迪克和助手们都十分小心地推开了石块。坟洞是暗的，什么气味也没有。棺在台座上。点起煤油灯，画了图。烧起镁光来，照下了照相。寂静，也没有出声的人。揭开了大约十普特重的成了苍白的盖石。

"这人恐怕就这样地躺了二千年，二十个世纪了罢。"

一边的山崖的近处，在掘一种圆圆的建筑物的碎片，聚在粗布上。那建筑物的石块，是未为时光所埋没，露在地面的。夜间闺女们来跑了一圈的，就是这废址。

，乌佛克是险峻地挺立着。在乌佛克下面，任性的河伏尔迦浩浩地广远地在流走，在那泛滥区域的对面，则美陀益尼的森林抬着参差不齐的头。——在美陀益尼森林里，是逃兵和流氓的一团做着窠，掘洞屋，搭棚舍，丛莽阴里放着步哨，有机关枪和螺旋枪，倘遭干涉，便准备直下平原，造起反来，侵入市街去，但这事除了从村子里来的农夫以外，在乌佛克，是谁也不知道的。

三

太阳走着那灼热的路程。白天里，为了炎热和寂静，令人不能堪，熔化了玻璃似的细细的暑热，在远方发抖。午后的休息时间，那泰理亚走到发掘场，坐在倒翻在掘开的泥土里的手推车子上，和包迪克一同晒着太阳在谈话。太阳是煌煌地照临。手推车子上，黑土上，草上，天幕上，都有杂色的条纹绢一般的暑热的色彩。

那泰理亚讲些暑热的事，革命的事，最近的事。她竭全身的血

以迎革命，希望革命的成就——而今日之日，却落得了苦蓬。今日
之日，是用苦蓬在放散着气味。——她也像绥蒙·伊凡诺微支一般
地说。加以为了包迪克将头靠在她的膝髁上，为了她的小衫的扣子
脱开了，露着颈子，而且又为了热得太利害，她觉到别的苦蓬了。关
于这个，她一句也不提。而她仍然像绥蒙·伊凡诺微支一般地说。

包迪克仰天躺着，半闭了那灰色的眼睛，握着那泰理亚的手。
她为了热，为了恼，闭了嘴的时候，他就说起来：

"俄罗斯，革命，是呵，苦蓬在发气味呀——生和死的水，是的，
什么都灭亡下去了。没有逃路。是的……你去想想那个俄罗斯的童
话罢——'生和死的水'的话。呆伊凡已经完全没有法子，自己这
里是一物不剩，他连死都不能够了。但是，呆伊凡胜利了，因为他
有真实。真实是要战胜虚伪的。一切虚伪，是要灭亡的。童话这东
西，都是悲哀和恐怖和虚伪所编就的东西，但无论什么时候，总靠
真实来解开。看我们的周围罢，——在俄罗斯，现今岂不是正在大
行童话么？创造童话的是国民，创造革命的也是国民，而革命现在
是童话一般开头了。现在的饥荒，不全然是童话么？现在的死亡，
不全然是童话么？市街岂不是倒回到十八世纪去，童话似的在死下
去么？看我们的周围罢——是童话呀。而且我们——我们俩之间，
也是童话呵。一如你的手，在发苦蓬的气味哪。"

包迪克将那泰理亚的手放在眼睛上，悄悄地在手掌上接吻了。
那泰理亚低头坐着。束发挂了下来。——而且她又急切地觉得，革
命之于她，是和带着悲哀的欢喜，带着苦蓬的悲哀的那强烈的欢喜
相联系的。是童话。乌佛克也是童话里的东西。美陀益尼也是童
话里的东西。有着马克斯似的，凯希吉[7]一般黑心的怪物马克斯似
的络腮胡子的那绥蒙·伊凡诺微支，也是童话里的东西。

---

7 童话中的地下国土的魔王。——译者

手推车子、天幕、泥土；乌佛克、伏尔迦、远方，都为炎热炙得光辉灿烂。四近仿佛像要烧起来，既没有人气，也没有人声。太阳走着三点时分的路程。从手推车子下面和掘土之后盖着草席的洞里，时时爬出些穿着红的短裤和粗布裤子的各自随意装束的人物来，细着眼欠伸一下，到水桶里去喝水，吸烟。

一个男人坐在包迪克的面前，点上了烟卷，摩着袒露的毛茸茸的胸膛，一面慢慢地说：

"喂，动手罢，弗罗理支老板，……用马，就好了，密哈尔小子，得敲他起来，那畜生，死了似的钻在土里面。"

一到傍晚，络纬叫起来了。那泰理亚挑着大桶，到菜圃去给苗床浇水。额上流着汗，身子为了桶的重量，紧张得说不出，甜津津地作痛。溅在赤脚上的水点，来了凉爽的心情。一到了傍晚，野雀便在樱桃树的茂密中叫了起来，令人想到七月，于是立刻不叫了。最后的蜜蜂向着箱巢，黄金色的空气中悠悠然飞去。她走进樱林密处，吃了汁如血液的樱桃。丛莽之间，生着蓝色的吊钟草和大越橘，——照常采了一些，编起花环来。在楼顶的自己的屋子里，地主的小姐的屋子里，玩弄着妆奁中的旧绢布，她一面嗅着蜡香和陈腐的发酸的气息。她用新的眼睛去看自己的屋子，屋子里面，罩满着带些苍味的黄昏，轻倩的颤动的影子在地板上爬走，有着旧式的颇为好看的花纹的蓝色墙壁，就用那旧式的沉静，省事地单纯地来迎接了。她在盆子里用凉水洗了浴。

听到了绥蒙·伊凡诺微支的脚步声，——走到崖下去躲避他，躺在草上，闭了眼睛。

太阳成了大的黄色的落日，沉下去了。

四

夜里很迟，包迪克和那泰理亚同到发掘场来。天幕旁边，堆了柴，生着火，煮着热汤。柴山吐着烟焰，爆着火星，明晃晃地烧着。大约就为此罢，似乎夜就更加热，更加暗，也更加明亮了。远处的平野上有闪电。有将锅挂在柴火上煮水的，有躺的，也有坐的。

"那夜的露水，是甜的，做得药，列位，这给草，是大有好处的呀。蕨的开花，也就在这一夜。倘要到那林子里面去，列位，可要小心才好，因为所有树木，在那一夜，是都在跑来跑去的呀……真的呢……"

大家都沉默了。

有谁站了起来，去看锅子的情形。弯曲的影子爬着丘冈，落在山崖的对面。别一个取一块炭火，在两只手掌上滚来滚去，点着烟卷的火。约一分时，非常之静。在寂静里，分明地听到蟋蟀的声音。篝火对面的平野上有闪电。死一般的那光，鲜明地出现，于是消失了。从平野上吹来了微风，那吹送的不是暑热，是凉意，——于是，雷雨正在从平野逐渐近来，是明明白白了。

"我呢，列位，是不情愿将这地方来掘一通的。这地方，乌佛克这地方，是古怪的处所呀，什么时候总有苦蓬的气味的。司提班·谛摩菲也微支[8]的时代，这里的这顶上，有过一座塔。那塔里，是关着波斯国的公主的，但那波斯国的公主，可是少有的美人呵。那是，列位，变了乌老鸦，成了狼一般的恶煞，在平野上飞来飞去，给百姓吃苦，带了各色各样的祸祟来的。这是先前的话了……听到

---

8 姓拉旬，俄国传说中的有名的反抗虐政的侠盗，曾劫取波斯公主，后为官军所获，五马分尸而死去。——译者

了这事的司提班·谛摩菲也微支，便来到塔旁边，从窗子一望，公主可刚刚在睡着。其实呢，躺着的不过是公主的身子，魂灵却没有在那里的，但司提班竟没有留心到。因为魂灵是，列位，化了乌老鸦，在地上飞着呵。司提班叫了道士来。从窗间灌进圣水去……这么一来，好，要说以后的事，是无依的魂灵，在这乌佛克四近飞来飞去，原来的身子里是回不去了，碰着石壁，就哭起来。塔拆掉了，司提班系在高加索山里了，可是公主的魂灵还是无依的，哭着的……这地方，是可怕的，古怪的地方呵。娃儿们想和那标致的公主相像，常常，在半夜里，就恰是这时刻，赤条条地跑到这里来，不过并不知道那缘故……就因为这样，这地方生着苦蓬，也应该生起来的呀。"

有谁来打断了话头：

"可是，小爹，现在是，司提班·谛摩菲也微支·拉旬头领也已经不系在那山里了，掘一通不也可以了么？现在是革命的时节了，人民大家[9]的反抗时节了哩。"

"那是不错的，年青人，"首先的汉子说。"但是，还没有到将这地方来掘一通的那么地步呵。要一步一步地呵，唔，年青人，一步一步地，什么都是时节呵。革命——那确是如你所说，我们国度里的革命，是反抗呀。时节到了呀……一步一步地呀……"

"不错……"

一个土工站起身，到天幕这边来了。一看见包迪克，便冷冷地说：

"弗罗理支，你在听了么？我们似的乡下人的话，你怕不见得懂……我们的话，那里能懂呵。"

大家都住了口。有的学着别人，坐得端正点，吸起烟来。

9　现代汉语常用"大众"。——编者注

"现在是好时节呵……列位，对不起。无缘无故的坏话，说不得的。老爷，再会再会。"穿着白色短裤的白发的老人，站了起来，赤着脚，向村落那边跟跄走去了。人影消失在昏黑里。

电闪逐渐临近、增多，也鲜明起来，夜竟深深地黑了下去，星星闪烁了。风飞着树叶，凉爽地吹来。从辽远的无际的那边，传来了最初的雷震。

那泰理亚坐在手推车子上，低了头，两手抵住车底，支着身体，篝火微微地映照她。她直到本身的角角落落，感着，尝着强烈的欢娱，欢娱的苦恼，甜的痛楚。她知道了苦蓬的苦的悲哀——愉快的，不可测的，不寻常的，甘甜和欢喜。而粗野的包迪克的每一接触，还被苦蓬，被生的水，烧焚[10]了身躯。

那一夜，没有能睡觉。

雷伴着狂雨、震吼、发光。雷雨在波斯公主的塔的遗迹的席子上，来袭那泰理亚和包迪克。那泰理亚知道了苦蓬的悲哀——波斯的公主留在乌佛克而去了的那妖魔的悲哀。

五

曙光通红地开始炎上了。

到破晓，从市街到了军队。在乌佛克上面架起大炮来。

10　现代汉语常用"焚烧"。——编者注

肥料

［苏］L. 绥甫林娜

关于列宁，起了各式各样的谣言。有的说，原是德国人；有的说，不，原是俄国人，而受了德国人的雇用的；又说是用了密封的火车，送进了俄国；又说是特到各处来捣乱的。先前的村长什喀诺夫，最明白这人的底细。他常常从市镇上搬来一些新鲜的风闻。昨天也是在半夜里回来的。无论如何总熬不住了，便到什木斯忒伏的图书馆一转，剥剥的敲着窗门。瘦削的短小的司书舍尔该·彼得洛维支吓了一跳，离开桌子，于是跑到窗口来了。

他是一向坐着在看报的。

"谁呀？什么事？"

什喀诺夫将黑胡子紧紧的贴着玻璃，用尖利的声音在双层窗间叫喊道：

"逃掉了！用不着慌。今天夜里是不要紧的！刚刚从镇上逃走了！"

"阿呀，晚安。亚历舍·伊凡诺微支！究竟，是谁逃掉了呀？"

"列宁呵，从各家的银行里搜括[1]了所有的现款，躲起来了。现在正在追捕哩，明天对你细讲罢。"

"坐一坐去，亚历舍·伊凡诺微支，就来开门了。"

"没有这样的工夫，家里也在等的，明天对你细讲罢。"

"带了报纸来没有呀？"

---

1 现代汉语常用"搜刮"。——编者注

"带了来了，但这是陈报纸，上面还没有登载。我是在号外上看见的……�坯，这瘟马，布尔塞维克的瘟马，忒儿忒儿。"他已经在雪橇上自己说话了。"不要着忙呀！想家罢咧，想吃罢咧！名字也叫得真对：牲口……"

但是，到第二天，就明白了昨夜的欢喜是空欢喜。在市镇上受了骗的。一到早晨，便到来一个带着"委任状"的白果眼的汉子，而且用了"由'苏那尔科谟'给'苏兑普'的'伊司波尔科谟！'"[2]那样的难懂的话语，演起说来。列宁并没有逃走。

在纳贝斯诺夫加村，关于列宁的谣传还要大。这村子里，有学问的人们是很多的。那是教徒。他们称赞从俄国到这里来的，好像到了天堂一样。于是就叫成了纳贝斯诺夫加[3]。教徒们因为要读圣书，这才来认字。在和坦波夫加的交界处——这是一个叫作坦波夫斯珂·纳贝斯诺夫斯珂伊的村，用一枝钉着木板的柱子为界。那木板，是为了识字的人而设的。黑底子上用白字写道，"纳贝斯诺夫加，男四百九十五名，女五百八十一口。"这板的近边，有坦波夫加的几乎出界了的房屋。有各色各样的人们。纳贝斯诺夫加这一面，比较的干净。但在坦波夫加那面，只要有教育，年纪轻的脚色，却也知道列宁，而农妇和老人，则关于布尔塞维克几乎全不明白，单知道他们想要停止战争。至于布尔塞维克从那里来的呢——却连想也没有想起过。是单纯的人们，洞察力不很够的。

村长什喀诺夫，是纳贝斯诺夫加的人。坦波夫加的兵士将他革掉了。现在是不知道什么行政，那兵士叫作梭夫伦的在拜帅。在一回的村会上，他斥骂什喀诺夫道：

"这多嘴混蛋！你对于新政府，在到处放着胡说白道的谣言。"

2　革命后所用的略语，意即"由人民委员会议给劳兵会的执行委员会。"——译者
3　天堂村之意。——译者

梭夫伦并不矮小，而且条直的，但还得仰看着什喀诺夫的眼睛，用乌黑的眼光和他捣乱。什喀诺夫要高出一个头。他也并不怯，但能捉摸人们的脾气，轻易是不肯和呆子来吵架的：

"摆什么公鸡扑母鸡的势子呀？不过是讲了讲从市镇上听来的话罢了。不过是因为人们谎了我，我就也谎了人。岂不是不过照了买价在出卖么？"

农人们走了过来，将他们围住。有委任状的那人喝茶去了。集会并没有解散。村里的人们，当挨家挨户去邀集的时候，是很费力的，但一旦聚集起来，却也不容易走散。一想也不想的。

大家在发种种的质问之间，许多时光过去了。村里的教友理事科乞罗夫，在做什喀诺夫的帮手：

"梭夫伦·阿尔泰木诺维支，不要说这种话了。亚历舍·伊凡诺微支是明白人。不过将市镇上听来的话，照样报告了一下。即使有点弄错……"

梭夫伦并不是讲得明白的脚色，一听到科乞罗夫的静静的、有条有理的话，便气得像烈火一样，并且用震破讲堂的声音，叫了起来。集会是往往开在学校里的。

"同志！市民！纳贝斯诺夫加的东西，都是土豪！唱着小曲，不要相信那些东西的话。现在，对你们讲一句话！作为这集会的议长讲一句话！"

他说着，忽然走向大家正在演说的桌前去。退伍兵们就聚集在他旁边。涨满着贫穷和鲁钝的山村的退伍兵的老婆和破衣服，就都跟在后面。纳贝斯诺夫加的村民，便跟着坦波夫加的商人西乞戈夫，都要向门口拥出去了。

"不要走散！科乞罗夫会来给梭夫伦吃一下的。"迅速地传遍了什喀诺夫的低语。

梭夫伦的暗红色的卷头发，始终在头上飞起，好像神光一般。下巴胡子也是暗红色的，但在那下巴胡子上，不见斤两。眼睛里也没有威严的地方。只有气得发暗的白眼珠，而没有光泽。

"同志们！纳贝斯诺夫加的财主们，使我们在街头迷了路。我们在战场上流血的时候，他们是躲在上帝的庇荫里的。嘴里却说是信仰不许去打仗。现在是，又在想要我们的血了。赞成战争的政府，是要我们的血的。我们的政府，是不要这个的。"

集会里大声回答道：

"不错，坐在上帝的庇荫里，大家在发财！"

"并且，我们这一伙，是去打了仗的！只有义勇队不肯去。"

"我们是不怕下牢监，没有去打仗的！"

"契勃罗乌呵夫刚刚从牢监里回来了哩……"

"讲要紧事，这样的事是谁都知道的！"

"契勃罗乌呵夫是为了他们的事，在下牢监的！然而我们这些人，是失了手，失了脚的呀！这是怎么一回事？这是怎的。名誉在那里？"

"你们也不要到这样的地方去就好了！"

"哗[4]！大肚子装得饱饱的。一味争田夺地！岂但够养家眷呢，还养些下牢监的……"

"什么话！打这些小子们！畜生！"

"住口！议长！"

"言论自由呀……"

"梭夫伦，演说罢！"

"什么演说！这样的事，谁都知道的！"

"无产者出头了！便是你们，只要上劲的做工……"

4　现代汉语常用"哗"。——编者注

骚扰利害起来了。声音粗暴起来了。

梭夫伦挺出了胸脯，大叫道：

"同志们！后来再算帐。这样子，连听也听不见！让我顺次讲下去。"

什喀诺夫也镇静了他的一伙：

"住口！住口！让科乞罗夫来扼死这小子。"

大家都静默了。在激昂了的深沉的不平渐渐镇定下去的时候，便开始摇曳出梭夫伦那明了的，浓厚的声音来：

"同志们！那边有着被搜刮的山谷对面的村民。那些人们，现在是我们的同志。我们呢，就是你们的同志！但是纳贝斯诺夫加的农民是财主。无论谁的田地，他们都不管。他们全不过是想将我们再送到堙壕去。他们要达达纳尔斯！他们是这样的东西！他们用了上帝的名，给我们吃苦。用了圣书的句子，给我们吃苦。他们是，还是称道上帝，于自己们便当一些。富翁是容易上天堂的，先在这地上养得肥肥胖胖，于是才死掉……"

什喀诺夫忍不住了。有人在群集里发了尖声大叫着。

"不要冤枉圣书罢！圣书上不是写着穷人能上天堂么……"

梭夫伦摇一摇毛发蓬松的头，于是烈火似的烧起来了。他用了更加响亮、更加粗暴的声音，像要劈开大家的脑壳一般，向群众大叫道：

"圣书上有胡说的。富翁是中上帝的意的。有钱的农民很洒脱，对人客客气气。但是，即使对手在自己面前脱了帽，不是这边也不能狗似的摇尾巴么？在穷人，什么都是重担子。所以在穷人，无论什么时候就总怀着坏心思。这是当然的！富翁和贵族们拉着手，什么都学到了。可是穷人呢，连祈祷的句子，也弄成了坏话的句子。弄得乱七八糟。圣书上写道，勿偷。但因为没有东西吃，去偷是当然的。圣书上写道，勿杀。但去杀是当然的。"

纳贝斯诺夫加的人们唠叨起来了：

"这好极了！那么，就是教去偷，去杀了呀！"

"这真是新教训哩！"

"听那说话，就知道这人的……"

"就是这么一回事，这就是布尔塞维克呵！"

"原来，他们的头领就坐过牢的！"

山村的村民又是山村的村民，在吼着自己们的口吻：

"妈妈的！扼杀他！"

"杀了谁呀？我们这些人杀了谁呀？"

"当然的！打那些畜生们！"

老婆子米忒罗法夫娜觉得这是议论移到信仰上去了，便在山村的群众里发出要破一般的声音道：

"正教的教堂里有圣餐，可是他们有什么呢？"但言语消在骚扰里面了。手动起来了，叫起来了，发出嘘嘘的声音，满是各种的语声了。所有一切，都合流在硬要起来的呻唤声的野蛮的音乐里了。

开初，梭夫伦是用拳头敲着桌子的，但后来就提起了椅子，于是用椅子背敲起桌子来。听众一静下去，就透出了名叫莱捷庚这人的尖锐的叫喊：

"是我们的政府呵！这就够了。他们已经用不着了……"

于是又是群众的呻吟和叫唤。不惯于说话，除了粗野的咆哮和骚扰之外，一无所知的群众。谁也不站在自己的位置上。大家互相作势，摇着拳头威吓，互相冲撞，推排。快要打起来了。

科乞罗夫推开群众，闯到桌子那面去了。他用那强有力的手，架开了谁的沉重的拳头。从梭夫伦那里挖取了椅子，仍旧用这敲起桌子来。纳贝斯诺夫加的人们静下去了。梭夫伦也镇静了自己的一伙。静下去的喊声，在耳朵里嗡嗡的响。于是科乞罗夫的柔和的，恳切的，愉快的低音，便涌出来了：

"兄弟们！野兽里是剩着憎恶的，但在人类，所需要的却是平和和博爱。"

在那柔和的声音里，含着牧师所必具的信念和威严。这使群众平静了。但莱捷庚却唾了一口，用恶骂来回答他。别的人们都没有响。

"愤怒的人的眼睛，是看不见东西的。耳朵，是听不见东西的。为什么会这样的呢？为什么兄弟梭夫伦，会将自己送给了憎恶的呢？我们是，不幸为了我们的信仰，受着旧政府的重罚。因为要救这信仰，所以将这信仰，从俄国搬到这里来了的。是和家眷一起，徒步走到寒冷的异地来了的。为要永久占有计，便买下了田地。然而怎样。兄弟们，你们没有知道这一回事么？全村统统是买了的！然而，我们的田地，是用血洗过的。是呵，是呵！旧政府捉我们去做苦工的时候，你们曾经怜悯过我们。便是我们里面，凡有热心于同胞之爱的人，也没有去打仗。但是，这样的人，自然是不会很多的。我们——做着福音教师的我们，实在也去打仗。我的儿子，就在当兵。我们是，和你们一起，都在背着重担的……"

科乞罗夫是说了真话的。在那恰如涂了神圣的膏油一般的声音里，含着亲密，经过了会场的角角落落，使听众的心柔和了。群众寂然无声，都挤了上去。只有梭夫伦挤出了鸭子一般的声音。还有莱捷庚，用了病的叫喊来抗议：

"圣书匠！生吞圣书的！"

大家向他喝着住口，他便不响了。

科乞罗夫仿佛劝谕似的，坦坦然的在演说，恰如将镇静剂去送给病人一样：

"对于布尔塞维克的教说，我们是并没有反对的。正如圣书上写着勿杀那样，我们不愿意战争。我们应该遵照圣书，将穷人拉起来。然而，人的教说，不是上帝的教说。人的教说，是常常带着我们的罪障的，带着夺取和给与——屈辱和邪念的。为什么夺我们的田地的呢？我们并不是算作赠品，白得了田地的。这样的事情，总得在平和里，在平静里，再来商量才好。正因为我对于布尔塞维克的教说有着兴味，所以在市镇上往来。于是就知道了那主要的先生，乃是凯尔拉·马尔克梭夫[5]。原来，他并非俄国人，是用外国的文字，写了自己的教说的。这可就想看凯尔拉·马尔克梭夫真真写了的原本了。俄国的人们，他是可以很容易的劝转的。怎样拿过来，我们就照样的一口吞下去。我们的习惯，是无所谓选择。俄国人是关于教育，关于外国语，都还没有到家。即使毫不疑心，接受外国的东西罢，但列宁添上了些什么，又怎么会知道呢？应该明白外国话，将凯尔拉·马尔克梭夫的教说和俄国的教说，来比较一下子看看的。那时候，这才可以'世界的普罗列泰利亚呀，团结起来'了！凡是政治那样的事情，总该有一个可做基础的东西。要明白事理，就要时间，要正人君子，要寂静与平和。只有这样子的运用起来，这才能上新轨道。"

当这时候，响起了好像给非常的苦痛所挤出来的莱捷庚的叫一般的声音。

"在巧妙的煽惑哩！这蠢才的圣书匠，同志们，是在想将你们的眼睛领到不知道那里去呵！"

他突然打断了科乞罗夫的演说。没有预防到，那演说便一下子中止了。

梭夫伦用了忿激[6]的，切实的声音，威压似的叫道：

5　Karla Marksov，即改成俄语式的 Karl Marx（马克斯）。——译者
6　现代汉语常用"愤激"。——编者注

"够了！真会迷人！我们是不会玩这样的玩艺儿[7]的。同志们，他是咬住着田地的呵！不要一厢情愿罢！"

又起了各种声音的叫喊：

"是的！一点不错！骗子！住口！"

"妈妈的！忘了圣书了！"

"给遏菲谟·科乞罗夫发言罢！"

"话是很不错的！"

"后项窝上给他几下罢。他忘掉了说明的方法了！"

"梭夫伦，你说去！替我们讲话，是你的本分呵。"

但莱捷庚跑上演坛去了。忿激的黑眼睛的视线，发着掀冲，颧骨上有分明的斑点的，瘦而且长的他，用拳头敲着陷下的胸膛，发出吹哨一般的声音，沙声说道：

"我这里有九口人！我的孩子虽然小，然而是用自己的牙齿弄平了地面的。可是，那地面在那里呀？我的田地在那里呀？喂，在那里呢？我的兄弟，在战争上给打死了。可是，兄弟的一家里，那里有田地？这兄弟叫安特来，大家都知道，是卖身给了教会了的科乞罗夫给了他吃的么？给了他田地么？这些事，不是一点也没有么？兄弟是死掉了。科乞罗夫领了那儿子去。安分守己的在做裁缝。给那个科乞罗夫，是虽在他闲逛着的时候，也还是给他赚了不知道多少钱的。他却还在迷人！如果我有运道……"

他喊完了，咳了一下，吐一大口血痰在一只手里，挥一挥手，于是费力似的从演坛走下去了。

梭夫伦赶紧接着他站上去。他的脸显着苍白，眼睛黑黑的在发光。那眼光这才显出威势来。

"同志们！不能永是说话的！我们不是圣书匠，好，就这么办罢，全村都进布尔塞维克党。另外没有别的事了！喂，米忒罗哈，登记起来！"

群众动摇起来了，于是跳起来了，大家叫起来了。

"这是命令呵！"

"再打上些印子去！反对基督的人们，总是带着印记的。"

"该隐也这样的！" [8]

"登记，登记！"

梭夫伦发出很大的声音，想使大家不开口：

"全村都到我们这一面来！他们是在想骗我们的！喂，穷的山村的人们，来罢！没有登记的人，是不给田地的呵！"

"一点不错！就像在野地上拔掉恶草一样，不要小市民的，不愿意和小市民在一起的！"

"喂，不是这一面的，都滚出去！"

"米忒罗哈，登记起来！"

十七岁的、笑嘻嘻的、白眉毛的米忒罗哈，便手按着嘴，走向演坛那面去。他的面前立刻摆上了灰色的纸张。

但那司书叫了起来：

"同志，市民！请给我发言。"

当狂风暴雨一般的会议的进行之间，他一向就在窗边，站在人堆里。那地方有几个女教员，牧师和他在。他们在先就互相耳语着什么事，所以没有被卷进这混乱里面去。讲堂的深处还在嚷嚷，但演坛的周围却沉默了。

"市民，这么办，是不行的！这么办，是进不了政党的！"

梭夫伦一把抓住了司书的狭狭的肩头：

8　亚当之子，杀其弟亚伯，上帝因加印记，俾免为世人所杀，见《创世记》的第四章。——译者

"你不登记么？如果不赞成的，说不赞成就是！"

司书的头缩在两肩的中间，因此显得更小了，但明白的回答道：

"不！你们不是连自己也还没有明白要到那一面去么！"

"哦。好罢。说我们不明白？你们的明白人，我们用不着。那么，到财主那一面去罢！"

梭夫伦忽然伸手，从后面抓住他的领头，于是提起脚来，在人堆里将他踢开去。司书的头撞在一个高大的老人的怀中，总算没有跌倒。他将羞愤得牵歪了的苍白的脸，扭向梭夫伦这边，孩子似的叫喊道：

"这凶汉！岂有此理！"

山村的人们扑向他去，但纳贝斯诺夫加的一伙却成了坚固的壁垒，庇护着他。梭夫伦格外提高了声音，想将这制止：

"记着罢！快来登记！不来登记的人们，我们记着的！喂，谁是我们这一面的？"

纳贝斯诺夫加的人们吵嚷了起来，但米忒罗哈已经登记了。

"保惠尔·克鲁觉努意夫的一家登记了哩……"

桌边密集着登记的希望者。科乞罗夫摆一摆手，向门口走去了，纳贝斯诺夫加的人们几乎全跟在他后面，走了出去，剩下的只有五个人。演坛的周围发生了大热闹：

"梭夫伦，梭夫伦，女的另外登记么？还是一起呢？"

"女的是另外一篇帐，但现在是女人也有权利了哩！孩子不要登记！"

"什么？那么，孩子就不给地面？兵士的老婆乌略那，闯向梭夫伦那边去说，女人有了怎样的权利了呀？"

人堆里起了笑声。米忒罗哈用了响亮的声音，在演坛上叫喊道：

“是睡在汉子上面的权利呵！喂，登记罢，登记罢！”

头发乱得像反毛麻雀一般的矮小的阿尔泰蒙·培吉诺夫将兵士的老婆推开，说：

“登记了，就不要说废话！”

“不是说要算帐么！”

有了元气的梭夫伦，好像骤然大了起来，又复高高兴兴的闪着眼睛了；并且将身子向四面扭过去，在给人们说明：

“虽说女人是母牛，但其实，也是一样的人，所以现在也采取女人的发言了……”

两小时之后，梭夫伦便在自己的寓里，将名册交给了从市镇来的一个演说家。

“这里有一百五十八个人入了党，请将名册交给布尔塞维克去，并且送文件到这里来，证明我们是布尔塞维克党。”

欢喜之余，那人连眼白也快要发闪了。

“怎么会这样顺手的呢？出色得很！来得正好。多谢，同志！一定去说到！不久还要来的。同志，你是在战线上服务的么？”

梭夫伦很高兴，便讲起关于自己的军队生活来，讲了负伤，归休，在军队里知道了布尔塞维克时候的事情等等。他还想永远子子细细的讲下去，但因为那演说家忙着就要出去，梭夫伦便也走出外面了。脚底下是索索作响的雪，好像在诘难这骚扰的地上似的，冰冷的、辽远的、沉默的天，还未入睡的街道的谈话声，断断续续的俗谣，这些东西都混成一起，来搅乱了梭夫伦的心，并且煽起了胜利和骇怕的新的感情了，恰如带了一小队去打过仗似的。

这时候，阿尔泰蒙·培吉诺夫受了梭夫伦的命令，坐着马车到图书馆，叫起司书来，对他说道：

“快收拾行李罢！就要押上市镇去了。”

"什么，上市镇去？为什么？"

"村会的命令呀。你这样的东西，我们用不着。快快收拾罢。"

"我不高兴去。这太没道理了！"

"不去，就要去叫起梭夫伦来哩，这是命令呵。"

司书唾了一口唾沫，唠叨着，一面就动手捆行李。他的脸气得热了起来。梭夫伦这醉鬼先前只是村里的一个讨人厌的脚色！肯睬理[9]他的，只有一个司书。因为看得他喜欢读书，对于这一点，加以尊重了的，不料这回成了队长，从战线上一回来，便变成完全两样的，说不明白的，坏脾气的东西了！被先前从未沾唇的酒醉得一塌胡涂了，是的，是的！恐怕，实在，俄国是完结了……

他最末一次走进图书馆去，看有无忘却的东西的时候，好像忽然记得起来似的，便说道：

"钥匙交给谁呢？"

"梭夫伦说过，送到他那里去。"

"唔，就是。交给他的！那么，走罢。"

这之间，梭夫伦已经到了图书馆的左近，站在由村里雇来的马车的旁边了。司书一走近他去，他便伸出一只捏着拳头的手来。

"哪！"

"这是什么？唔？"

"三卢布票！是我给你的，因为你常常照顾我。从来不使人丢脸。哪，收起来，到了市镇，会有什么用处的。"

司书将梭夫伦的倒生的红眉底下的含羞似的发闪的眼色，柔和的、丰腴的微笑，和这三卢布票子一同收受了。他感于梭夫伦的和善的样子，就发不起那拒绝这好意的心思来。

一天一天的，生活将剩在他里面的过去的遗物，好像算盘珠一

9　现代汉语常用"理睬"。——编者注

样，拨到付出的那一面去了。而且带来了有着难以捕捉的合律性的春和冬的交代，毫不迷路，毫不误期，决定着在人生道上的逐日的他那恐怖和不安，悲哀和欢乐。而且那生气愈加和生存的根柢相接近，则这样的交代的规则，于他也愈加成为不会动摇的东西了。

都会是将生命的液汁赶到头上，扩大人们的智慧，使人们没有顾忌，而增强了那创造力的，但从这样的都会跨出一步去，就没有那命令道"不可太早，也不可太迟，现在就做掉你的工作"的摆得切切实实的时间。在乡村里，泥土在准备怀孕，或者是已在给人果实了。挺着丰饶的肚子的，给太阳晒黑了的，苗壮的农民，在决定着应该在怎样的时刻，来使用他的力气。在这样乡村上，这地方上，是君临着叫作"生活的规定"这一种法则的。而那拼命地吞咽了农民的力气，也还不知餍足的土地的贪婪，也实在很残酷。在这地方，人们的脊梁耸得像山峰一样，血管里流着野兽似的浓厚的血液，肚子是田地一般丰饶。但精神却是贪婪，吝啬的。为了人类的营生活，养子孙，想事物，这些一切的为联结那延长生活的索子起见的大肚子，而搜集地上的果实，加以贮藏的渴望所苦恼。在这地方，人类的创造力也如土地一样，被暗的和旧的东西所挨挤，人们在地母的沉重的压迫之下，连对于自己，也成了随便，成了冷淡了。所以人们就用了恰如心门永不敞开的野兽一般的狡猾，守着那门户，以防苦痛和欢喜的滔滔的拥入。而渴慕着关在强有力的身体里的灵魂的那黑暗的，壮大的人们，则惟在酒里面开拓着自己。然而，快乐的这酒，却惟在土地俨然地喊起"喂！时候到了，创造罢！"来的时候，这才成为像个酒样子的东西。

土地对于印透那卓那罗夫加[10]和坦波夫斯珂·纳贝斯诺夫斯加的农民们，也命令他们准备割草了。人们就喧闹了起来，蠢动了起

10　国际村之意。——译者

来，都从那决不想到一家的团圆之乐，而仅仅为了过野兽似的冬眠而设的房屋里，跳到道路上。穿着平时的短裤和短衫的农民们，但是，节日似的，成了活泼的兴致勃勃的群众，集合在纳贝斯诺夫加村的很大的组合的铁厂那里了。

太阳所蒸发的泥土的馥郁的香气，风从野外和家里吹来的粪便的气息，葡萄酒一般汹涌了人们的血，快活酒一般冲击了人们的头。老人的低微的声音变成旺盛，少年的高亢的声音用了嘹亮的音响，提起了人们的心，银似的和孩子的声音相汇合了。今天的欢喜的酣醉里，有了新鲜的东西，山村的人们，先前是只靠着得到一点从主人反射出来的欢喜之光，借此来敷衍为什么作工的思想的，但今年却也强者似的喧闹起来了。因为铁厂前面，装置着他们的收割机，成着长长的队伍。太阳和欢喜，使阿尔泰蒙·培吉诺夫的脸上的皱纹像光线一般发闪，肮脏的灰色的头发显出银色来。短小的、瘦削的他，今天也因了劳动，将驼背伸直了，所以他的身子，好像见得比平日长一些了。他仿佛勤恳的主人一样，叫道：

"梭夫伦，梭夫伦，在这里，阿尔泰木诺维支，铁厂有几家呀？"

"十家。"

"机器这就够么？——"他用了山村的方言，像猛烈的雷鸣一样："这就够么？"

乌黑的蓬松的头缩在肩膀里，莱捷庚将锋棱的筋肉和瘦削的颊窝仰向了太阳，仿佛是在请求温热。欢喜之光，使他苏醒了；并且没有像平时那样吃力，便发出沙声来：

"萨伏式加……那人是我们的一伙。做了事去。叫那人当监督罢。这样子，就大家来做铁匠……"

教友格莱皤夫——今天是太阳没有从他脸上赶走了阴暗——忧郁地回答道：

"做铁匠……运用机器，是要熟练的。培吉诺夫和莱捷庚，倘不好好的学一通做铁匠，是不成的呵……要不然，无论怎样完全的轮子，也一下子就断的。"

棱夫伦用嘲笑来打断了他的话：

"我们的事，用不着你担心，不要为了别人的疝气来头痛罢，如果断了呢，即使断了，也不过再做一个新的。如果自己不会做，也不过叫你去做就是。再上劲些，格莱幡夫，为了那些没有智识的农民！吸一筒烟罢，真有趣，畅快呵。"

他用不习惯的手，卷起烟草来了。因为印透那卓那罗夫加的农民们，住在教友的邻近，是不大吸烟的。

克理伏希·萨伐式加从铁厂的门口叫喊道：

"棱夫伦，你上市镇去拿了满州尔加[11]来，请一请铁厂的人们罢。那么，就肯好好的做了！这些狗子们在作对，吠着哩。我们会将自己的事情做得停停当当的，你们也赶紧做。还有，说是罗婆格来加[12]，你可知道为什么？就因为会烘热脑壳呀。快去取来罢，合着乐队，赶快赶快。"

"满州尔加是取来在这里。那么，准备乐队罢，赶紧就去。农民什么话都听，只要学起来，就好了。要是打仗，可比不得音乐呀。怎样，什喀诺夫，亚历舍·伊凡诺微支，今天不是老实得很么，村子里都在高兴，他却一声不响，瘟掉了么？"

"哈哈哈哈！"

"呵呵呵……"

"瘟掉了哩！那么竭力藏下了机器，这回却给棱夫伦来用了。"

"雇罢，怎样，兄弟，雇什喀诺夫来做事罢？怎样？"

11　极便宜的利害的烟草之名。——译者

12　Lokomotive（机关车）的错误的发音，遂成为俄文的"温额"之意。——译者什喀诺夫吐一口唾沫，带黄的眼白发闪了，但是镇静地回答道：

"要是没有我们，不是什么地方也弄不到机器么？我们是并不想躲开工作的。怎样，梭夫伦，可肯将我们编进康谟那[13]去呢？"

"先前好不威风，这回可不行了。"

莱捷庚喊了起来：

"康谟那的小子们总说机器机器。有谁去取呢，却单是赶掉。"

"还是没有他们好，枯草就叫他们买我们这边的。"

"不要给加入呀。"

"不给加入怎么样呢？给加入罢，他们有马呢。"

梭夫伦遇到争论了：

"叫他们像我们一样的来做罢，给加入，要紧的是马。"

"一点不错……"

阿尔泰蒙·培吉诺夫质问道：

"枯草怎么办呢，照人数来分么？照人数？"

"唔，到学校去，加入康谟那去罢！"

"连梦里也没有见过的事，可成了真的哩，康谟那！唔，唔……且慢，怎么一回事，这就会知道的。"

人们拥到学校方面去了，铁厂里开始了激烈的工作的音乐。莱捷庚留在机器的旁边，因为觉得会被拿走，非用靠得住的眼睛来管不可的。村子里滚着各种人的亢奋了的声音。屋子里是农妇们用了尖利的声音，在互相吆吆喝喝：

"康谟那里，放进那样的东西去，还不如放进我这里的猪猡去，倒好得多哩！还是猪猡会做事呀。我去笑去，你……"

"笑去么！好，走罢。你可知道，听说凯赛典加·马理加也有了姘头了哩。四五年前，是没有一个肯来做对手的。到底也找着对

13　共产农地。——译者

手了。"

铁厂后门的草地上，孩子们在喧闹：

"什喀诺夫那里的机器，成了我们的了！"

"倒说得好听！你们的。那么，我们的呢？"

"也就是你们的呀！"

"但什喀诺夫的呢？"

"'起来罢，带着咒诅[14]……用自己的手'……"

"唉唉，你这死在霍乱病里的！七年总说着这句话，回家去罢，趁没有打，这不可以随便胡说的。"

"伯母，你不要这么吼呀！"

先前的时代，是早已过去了。

弥漫着焦急的、暖热的、郊野的香气的一日，是很快乐的。一天早上，康谟那的代表者要划分草地去了。村里的男男女女，便成了喧嚷的热闹的群集，来送他们。

拿着木尺，骑在马上的人们，排成了一列。

"喂，技师们，好好的量呵。"

"不要担心罢。这尺是旧的呢。"

走在前面的骑者扬起叫声来，后面的人们便给这以应和。这是自愿去做康谟那的代表的农民和孩子们，是为了旷野的雄劲的欢喜，和农民一同请求前去的志愿者。栗壳色毛和棕黄色毛的马展开了骏足，于是成为热闹的一队，向旷野跑去了。

满生着各种野草的旷野正显得明媚。雪白的花茅在鞠躬，白的、红的，淡黄的无数眼睛——花朵，在流盼，在显示自己的饶富。禽鸟的歌唱、蟋蟀的啸吟、甲虫的鼓翼，在大气里，都响满着旷野的声音。旷野是虽在冬季，也并没有死掉了的。于是一切东西，便

14　现代汉语常用"诅咒"。——编者注

都甘甜地散着气息。花草无不芬芳，连俄罗斯的苍穹，也好像由太阳发着香气。风运来了烟霭。苦草的那苦蓬，也都已开花，送着甜香，锋利地，至于令人觉得痛楚地。旷野全都爽朗，只要一呼，仿佛就会答应似的。呵，呵，呵，呵，唉，唉，唉，唉，远处的微微的轰响……哦，旷野传着人声。哦，野兽呀、禽鸟呀、甲虫呀，来听人声罢！唉，唉，唉……为了叫喊，胸膛就自然扩大起来了。

大家都跳下马。拿了木尺，踏踏的走上去。

"慢慢的，慢慢的罢……为什么这样踏踏的尽走的呀？慢慢的……"

"'踏踏的尽走'么！有这样的脚，就用这脚在走罢咧！"

"唔，唔，唔！不，兄弟，蒙混的时代，是早已过去了。要从这里开手的。"

于是旷野反响道，"唉，唉，唉……"孩子们放轻了脚步，从这一草丛到那一草丛里，在搜寻着鹌鹑。凡尼加·梭夫罗诺夫在草莽里，将所有的学问都失掉了。他跳过了盘旋舞之后，又用涌出一般的声音唱起歌来：

这个这鹌鹑，

这鹌鹑，

鹌呀呀鹑！……

"阿尔泰蒙伯伯，捉到鹌鹑没有呀？"

阿尔泰蒙正在想显显本领。他向草丛里看来看去，忽然捉住了……没有鹌鹑，却捉了一条蛇。他拼命的一挥手，抛掉了。

"阿呀！讨厌的畜生！跑出了这样的东西来！"

格莱蟠夫喷出似的笑了起来，他在旷野上，也成了开阔的快活的心情了。

"这样子，阿尔泰蒙，能量别人的田地的么？捉不到鸟，倒捉了蛇！"

凡尼加摆出吵架模样，替阿尔泰蒙向格莱皤夫大叱道：

"放屁，蛇就还给你们。随便你用什么，你们不正是蛇的亲戚么？"

格莱皤夫提高了喉咙，沉痛地、也颇利害地回骂了，但不过如此，并没有很说坏话。在整一天里，草原几乎被农民的痛烈的言语震聋了。倘若单是讲些知道的事情，懂得的事情，那在他们也自有其十分鲜明的言语的。他们的言语，是充满着形容，恰如旷野的充满着花卉一样。

仍像往常那样，一过彼得节，便开始去收割。今年没有照旧例，早一星期，就到野外去了。老人们都吆喝道：

"这是破了老例的呀！立规则未必只为了装面子，况且地不是还没有干么？"

"不要紧的，有血气旺盛的我们跟着呢。就叫它干起来！"

最先，是机器开出去了。接着这，那载着女人、孩子、桶、衣服、锅子、碗盏的车子也开出去了。大家一到野外，旷野便以各种的声音喧嚷起来。旷野的这里那里，就有包着红和黄的，白和红的，各样颜色的手巾的女人的头，出没起来了。

阿尔泰蒙的康谟那，是从丛林的处所开头的。那丛林，是茂密的小小的丛林，在旷野的远方，恰如摆在食桌上面的小小的花束一样。大家的车子到了那处所，一看，那是爽朗的绿荫之下，涌着冷冷的清水的可爱的丛林。

主妇们便在聚集处勤勉地开始了工作。孩子们哭了起来。男人们使机器在草地上活动。山村的台明·可罗梭夫坐着机关车出去了。他的样子，好像孩子时候，初坐火车那时似的，战战兢兢的颇高兴。

于是在聚集处，就只剩了留着煮粥的达利亚·梭夫罗诺伐一个人。旷野上面，凡是望得见的很远很远的处所，无不在动弹。凡尼加·梭夫罗诺夫在计算。

"我们的康谟那是八家，男人加上孩子一共十三个，女人十七个。班台莱夫的康谟那是十家……唔，野外的人手尽够了……"

"凡尼加！凡尼！站着干什么，来呀！"

"来……啰！"

"怎样！班台莱，你来得及么？"

"来得及的！……总之，平铺的集在一块罢……"

兵士的老婆阿克西涅用了透胸而出一般的声音叫喊道：

"嗒，草叶钻进头巾里去了。"

汗湿的小衫粘住了身体，血气将脸面染得通红，鼻孔吸乏了草的馥郁的死气息。

肩膀渐渐的沉重，发胀了。但无论那一个康谟那，都没有宣言休息，因为个个拉着自己的重负，谁也想不弱于别人。终于阿尔泰蒙用了大声，问自己的一伙可要休息了。别的野地上，机器也开始了沉默。

"妈妈，赶快呀。吃东西去罢！"

"好，去罢！已经叫了三遍了！"

喝了！倘不首先喝些凉水，添上元气呵。凉气是使嘴唇爽快的。用清水洗一通脸，拍拍地泼着水珠，喝过凉水，高兴着自己的舒服，于是一面打着呃逆，一面也如作工一样，快捷地从公共的锅子里吃着达利亚所煮的杂碎，喝着乡下的酸汤。

午膳以后的旷野，是寂静的。康谟那上，大家都在躺着睡午觉。睡得很熟，不怕那要晒开头一般的暑热的太阳光。因为是身体要睡的时候，去睡的觉，所以就没有害怕的东西了。然而从草莽中，听到男子的大鼾声和女人的小鼾声也只是暂时的事。康谟那起来了，于是骚音和瑟索声和劳动的喧嚣又开始了。格莱皤夫穿了旧的工作服，和大家的劳动合着调子，轻快地在做事。事务临头的时候，他就忘却了野外的主子，并不止自己一个人。到夜里，这才想起来了。于是虽然做工已经做得很疲劳，也还总是睡不着。他翻一个身，就呻吟一通了好几回。

从丛林里，漏出些姑娘们的笑语声，手风琴声，青年们的雄壮的歌声来。知趣的夜的帷幕一垂到地面上，青年们便从聚集处跑到远远的处所去了。于是许多嬉笑声的盘旋，就摇动了夜的帷幕。丛莽里面，好儿对青年的男女，在互相热烈地拥抱，互相生痛地接吻，并且互相爱恋。但黎明的凉气一荡漾，从聚集处驱逐了睡眠的困倦，老的起来了，年青的却也并不迟延。

都去作工去了，并且给那为高谈和曲子的沉醉所温暖了的过去之夜祝福。在康谟那上，当劳动之际，是不很有吵架的。

有一回，梭夫伦闹了一个大岔子。他坐在枯草上，于是机关车破掉了。

"喂，儿郎们，到铁厂去呀！"

"你多么识趣呀，康谟那是点人数分配的呢。"

"但是，没有机器的我们，康谟那又怎么办呢？"

"用钩刀来割就是了！"

"如果能'用钩刀'来割的话，割起来试试罢。"

不高兴了，但也就觉得了萨伏式加的话并不错。

执行委员会也就有了命令，许打铁的人们免去割草，但仍将枯草按人数分给他们。新的机会，每天教育着人们，逐渐决定了秩序。而梭夫伦和他的交情，也日见其确实了。

有时也觉得节日的有趣，然而并不来举行。大家都拒绝这事情，只在为自己劳动。一到开手搬运枯草的时候，这就发生了纠纷。格莱皤夫用自己的马搬运了好几回，但阿尔泰蒙的马却疲乏之极了。他搔着后脑，仰望了起雾的天空，叹息道：

"你在干吗？马在玩把戏哩！穷人真是到处都倒运！"

凡尼加对梭夫伦说：

"我们好容易聚集了枯草，后来也许要糟糕的哩。天一下雨，就会腐烂，但背着来搬运却又不行。"

"并不拜托你！知道的，我来办，你看着就是。"

新的命令，将财主们的遮掩着的忿懑戳穿了。当发布了在康谟那里，马匹也是公有，枯草是挨次运到各家去的这命令的时候，县里就永是闹了个不完。

梭夫伦走到大门的扶梯边，说道：

"你们还想照老样子么？你们要自己一点不动，大家来给你们做工么？不，那样的时代，已经过去了。鞭子是在我们的手里了！"

他于是将脸向着那从别处到来了红军的方面动了一下。马匹交出来了。只有坦波夫加的豪农班克拉陀夫，坏了两匹马，是生了病了。兵士的老婆阿克西涅来声明了这事。马医请来了，并且从班克拉陀夫的家里，没收了枯草。别的人们也很出力，从别的野地上，运了好几捆高山一般的枯草，到自己的康谟那这边来。但是，顶年青的人们做事做得最好，在监视那些干坏事的脚色。给太阳晒黑了的凡尼加和梭夫伦，则在自己的康谟那上监督着搬运的次序。

"喂，喂，格莱皤夫，不要模胡[15]呀，这回是轮到这边了，拉到那里去呀？"

"你不说也知道的，这混蛋！"

"现在是要想一想的了，带点贪心，就都要给革命裁判所捉去的，捞得太多的小子，就要拉去的呵。"

15　现代汉语常用"模糊"。——编者注

"这畜生，当心罢，这就要吃苦的！近来竟非常狡猾，胆子也大起来了。"

"胆子怎能不大呢，不是成了俄罗斯联邦社会主义共和国了么？懂了罢！"

格莱幡夫真想拿出拳头来了，但不过呸的吐了一口唾沫完事，然而在心里是很愤激的。年青的人们，有锋利的言语，在他们那甘美的俄国话里，外国话就恰如胡椒一般的东西。

从早到晚，载满了枯草的车子总在轧轧的走动。马匹摆着头，放开合适的脚步，将车子拉向山村的各家去，多年渴望着草堆的堆草场，这回是塞得满满的了。财主们并不欢迎那枯草，只将对于割草的新怨恨，挂在自己的心头。但莱捷庚的老婆却很高兴，摩 [16] 着牛，说道：

"今天辛苦了，牛儿，不要动罢，不要动罢，多给你草儿吃……"

莱捷庚是在割草的中途，便躺在床上，弱透了的。对于康谟那，不很能做什么事。虽是暑热的夏天，在野外也发抖，而且想要温暖。但他一家应得的枯草，却也算在计算里面了。阿尔泰蒙·培吉诺夫有一次来看他，凝视了一通，于是沉思着，说道：

"精神很好，也许不会死的。如果要死，还是到了春天死。很不愿意死罢，可是也很难料的，会怎么样呢。"

老婆已经痛哭过两回了，后来就谈到最后的家计：

"你把皮包忘在市镇上了，教安敦式加取去罢，因为孩子也用得着的。"

然而莱捷庚并不像要死，虽然发着沙声，却在将死亡赶开去。有一回，凡尼加带了先前的司书亚历舍·彼得洛维支来了。他现在在食粮委员会里办事，是和巡视人员一同来调查的。亚历舍·彼得洛维支很同情于莱捷庚，但是忍不住了，便说：

16　现代汉语常用"摸"。——编者注

"不是这样吃苦,也没有人来医治一下么!为什么杀掉医生的呢?时势真是胡闹,简直是野蛮的行为呀。"

莱捷庚只动着眼睛,发出沙声说:

"但愿一下子弄死我就好……"

于是凡尼加用了直捷的孩子似的声音,说道:

"说是胡闹的人也有,说是正义的人也有。要是照先前那样,恐怕还要糟罢。没有智识——没有智识是不好的。"

亚历舍·彼得洛维支目不转睛的对他看,于是沉默了。

傍晚,凡尼加在家里,突然对父亲说:

"冬天,市镇上有人到这里来,可还记得么?那人说的真好,说是倘不去掉乡村,是不行的,乡村倘不变成有机器的市镇,是不行的。说是如果割草,全村大家都用一种叫作什么的机器的。"

梭夫伦党康谟那的运进枯草的事,给全村添上了力量。纳贝斯诺夫加的两个豪农叫作贝列古陀夫·安敦和罗忒细辛·保惠尔的,提出请愿书来了。——

印透那卓那罗伏村,旧名坦波夫斯珂·纳贝斯诺夫加村布尔塞维克党公鉴

同县印透那卓那罗伏村公民

安敦·贝列古陀夫

保惠尔·罗忒细辛

请愿书

民等,即署名于左之安敦·蜜哈罗夫·贝列古陀夫及保惠

尔·马克西摩夫·罗忒细辛等，谨呈报先曾置有田地，安敦·贝列古陀夫计百五十兑削庚[17]，保惠尔·罗忒细辛计百五十兑削庚。但民等深悉布尔塞维克党之所为，最为正当，故敢请求加入，愿于反对旧帝制一端，与贫农取同一之道，共同进行。谨呈。

安敦·贝列古陀夫

保惠尔·罗忒细辛

梭夫伦在会场上报告了这件事。集会决定了允许他们入党，并且因为两人是豪农，所以仍须征取田地的租钱。安敦·贝列古陀夫还应该将小麦二百普特[18]，保惠尔·罗忒细辛是一百普特，纳给印透那卓那罗伏村的布尔塞维克党，两人允诺了这事，一星期后，便将那小麦交付了。

县里的骚扰，好容易静下去了。纳贝斯诺夫加的人们，知道了哥萨克人又在用秘密的方法，准备着袭击布尔塞维克。便将这事通知了坦波夫加的财主们。格莱皤夫就到哥萨克村的市上去了。

因为伊理亚节日，全村都醉得熟睡着。十个武装了的人们，在昏黑的夜半，严紧地围住了梭夫伦的屋子。梭夫伦竟偶然正在屋外面。听到了索索的声音。

"在那边的是谁呀？"

但不及叫喊，嘴里就被塞上了麻桃，捆了起来，只有女人们大声嚷闹。然而坦波夫加和纳贝斯诺夫加的豪农们，已经借了哥萨克的帮助，将这几月来渐渐没了力量的土地的守备队解决了。布尔塞维克的首领们都遭捕缚，别人是吃了豪农们的复仇。当东方将白未

17　一兑削庚约中国三千五百步。——译者

18　四十磅为一普特。——译者

白之间，被捕的人们便被拉到村外去受刑罚。醒了的白日，用和蔼的早上的微风，来迎人们的扰嚷[19]。被缚的人们的头发在颤动。最末的一日，是又瘦又黄的什喀诺夫来用刑的。

"怎样，梭夫伦·阿尔泰木诺维支，康谟那怎样了，没收机器么，这是机关车的罚呵！"

他吐一口唾沫在缚着的梭夫伦的脸上，向右眼下，挥去了坚硬的拳头。拳头来得不准，打着了眼睛，眼白里便渗出了鲜血。梭夫伦跳起来了，呻吟起来了。大野上响亮地反响着叫唤的声音。

什喀诺夫打倒了梭夫伦，又用那沉重的长靴，跳在他肚子上：

"毁了我的家呵，这就是罚呀！将我家弄得那么样子，这就是回敬呵，收这回敬罢！"

梭夫伦被用冷水洒醒了，于是又遭着殴打。大家使那些被毒打，被虐待的人们站起来，命令道：

"唱你们的国际歌来看看罢！"

二十九人之中，只有十个人，好像唱自己的挽歌一样，胡乱唱了起来：

"起来罢，带着咒诅……"

但只到这里，就又被打倒了。还有些活的梭夫伦，在地上辗转着，吼道：

"畜生！住口……"

安敦·贝列古陀夫在脊梁上吃了二百下。

什喀诺夫沙声叫喊道：

"瞧罢，同你算帐，交了多少普特呀？"

保惠尔·罗忒细辛也挨了一百鞭。

半死半活的莱捷庚，被从人堆里拖出来了。于是被用长靴踏得

19　现代汉语常用"扰攘"。——编者注

不成样子。当二十九人被摔在污秽的、怕人的洞穴里面的时候，暑热的太阳已经升了起来。还有些活的八个人，在死尸下面蠕动。都给泥土盖上了。

阿尔泰蒙·培吉诺夫是到了正午，被一个赭色头发的哥萨克在稻丛里发见的，哥萨克将他拖了出来。他摇一摇白头发，好像要摇掉上面的麦叶片似的，于是很镇静地问道：

"没有饶放莱捷庚罢？"

"管你自己罢！这回是要你的命，这老坏蛋！"

"请便请便，原想为了孙子，在这世上再活几时的，但也不必，这样也好罢。"

他于是向着东方，划了个诚恳的十字：

"主呵，父呵，接受布尔塞维克的阿尔泰蒙的灵魂罢。"

他被痛打了一顿。后来便将还是活着的他，拖进快要满了的污秽的洞里去。

正要掉下去时，便用了断断续续的声音，阿尔泰蒙说：

"这里，流血了……用骨头来做肥料了……"

哥萨克用那枪托，给了他最后的一击。达利亚·梭夫罗诺伐的肚子被人剖开，胎儿是抛给猪群了。布尔塞维克连家眷也被杀掉，将十五个人塞在什喀诺夫的地窖中。旧的村子的吓人的脸，在怒目而视了……纳贝斯诺夫加的预言者伊凡·卢妥辛，总算逃了性命。他在野外……从野外一回来，就吃了刀鞘的殴打，这就完事了。他一面扣着裤上的扣子，一面用了沉著[20]的声音说道：

"从此田地要肥哩，因为下了布尔塞维克的肥料呵。"

运命掩护了凡尼加·梭夫罗诺夫。凡尼加在伊理亚节日之前，就上市镇去了。

20　现代汉语常用"沉着"。——编者注

铁的静寂

［苏］N. 略悉珂

一

挂着成了蛛网一般的红旗的竿子，突出在工厂的烟通的乌黑的王冠里。那是春天时候，庆祝之日，为快乐的喊声和歌声所欢送，挂了起来的。这成为小小的血块，在苍穹中飘扬。从平野、树林、小小的村庄、烟霭中的小市街，都望得见。风将它撕破了，撕得粉碎了，并且将那碎片，运到为如死的斜坡所截断的广漠里去了。

乌鸦用竿子来磨嘴，哑哑地叫，悠然俯视着竖坑。十多年来，从这里飞去了烟色的鸟群，高高地、远远地。

工厂的玻璃屋顶上，到处是窟窿。成着圈子，屹然不动的皮带，从昏暗里凝眺着天空。发动机在打瞌睡。雨丝雪片，损伤了因皮带的疾驱和拥抱而成银色的滑车轴。支材是来支干了的侧板了。电气起重机的有关节的手，折断着，无力地从接合板下垂。蚂蟥绊、尖脚规、革绊、螺丝转子，像散乱的骸骨一样，在巨灵的宝座似的刨削机的床上，淡白地发闪。

兜着雪花的蛛网，在旋盘的吉达装置里颤动。削过了的铁条和挺子的凿的齿痕上，停滞的痂来蒙上了薄皮。沿着灿烂的螺旋的截口，铁舌伸出来将油舔尽，为了红锈的毒，使它缩做一团了。

从南边的墙壁上，古色苍然地，有铭——"至少请挂挂窗帘，气闷"，贫寒地露着脸。墙壁还像先前一样。外面呢，已经受了枪弹和炸弹的伤。在这里面，可又曾爆发了多少信仰、哀愁、苦恼、欢喜，愤怒呵！

唉唉，石头呀……还记得么……

就这样，那全时代，在房角的莱伏里跋机和美利坚机的运转中，一面被皮带的呼啸和弹簧的哑舌和两齿车的对咬的音响，震得耳聋，一面悄悄地翻下小册子的页子去。他们是由了肌肉的温暖，来感觉那冰冷的车轮和杠杆的哀愁的罢？袭来的暴风雨，像农夫的播种一样，将他们撒散在地球面上了。尘封的刨削机的床，好几回做了他们的演坛。白地上写着金字的"万岁"的旗，挂在支木上，正如挂在大门口似的……

二

铁锅制造厂的附近，锅子当着风，在呜呜地呻吟。被光线所撕碎了的黑暗，向了破窗棂的窟窿张着大口。压榨机之间，嘶嘶地在发呼哨声。锈了的地板上，撒散着尖角光块。从窗际的积雪里，露出三脚台、箱子、弯曲的铁条来。手按的风箱，隐约可以看见。

在屋隅的墙壁上，在皮带好像带了褐色的通红的巨浪的轮子下，斑点已经变黑了，这——是血。一个铁匠，防寒手套给蚂蟥绊钩住了，带了上去，挂在巨浪之上，恰像处了磔刑。在水压机的螺旋的锐利的截口之处，蹬着两脚，直到发动机停住。血和肉就纷飞到墙壁上，地板上，以及压摇机上去。黄昏时候，将他从铁的十字架上放了下来。十字架和福音书，在应急而速成的桌子上晃耀。锅子的空虚里，唏嘘似的抖着安息的赞歌。于是沉没于比户的工厂的喧嚣中了。蜡烛在染了铁的手里颤动。

白发的米尔列基亚的圣尼古拉，从关了的铁厂的壁上，通过了严寒的珠贝的藻饰,在看铁锅制造厂。

每年五月九日罢工以后,铁厂的墙壁,为枫树、白桦、白杨的枝条所装饰,地板上满铺起开着小红花的苜蓿来。唱歌队唱歌了,受过毒打的脊梁弯曲了。从喷水帚飞进而出的水晶的翅子,洗净了这他们和铁砧、锅炉、汽锤、风箱。

因了妇女和孩子们的声音,微笑和新衣服,热闹得像佳节一样。铁匠们领了妻、未婚妻,孩子们在工厂里走,给他们看风箱和铁砧。

祈祷一完,活泼的杂色的流,从厂门接着流向小市街去。中途分为几团,走过平野,漂往树林那面,崖谷中间。而且在那里施了各各的供养。广漠的四周,反响了嘹亮的震天的声音:"起来呀,起来呀。"

三

院子里面,在雪下看见锈了的铁网和未曾在蒸气之下发过抖的汽罐,黄黄地成半连山,一直排到铁厂的入口。

发电所——熟睡了似的,孤独的,和别处隔绝的工厂的中心——被雪所压倒,正在发喘。号笛——曾经为了作工和争斗,召集人们,而且为了苦痛,发出悲鸣的声音,已经没有,被人除去,不知道那里去了。

门栏拆掉了。垂木和三脚台做了柴,堆在事务所的门口。它们被折断、截短,成了骨头,在看狂舞的火焰,而且等着自己的运命。

看守们在打瞌睡。火炉里面,毕毕剥剥发着爆音,还听到外面有被风所吹弯了的哑哑的乌鸦叫,事务所的冻了的窗,突出于积雪的院子中,在说昏话。这在先前,是为了汽锤的震动,为了旋转于它上面的声音，反响、杂音、呼啸，无时无刻不发抖的。有时候，铁忽然沉默了。从各工厂里，迸散出奔流一般的语声和叫唤，院子里面，翩翩了满是斑点的蓝色的工作衣，变了样子的脸、手。电铃猛烈地响，门开开了，哥萨克兵进来了。几中队的兵，闪着枪刺，走了过去。号令响朗，挥鞭有声。从各工厂里，密云似的飞出铁闩，蚂蟥绊，铁片来。马往后退了，并且惊嘶了。而一千的声音的合唱，则将屋顶震动了。

四

工厂的正对面，露店还照旧地摆着。在那背后，排着一行矮小的屋子。工人们已经走出这里，在市街上租了房屋了。留在这里的，只是些老人、寡妇、残废者，和以为与其富足，不如穷苦的人们。他们用小橇从林子里运了柴来，设法苦苦地过活，坚忍地不将走过的农人们的对于哑一般的工厂的嘲笑，放在心中。然而看见他们弯向工厂那边，到看守人这里，用麦和肉，去换那些露在窗口的铁和锡的碎片，却也皱起眉来了。

青苍的傍晚，看守们的女人用小橇将晚膳运到工厂里。但回去时，是将从农夫换来的东西，和劈得细细的木材和垂木的碎片，载着搬走了。从她们的背后，小屋那边就给一顿毒骂。

夜里，雪的表皮吸取了黄昏的淡黄的烟霭。从小小的市街和小小的人家里，有影子悄悄地走向工厂来了。一个一个，或者成了群，拆木栅、哨屋、遮阳，抽电线。看守人大声吆喝、开枪。影子变淡，不见了，然而等着。看守人走来走去。后来力气用完了，回到温暖的屋子去。

工厂望着撒满金沙的天空，在呻吟、叹息。从它这里拆了下来的骨头，拖到街上，锵锵的响着。

风将雪吹进日见其大的木栅的破洞去，经过了除下的打破的玻璃，送到各个工厂里，这便成了铁的俘虏，随即碎为齑粉，哭着哭着，一直到死亡。

就这样，每天每天……荒废和看守和影子，将工厂剥削了去。

五

有时候，从小小的市街驶来了插着红旗的摩托车。一转眼间，大起来了。咆哮着驶过了矮小的房屋的旁边，在工厂门口停住。隐现着头巾、外套、熟皮短袄。看守们怯怯地在奔走。到来的人们顺着踏硬了的小路，往工厂去了。脚步声在冻了的铁的屋子里分明发声，反响。到来的人们侧耳听着那将音响化石的沉默。叹息之后，走出门外。出神地望着逼近工厂的平原。听听看守们关于失窃的陈述，将什么记在小本子上。到事务所里取暖，于是回去了。

看守们目送着带了翻风的血块的小了下去的摩托车。于是使着眼色，说道：

——怪人儿呵。真是……

——哼……

六

每星期一回，压着工厂的寂静，因咆哮的声音而发抖，吓得迸散了。各个工厂，都奏着猛烈的颤动的歌声。戢翼在工厂的王冠上的乌鸦吃了惊，叫着飞去了。

看守们受了铁的叫唤，连忙跑往铸铁厂。只见身穿短短的工作服，脚登蒙皮的毡靴的汉子，挥着铁锤，竭力在打旧的锅子。

——镗……镗……

这是先前的锻工斯觉波。人说他是呆的，然而那是谎话。他用了谜似的一双眼，看看走了进来的看守们，放下铁锤，冷嘲地问道：

"——吃了惊了？"

"好了，斯觉波……学捣乱……那里是我们的不好呢？"

"学捣乱……"斯觉波学着看守们的话。"你们静静地剥削工厂……倒能干啰。"于是笑着。

看守们扑向锤子去。冲上前去，想抢下锤子来。他挥着铁锤来防御，藏在压榨机的后面，藏在锅子的后面。接着"砰"的一声，跳出窗外了。

并且在外面骂起来——

"连将我的锤子都在想卖掉罢？……阿呵，呵，呵……贼！"

铁锅快活地一齐复述他的叫喊——于是寂然了。但不久，铁在打铁厂的背后，铁锤之下绝叫起来。音响相交错，和风一同飞腾，在平野上反响。

矮小的人家的门口，现出人们来。摇着头，而且感动了——

"斯觉朋加又在打哩……"

"看那，他……"

"真好像开了工似的……"

然而斯觉波的力衰惫了，铁锤从手中滑落。工厂就更加寂静起来。斯觉波藏好铁锤，脸上浮着幸福的微笑，沿了偷儿们走踏实了的小路，从工厂里走出。

他在路上站住，侧着头，倾耳静听……沉默压住着机器、工作台、锅子。斯觉波叹一口气，耸耸肩，走着，唠叨着——

"就是做着看守……真是，这时候……偷得多么凶呀……"

　　从他背后，在铸铁器的如刺的烟所熏蒸的壁上，爬舨[1]了哑的铁的哀愁。他觉得这很接近。昂着头，热烈地跳进事务所里去。向看守们吆喝，吓唬。于是又忧郁地向市街走，在苏维埃的大门口跺着脚，对大家恳求，托大家再开了工厂。被宽慰，被勉励，回到自己的家里来。

　　梦中伸出了张着青筋的两只手，挣扎着，并且大叫道——

　　"喂，喂……拿熔器……烧透了！打呀，打呀……"

1　现代汉语常用"爬拢"。——编者注

我要活

［苏］A.涅威罗夫

我们在一个大草原上的小村子里扎了营。我坐在人家前面的长椅子上，抚摩着一匹毛毧毧的大狗。这狗是遍身乱毛，很讨人厌的，然而它背上的长毛收藏着太阳的暖气，弯向它坐着，使我觉得舒服。间或有一点水滴，落在我的肩膀上。后园里鹅儿激烈的叫着。鸡也在叫，其间夹着低声的啼唱。窗前架着大炮，远远的伸长了钢的冰冷的颈子。汗湿淋淋的马匹，解了索，卸了鞍，在吃草。一条快要干涸了的小河，急急忙忙的在奔流。

我坐着，将我那朦胧的头交给了四月的太阳，凝眺着蓝云的裂片，在冰消雪化了的乌黑的地面上浮动。我的耳朵是没有给炮声震聋了的。我听见鹅儿的激烈的叫，鸡的高兴的叫。有时静稳地，谨慎地，落下无声的水滴来。

这是我的战斗的春天。

也许是最末后罢……我在倾听那迎着年青的四月的春天而来的喧嚣、叫喊——我的心很感奋了。

在家里是我的女人和两个小孩子。一间小房在楼屋的最底下，提尖了的耳朵，凝神注意地静听着晚归的、夜里的脚步声。人在那里等候我，人在那里也许久已将我埋掉了。当我凝视着对面的小河，凝视着炮架跟前跳来跳去的雀子的时候，我看见脸上青白少血的我的儿子绥柳沙，看见金黄色的辫发带着亮蓝带子的三岁的纽式加。他们坐在窗沿上，大家紧紧的靠起来，在从呵湿了的窗玻璃往外望。他们在从过往行人中找寻我，等我回来，将他们抱在膝髁上。这两个模胡的小脸，将为父的苦楚，填满了我的心了……

我从衣袋里掏出一封旧的，看烂了的信来，我的女人安慰我道：

"这在我是很为难的，但我没有哭……你也好好的干罢……"

然而，当我离家的时候，她却说：

"你为什么要自去投军呢？莫非你活得烦厌了么？"

我怕听随口乱说的话语。我怕我的女人不懂得我是怎样的爱人生。

眼泪顺着她的两颊滚下来，她说明了她的苦痛、她的爱和她的忧愁，然而我的腿并没有发抖。这回是我的女人勉励我道：

"竭力的干去！不要为我们发愁……我是熬得起的，什么都不要紧……"

还有一封绥柳沙的信。他还不知道写字母，只在纸上涂些线、杆、圈、块，又有一丛小树，伸开着枝条，却没有叶子。中间有他母亲的一句注脚道：

"随你自己去解释……"

我是懂得绥柳沙的标记的。

我第一回看这封信，是正值进军，要去袭击的时候，而那些杆子和圆块，便用了明亮的、鼓励的眼睛凝视着我。我偷偷的接了它一个吻，免得给伙伴们看见了笑起来，并且摸摸我的枪，说道：

"上去，父亲！上去……"

而且到现在我也还是这样想。

我的去死，并非为了无聊，或者因为年老；也不是因为我对于生活觉得烦厌了。不是的。我要活……清新的无际的远境，平静的曙光和夕照，白鹤的高翔，洼地上的小溪的幽咽，一切都使我感奋起来。我满怀着爱，用了我的眼光，去把握每一朵小云、每一丛小树，而我却去死……我去捏住了死，并且静静的迎上去。它飞来了，和震破春融的大地的沉重的炮弹在一起，和青烟闪闪，密集不断的枪弹在一起。我看见它包在黄昏中，埋伏在每个小树丛后面，每个小冈子后面，然而我去，并不迟疑。

我去死，就因为我要活……

我不能更简单地，用别的话来说明，然而周围是凶相的死，我并不觉得前来抓我的冷手。孩子的眼睛也留不住我。它起先是没有哭肿的。它还以天真的高兴，在含笑，于是给了我一个想像，这明朗的含笑的眼睛总有一回要阴郁起来，恰如我的眼睛。事情是过去得长远了，当我还是孩子时候一样……我不知道我的眼睛哭出过多少眼泪，谁的手拉着我的长发，我只还知道一件事：我的眼睛是老了，满是忧苦了，它已经不能笑，不再燃着天真的高兴的光焰，看不见现在和我这么相近的太阳。

当我生下来的时候，是在一所别人的，"幸福者"所有的又大又宽的房屋里。我和我的母亲住的是一点潮湿的地下室的角落。我的母亲是洗衣服的。我的眼睛一会辨别东西，首先看见的就是稀湿的裤子和小衫挂在绳索上。太阳我见得很少。我没有见过我的父亲，他是个什么人呢？也许是住在地下室里的鞋匠，也许是每夜在圣像面前点灯的，商界中的静默而敬神的老人，或者是一个酗酒的官吏！

我的母亲生病了。

兵丁、脚夫、破小衫的货车夫、流氓和扒手，到她的角落里来找她。他们往往殴打她，好像打一匹乏力的马，灌得她醉到失了知觉，于是呆头呆脑的将她摔在眠床上，并不管我就在旁边……

我们是"不幸者"，我的母亲常常对我说：

"我们是不幸者，华式加！死罢，我的小宝宝！"

　　然而我没有死。我找寻职业，遇着了各样的人们，没有爱，没有温和，没有暖热的一瞥。我一匹[1]小狗似的大了起来。如果人打我，我就哭；如果人抚摩我，我就笑。我不知道为什么我们是不幸者，而别人却是幸福者。我常常抬起我那衰老的、满是忧苦的眼睛向着高远的、青苍的天空。人说，那地方住着敬爱的上帝，会给人们的生活变好起来的。我正极愿意有谁也给我的生活变好，我祈求着望着高远的、青苍的天空。但敬爱的上帝不给我回答，不看我衰老的、哭肿了的眼睛。

　　生活自己却给了我回答并且指教了我。它用毫不可破的真实来开发我，我一懂得它的意思，便将祈祷停止了，……我分明的懂得：我们是并非偶然地，也并非因了一人的意志，掉在地下室的角落里的，倒是因了一切这些人的意志，就是在我们之上，所有着明亮的、宽大的房屋的人们。因了全阶级的意志，所以几十万、几百万人就得像动物一般，在地下室的角落里趸来趸去了……

　　我也懂得了人们批她嘴巴的我的母亲，以及逼得她就在我面前，和"相好"躺在床上的不幸的根源了。如果她的眼睛镇静起来，我就在那里面看见一种这样的忧愁，一种很慈爱的、为母的微笑，致使我的心为着爱和同情而发了抖。因为她年青、貌美，穷困和没有帮助，便将她赶到街上，赶到冷冷的街灯的光下去了。

　　我懂得许多事。

　　我尤其懂得了的，是我活在这满是美丽和奢华的世界上，就如一个做一天吃一天的短工，一匹检吃[2]面包末屑的健壮的、勤快的狗。我七岁就开始做工了。我天天做工，然而我穷得像一个乞儿，我只是一块粪土。我的生活是被弄得这样坏，这样贱，我的臂膊的

1　现代汉语常用"只"。——编者注
2　现代汉语常用"捡吃"。——编者注

力气一麻痹，我的胸膛的坚实一宽缓，人就会将我从家里摔出去，像尘芥一般……我，亲手造出了价值的我，却没有当作一个人的价值，而那些人，使用着我的筋力的人，一遇见我病倒在床上，就立刻会欺侮我，还欺侮我的孩子们，他们一下子就将他们赶出到都市中的无情的街上去了。

现在，我如果一看绥柳沙的杆子和圆块，对于他的爱，就领导我去战争。我毫不迟疑。对于被欺侮了的母亲的爱，给了我脚力……这是很焦急的，如果我一设想，绥柳沙也像我一样，又恰是一匹不值一文的小狗，也来贩卖他壮健的筋肉，又是一个这样的没有归宿的小工。这是很焦急的，一想到金黄色的辫发上带着亮蓝带子的纽式加的身上……

直白的想起来，我的女儿会有一回，不再快活的微笑了，倒是牵歪了她那凋萎的、菲薄的嘴唇，顺下了她的含羞的眼，用了不稳的脚步走到冷冷的街灯的光下去，一到这样的直白的一想，我的心几乎要跳得迸裂了。

我不看对准我的枪口，我不听劈劈拍拍[3]的枪声，……我咬紧了牙齿。我伏在地上，用手脚爬，我又站起来，冲上去，……没有死亡……也没有抚人入睡的春日……我的心里蓬勃着一个别样的春天……我满怀了年青的，抑制不住的大志，再也不听宇宙的媚人的春天的声息，倒是听着我的母亲的声音：

"上去，小宝宝！上去！"

我要活，所以我应该为我自己，为绥柳沙和纽式加，还为一切衰老的、哭肿了的眼睛不再能看的人们，由战斗来赢得光明的日子……

我的手已经被打穿了，然而这并不是最后的牺牲。我若不是

3　现代汉语常用"噼噼啪啪"。——编者注

长眠在雪化冰消、日光遍照的战场上，便当成为胜利者，回到家乡去……此外再没有别的路，而且我要活，我要绥柳沙和纽式加活，并且高兴，我要我们的全市区，挤在生活的尘芥坑上的他们活，并且高兴。

所以，就因为我要活，所以再没有别的路，再没有更简单的，更容易的了。我的对于生活的爱，领导我去战斗。

我的路是长远的。

有许多回，曙光和夕照也还在战场上欢迎我，但我的悲哀给我以力量。

这是我的路……

工人

[苏]S. 马拉什金

一

当我走进了斯泰林俱乐部的时候，在那里的人们还很有限。我就到俱乐部的干事那里去谈天。于是干事通知我道：

"今天是有同志罗提阿诺夫的演说的。"

"哦，关于怎样的问题的讲演呢？"我问。

但干事没有回答我的这质问。因为不知道为什么，爱好客串戏剧的同人将他叫到舞台那里去了。

我一面走过广场，一面想。还是到戏院广场的小园里，坐在长板椅子上，看看那用各种草花做成的共产党首领的肖像，看看那在我们的工厂附近，是不能见到的打扮的男人和女人，呼吸些新鲜空气罢。于是立刻就想这样，要走向门口去，这时忽然有人抓住了我的手，说起话来了：

"你不是伊凡诺夫么！"

"不错，我是伊凡诺夫——但什么事呀？"

"不知道么？"

"哦，什么事呢，可是一点也不明白呵……同志！"

"那么，总是想不起来么？"

"好像在什么地方见到过似的，但那地方，却有些想不起来了。"我回答说。

那想不起来了的男人，便露出阔大的牙齿，笑了起来。

"还是下象棋去罢——这么一来，你就会记起我是谁来的。"

"那么，就这么办罢。"我赞成说，"看起来，你好像是下得很好的？"

"是的，可以说，并不坏。"

"不错，在什么地方见过你的，对不对？"

"在什么地方？"他复述着，吃去了我这面的金将。"唔，在彼得堡呵。"

"哦，彼得堡？是的，是的，记起来了，记起来了哩。你不是在普谛罗夫斯基工厂做工的么？"

"对了，做过工！"

"在铸造厂，和我一起？但这以后，可是过了这么长久了。"

"是的，也颇长久了。"他说着，又提去了我的步兵。"你还是下得不很好呵。"

"你确是伊凡罢？"

"对哩，"——他回答着，说了自己的名姓，是伊凡·亚历山特罗微支·沛罗乌梭夫。

我看定了曾在同一个厂里作工的，老朋友的脸的轮廓。他，在先前——这是我很记得的……他的眼，是好看而透明，黑得发闪的，但那眼色，却已经褪成烧栗似的眼色了。

"你为什么在这么呆看我的？也还是记不起来么？"

"是的，也还是不大清楚……"我玩笑地答道。"你也很两样了呵。如果你不叫我，我就会将你……"

"那也没有什么希奇[1]呀。"

"那固然是的，"我答说，"但你也很有了年纪了。"

1　现代汉语常用"稀奇"。——编者注

"年纪总要大的!"他大声说,异样地摆一摆手,说道,"你我莫非还在自以为先前一样的年青么? 和你别后,你想是有了几年了?"

"是的,有了十年了罢?"

"不,十二年了哩。我在一千九百十二年出了工厂,从这年的中段起,就在俄国各处走。这之间,几乎没有不到的地方,那,兄弟,我是走着流浪了的,也到过高加索,也到过克里木,也曾在黑海里洗澡,也一直荡到西伯利亚的内地,在莱那金矿里做过工……后来战争开头了,我便投了军,做了义勇兵去打仗。这是战争不容分说,逼我出去的……话虽如此,但那原因也还是为了地球上没有一件什么有趣的,特别的事,也不过为了想做点什么有趣的,特别的事来试试罢了……"

"阿阿,你怎么又发见了这样的放浪哲学了?"我笑着说,"初见你的时候,你那里是还没有这样的哲学的。"

"那是,的确的。我和一切的哲学,都全不相干,尤其是关于政治这东西。"

"对呀,一点不错。记得的!"我大声说,高兴得不免拍起手来。

"怎的,什么使你这样吃惊呀?"他摇着红的头发,凝视了我。

"你现在在墨斯科作工么?"我不管他的质问,另问道。

"比起我刚才问你的事来,你还有更要向我探问的事的罢? 你要问:曾经诅咒一切政治家,完全以局外分子自居的我,为什么现在竟加入工人阶级的惟一的政党,最是革命底的政党了。唔,是的罢?"他说着,屹然注视了我的脸。

"是的,"我回答道,"老实说,这实在有些使我觉得诧异了的。"

"单是'有些'么?"他笑着,仰靠在靠手椅子上,沉默了。

我看见他的脸上跑过了黯淡的影子,消失在额上的深皱中。薄薄的嘴唇,微细到仅能觉察那样地,那嘴角在发抖。

我们两个人都不说话。我看着车，在想方法，来救这没有活路的绝境。

"已经不行了。"他突然对我说，"你一定输的。就是再走下去，也无趣得很。倒不如将我为什么对于政治有了兴味的缘故，讲给你听听罢。"

"好，那是最好不过的了。"我坐好了说。

"还是喝茶去罢！"他道。

我叫了两杯茶和两份荷兰牛酪的夹馅面包，当这些东西拿来了的时候，他便满舀了一匙子茶，含在嘴里，于是讲了起来。

二

我已经说过，战争，是当了义勇兵去的。在莱那投了军，编在本地的军队里，过了两个月，就被送到德国的战线上去了。也曾参加了那有名的珊索诺夫斯基攻击，也曾在普鲁士的地下室里喝酒，用枪刺刺死了小猪、鸡、鸭之类，大嚼一通。后来还用鹤嘴锄掘倒了华沙的体面的墙壁。——可是关于战争的情形，是谁也早已听厌了的，也不必再对你讲了。——但在我，是终于耐不住了三个月住在堑壕里，大家的互相杀人。于是到第四个月，我的有名誉的爱国者的名姓，便变了不忠的叛逆者，写在逃兵名簿上面了。然而这样的恶名，在我是毫不觉得一点痛痒。我倒觉得舒服，就在彼得堡近郊的农家里做短工，图一点面包过活。因为只要有限的面包和黄油，就给修理农具和机器，所以农夫们是非常看重我的。我就这样，在那地方一直住到罗马诺夫帝室倒掉，临时政府出现，以至凯伦斯基政府的树立。但革命的展开，使我不能不卷进那旋风里面去。我天天在外面走，看见了许多标语，如"以斗争获得自己的权利"呀，"凯伦斯基政府万岁"呀，还有沉痛的"打倒条顿人种"，堂皇的"同盟法国万岁""力战到得胜"之类。我很伤心。就这样子，我在彼得堡的街上大约彷徨了一个月。那时候，受了革命的刺激，受了国会议事堂的露台上的大声演说和呼号的刺激，有点厌世的人们，便当了义勇兵，往战线上去了。但我却无论是罗马诺夫帝室的时候，成了临时政府了的时候，都还是一个逃兵，避开了各种的驱策。随他们大叫着"力战到得胜"罢，我可总不上战线去。但我厌透了这样的吵闹了。不多久，又发布了对于逃兵的治罪法，我便又回到原先住过的农夫的家里去。这正是春天，将要种田的时节，于是很欢迎我，雇下了。还未到出外耕作之前，我就修缮农具和机器，钉马掌，自己能做的事不必说，连不能做的事也都做了起来。因此农夫们对我很合意，东西也总给吃得饱饱的。夏天一到，我被雇作佣工，爬到草地里去割草，草地是离村七威尔斯忒的湖边的潮湿的树林。我在那里过了一些时。白天去割草，到夜就烧起茶来，做鱼汤，吃面包。鱼在湖里，只要不懒，要多少就有多少。我原是不做打鱼的工作的，做的是东家的十岁的儿子。夜里呢，就喜欢驶了割草机，到小屋附近的邻家去玩去。那家里有两个很好的佣工，他们俩外表都很可爱，个子虽然并不高，却都是茁实的体格。一个是秃头，单是从耳根到后脑，生着一点头发。而且他和那伙友两样，总喜欢使身子在动弹。脸呢，颧骨是突出的，太阳穴这些地方却陷得很深。但下巴胡子却硬，看去好像向前翘起模样，小眼睛，活泼泼地，在阔大的额下闪闪地发光，在暗夜里，这就格外惹眼。上唇还有一点发红的小胡子，不过仅可以看得出来。

做完工作之后，在湖里洗澡，于是到邻家去。那时他们也一定做完了工作，烧起柴来，在用土灶煮茶，且做鱼汤的。

"好么，头儿？"那年纪较大的汉子，便从遮着秃头的小帽底下，仰看着我，亲热地伸出手来，紧紧地握一握手。别一个呢，对于我的招呼，却只略略抬头，在鼻子下面哼些不知道什么话。我当初很不高兴他。但不久知道他不很会说俄国话，也就不再气忿[2]，时时这样和他开玩笑了——

"喂，大脑瓜！你的头就紧连着肩膀哩。"

他的头也实在圆，好像救火夫的帽子一样。就是这么闹，他也并不生气，反而哈哈大笑起来。

开了这样的玩笑之后，他们就开始用晚膳。我往往躺在草地上，看着天，等候他们吃完。在这里声明一句：我在放浪生活中，是变了很喜欢看天的了。躺在草地上，看着天，心就飘飘然，连心地也觉得轻松起来。而且什么也全都忘掉，从人类的无聊的讨厌的一切事情得到解放了。

总之，当他们吃完晚膳之前，我就这样地看着天。夜里的天很高，也很远，我这样地躺着，他们在吃晚膳的平野，简直像在井底一样。由这印象，而围绕着平野的林子，就令人觉得仿佛是马蹄似的。这样的暗夜，我走出堑壕，和战线作别了。在这样的暗夜里，我憎恶了战争，脱离战线，尽向着北方走，肚子一饿，是只要能入口，什么也都检来吃了的。我和那战争作别了，那一个暗夜，是永远不会忘记的。战争！这是多么该当诅咒呵……

"是的……"我附和说，又插进谈话去道，"那一夜出了什么可怕的事了么？"

他向我略略一瞥，才说道——

"但不比战争可怕的，这世上可还有么？"

"那大概是没有了！"我回答说。

"不，我见过比战争还要可怕的事。我见过单单的杀人。"

2　现代汉语常用"气愤"。——编者注

"不，那不是一样的事么？"

"不，决不一样的。固然，战争的发生，是由于资本家的机会和用作对于被压迫者的压制，然而在战争，却也有它本身的道德底法则，所谓资产阶级的道德——用一句话来说，就是对于败北者的慈悲……"

"那么……"

"我军突然开始撤退了。在奥古斯德威基森林的附近，偶然遇见了大约一千个德国兵，便将他们包围起来。但德国兵不交一战就投降了。我军带着这些俘虏，又接连退走了两昼夜。我军的司令官因为吃了德军的大亏，便决计要向他们报复，下了命令，说一个一个带了俘虏走近林边时，为节省时间和枪弹起见，就都用枪刺来刺死他。这就出现了怎样的情形呵！在那森林的附近，展开了怎样的呻吟，怎样的恳求，怎样的诅咒了呵！一千左右的德国兵，无缘无故都被刺杀了。也就在这一夜，我恨极了战争，而且正在这一夜，我那有名誉的爱国者的尊称就消失了……"

"你也动了手么？"

"不，"他回答说。"使那命令我去刺杀他的一个俘虏走在前面的时候，那俘虏非常害怕，发着抖，跄跄踉踉地走在我的前头。当听到他那伙伴的呻吟叫唤时，他就扑通跪下，用两手按住肚子，睁了发抖的眼望着我，瑟瑟地颤动着铁青了的嘴唇……"

沛罗乌梭夫说到这里，停住了他的话，向左右看了一回。

"我连他在说什么，也完全不懂。我也和他一样，动着嘴唇，说了句什么话。我决下心，将枪刺用力地刺在地上了。这时候，俘虏已经在逃走。枪刺陷在泥土里，一直到枪口。我觉得全身发抖，向了别的方面逃跑，直到天明，总听到死的呻吟声，眼前浮着对我跪着的俘虏的脸相。"

"对呵，那实在是，比战争还要讨厌的事呵——"我附和着他的话，说。

"从此之后，我就不能仰望那星星在发闪的夜的天空了。我觉得并不是星星在对我发闪，倒是奥古斯德威基森林的眼睛，正在凝视着我的一样……"

"是的！"他又增重了语尾的声音，说，"总之，我当他们吃完晚膳之前，总还是仰天躺着，在看幽暗的天空的。也不记得这样地花去了多少时光了，因为有蚂蚁从脚上爬到身体里，我便清醒过来。抬头一看，却见那年纪较大的一个，用左手放在膝髁上支着面颊，坐在我的旁边，在看湖水和树林的漆黑的颜色。还有一个是伏着的，用两手托了下巴，也在望着湖水出神。我和他们，是天天就这个样子的，我从来没有看见他们望过一回天空。所以我就自己断定：他们是也讨厌天空和星星的。"

"你为什么在这样发抖的？"坐在我的旁边的那一个，凝视着我，问道。

"不知怎的有些不舒服……"我回答说，"不知怎的总好像我们并非躺在平野上，倒是睡在黑圈子里面似的。"

"那是，正是这样也难说的……"他赞和着，又凝视起我来了。我觉得他的小眼睛，睁着，闪闪地射在昏暗里。

"我觉得我们是走不出这圈子以外的……"我一面说，也看着树林的幽暗和湖水。

"你很会讲道理呵……"他大声发笑了。

这话我没有回答，他也不再说什么下去了。我们三个人，都默默地看着森林和湖水。我们的周围，完全是寂静，寂静就完全罩住了我们。在这寂静中，听到水的流动声、白杨树叶的交擦[3]声、络纬

3　现代汉语常用"摩擦"。——编者注

的啼叫声、蚊市的恼人的哭诉声，偶然也有小虫的鸣声，和冲破了森林和湖水的幽静的呼吸，而叫了的远处的小汽船的汽笛。

"你去打过仗了的罢！"忽然破了这沉默，他质问我了。他除下小帽来，在手上团团地转着。

我给这意外的质问吓了一下，转眼去看他，他却还是转着小帽，在看森林的幽暗和湖水。我看见了他那出色的秃头，和反射在那秃头上面的星星和天空……还有一个不会说俄国话的，则理乱不知地伏着在打鼾。

"唔，去过了呀。"暂时之后，我干笑起来。

"去过了？"他说，"那么，为什么现在不也去打仗的呢？"

"那是……"我拉长句子，避着详细的回答，"因为生病，退了伍的……"这之后，谈话便移到政治问题上去了，"现在是连看见打仗，听说打仗，也都讨厌起来！……"

"那又为什么呢……"他说着，便将身子转到这边来。

"那是，我先前已经说过，政策第一，靠战争是不行的。况且现在国民也并无爱国心……"

"我以为你是爱国主义者，却并不是么？"

我在这话里，觉到了嘲笑、叱责和真理。但我竟一时忘却了我的对于战争的诅咒，开始拥护起我那早先的爱国主义来了。我以为靠了这主义，是人世的污浊，可以清净。因为我在那时，极相信战争的高尚和那健全的性质，而且那时的书籍，竟也有说战争是外科医生，战争从社会上割掉病者，将病者从社会上完全除灭，而导社会于进步的。

"是的，你并不错。我是非常的爱国主义者，至于自愿去打仗，去当义勇兵……"

"当义勇兵……"他睁大了吃惊的眼，用手赶着蚊子，用嘲笑的调子复述道，"当义勇兵……"

我向他看，他的秃头上，依然反射着幽暗的天和星星。我发起恨来了。

"你为什么嘲笑我的呢……"我诘问他说。

他并不回答我。他那大的秃头上，已经不再反射着幽暗的天和星星了，因为他戴上了小帽。他似乎大发感慨，轮着眼去望森林的幽暗和湖，仿佛在深思什么事，他在深思什么呢？我就擅自决定：他和我是一类的东西。

"你在气我么？"他终于微笑着，来问我道。

"不，你是说了真理的，我诅咒战争，我是逃兵！"

"哦，这样——"他拖长了语尾，就又沉默了。

就是这样，我不再说一句话，他也不再说一句话。

伏着睡觉的那一个，唠叨起来了，一面用了他自己国里的话，叽里咕噜的说着不知道什么事，一面回到小屋那面去了。不多久，我也就并不握手，告了别，回到自己的小屋里。孩子早已打着鼾，熟睡在蚊子的鸣声中。我没有换穿衣服，就躺在干草上面了。

有了这事以后，我一连几夜没有到邻家去。那可决不是因为觉得受了侮辱，只为了事情忙。天气的变化总很快，我常怕要下雨。况且女东家来到了，非将干草搅拌，集起来捆成束子不可……直到天下大雨，下得小屋漏到没有住处了的时候，这才做完了工。从这样的雨天起，总算能够到邻家去了，然而小屋里除了孩子和狗之外，什么人也不在。我于是问孩子道：

"这里的人们，那里去了呀？"

"上市去了。"孩子回答说。

"什么时候呢，那是……"

"噢，已经三天以前了哩……"

那我就什么办法也没有。试再回到自己的小屋来，却是坐也不快活，睡也不快活。加以女东家又显着吓人的讨厌的样子，睁了大汤匙一般的眼，向我只是看。

"卢开利亚·彼得罗夫娜，你为什么那样地，老是看着这我的？"

然而她还是气喘吁吁，目不转睛地凝视我。我觉得有趣了，问道：

"怎么了呀？不是有点不舒服么？还是什么……"

"不，伊凡奴式加，"她吐了沉重的长太息，大声说道，"我喜欢了你哩！"

于是她忽地抱住了我的颈子。

——说到这里，我的朋友就住了口，凝视着茶杯，后来又讲起来道：

"唉唉，这婆子实在是，这婆子实在是……"

我发大声笑了起来。

"那么，这婆子给了你什么不好的结果了么？……"

"那里，她是非常执拗地爱了我的哩。尤其是在战事的时候……"他笑着，接下去说道，"这之后，我就暂时住在卢开利亚·彼得罗夫娜的家里，好容易这才逃到市里来的……很冒了些困难，才得走出。开初是恐吓我，说是布尔塞维克正在图谋造反，有不合伙的，就要活活地埋在坟里，或者抛到涅伐河里去……总之，是费了非常的苦心，才能从她那里逃出，待到走近了彼得堡，这总算可以安稳了……"

他拿起杯子来喝茶，我劝他换一点热的喝。

"哦，那多谢。"他说着，就取茶去了。

三

"是好女人。"他吐一口长气，说，"有了孩子哩。来信说，那可爱的孩子，总在叫着父亲父亲的寻人。我想，这夏天里，总得去看一看孩子……"

"那男人呢？"

"来信上说是给打死了。叫我去，住在一起。"他说着，就用劲地吸烟。

"好，这且不管它罢，我一到彼得堡市街的入口，马上就觉得了。情形已经完全两样，虽然不明白为什么，却只见市上人来人往，非常热闹，连路也不好走了。这是什么事呢？我就拉住了一个兵，问他说：

"这许多人们，是到那里去的，你知道么？"

那兵便看上看下，从我的脚尖直到头顶，捏好了枪，呸的吐了一口唾沫。

"你是什么！兵么？"

"兵呀！"我答着，给他看外套。

"兵？"他只回问了一声，什么话也不说，就走掉了。

"这是怎么一回事呵。"我不禁漏了叹息，但因为总觉得这里有些不平安，便跟在那兵的后面走。兵自然不止一个，在这些地方是多到挨挨挤挤的，但我去询问时，却没有一个会给我满足的回答，我终于一径走到调马场来了。在这里就钻进人堆的中央，倾听着演说。刚一钻进那里去，立刻听到了好像熟识的声音，我不禁吃惊了。我想走近演坛去，便从兵队和工人之间挤过，用肩膀推，用肘弯抵，开出路来，但没有一个人注意我。待到我挤到合式的处所，一抬头，我就吃惊得仿佛泼了一身热水似的了。在我的眼前的演坛上，不就站着个子并不很大，秃头的，我在草场那里每夜去寻访，闲谈，一同倾听了森林的寂静的那个人么？

"那是谁呢？"我伸长颈子，去问一个紧捏着枪的兵卒。但兵卒默然，什么话也没有回答我。我只看见那兵卒的嘴唇怎样地在发抖，怎样地在热烈起来，而且这热情，也传染了我了。

"那是谁呵？"我推着那兵的肚子，又问道。然而他还是毫不回答，只将上身越加伸向前方，倾听着演说。我于是决计不再推他了，但拼命地看定了那知己的脸，要听得一字不遗，几分钟之后，我和兵就都像生了热病似的，咬牙切齿，捏紧拳头，连指节都要格格地作响。那个熟识的人，是用坚固的铁棍，将我们的精神打中了。

"要暴动，最要紧的是阶级意识和强固的决心。应该斗争到底。而且，同志们！首先应该先为了工人和农人的政权而斗争……"

兵卒和工人的欢呼声，震动了调马场的墙壁。工人和兵卒，都欢欣鼓舞了。

"社会革命万岁！"

"我们的指导者万岁！"

"列宁！"我叫喊着，高兴和欢喜之余，不能自制了。每夜去访的那人，是怎样的人呢？他们是为了工人阶级的伟大的事业，而在含辛茹苦的。不料我在草场上一同听了森林的寂静的人，正是这样的人物呵！

"列宁！"我再叫了一声，拔步要跑到演坛去。

"我愿意当义勇兵了！当义勇兵！"

然而兵卒捏了我的手，拉住了。他便是我问过两回的兵卒，用了含着狂笑的嘴，向我大喝道：

"同志，怎的，你莫非以为我们是给鞭子赶了，才去打仗的么？"

我没有回答他，因为这是真实。我们眼和眼相看，互相握着手，行了一个热烈的接吻。

从这天起，我就分明成了布尔塞维克，当市民战争时代，总在战线上，我将先前的自己对于政治的消极主义，用武器来除掉了。

"现在是，政治在我，就是一切了！"他说着，便从靠手椅上站了起来。

"那是顶要紧的。"我回答说，和他行了紧紧的握手。

四

过了十五分钟，我们就走进讲堂，去听同志罗提阿诺夫的关于"工农国的内政状态"的演说去了。

一天的工作

[苏]A.绥拉菲莫维奇　作　　文尹　译

一

天亮了，靠近墙壁的架子上面，一些罐头，以及有塞子有标题的玻璃瓶，从暗淡的亮光里显露出来了，制药师的高的柜台也半明半暗的露出一个黑影来了。

向着街道的那扇大的玻璃门，还关闭着。另外有扇门却开在那里，可以看得见间壁房间里的柜台上躺着一个睡熟的人影呢。这就是昨天晚上值班的一个学徒。他沉溺在早晨的梦境里，正是甜蜜的时候。

街道上的光亮了些。九月的早晨的冷气透进了房屋，卡拉谢夫扯了一下那件当着被窝盖的旧大衣，把头钻了进去。

大门那边的铃响了，应该起来了，卡拉谢夫可很不愿起来呢，如果再睡一会儿多甜蜜呵！铃又响了，"滚你的蛋，睡都不给人睡够的。"卡拉谢夫更加把头钻进大衣里去了。可是睡在大门边的门房可听见了铃响，起来开了大门，然后跑到卡拉谢夫那边，推他起来。

——起来，卡拉谢夫先生，买药的人来了呢。卡拉谢夫故意不做声，等了一会儿，但是，后来没有办法，始终爬了起来。懵里懵懂的对着亮光挤着眼睛，他走进了药房。

——唔，你要什么？他很不高兴的对着那个年青女人说。

——十个铜子的胭脂，七个铜子的粉。她说得很快，而且声音来得很尖的。卡拉谢夫仍旧那样，不高兴的叽里咕噜的说着，装满了两个小瓶：

——什么风吹来的鬼，天还没有亮呢！……拿去罢！——他说，很烦恼的把那两个瓶在柜台上一推。

——收钱罢，买药的女人给他十四个铜子，对他说，我们要到市场上去，我们是乡下人，所以来的早些，她添了这几句话，为的要说明她自己早来的理由，再会罢。

卡拉谢夫并没有去回答她，只把应该放到钱柜里的钱放到口袋里去了。他起劲的打着呵欠，他又得开始了这么一套了：麻烦得受不了的，累死人的，琐琐碎碎的十四个钟头的工作、学徒、制药师、副手、咒骂，不断的买主走进走出，整整的一天就是这些事情。他的心缩紧了。他挥了一挥手，爬上了柜台把大衣一拖，立刻又睡着了。看门的也把脸靠在门上。七点钟已经敲过了，应该把一天的工作都准备起来，但是，药房里还是静悄悄的。

二

制药师沿着走进药房的扶梯走下来了，他住在二层楼。他的新缝起来文雅的衣服和清洁的衬衫，同他的灰白的疲劳的脸，实在不相称，他留意着自己的脚步，很谨慎的走下来，一面还整顿着自己的领带。他也感觉到平常的做惯的一天的工作又开始起来了，自己必要的面包全靠这种工作呢。他从早上七点钟起直到晚上十点钟止，站在药柜那边，要配六七十张药方，要分配学徒的工作，要按照药方检查每一服的药料——而且还要不断的记着：一次小小的错误，就可以打破他的饭碗，因为学徒之中的任何一个要是有些疏忽、不注意、无智识，或者简直是没有良心的捣乱，那么他的地位就会丢掉，而且还要吃官司。但是，他同一般天天做着同样工作的人一样，最少想着的正是这种问题。

特别感觉得利害的，就是平常每一天的早晨勉强着自己开始工作，同时想到自己在药房里是唯一的上司，这种情绪充满了他，他低头看看自己的脚，恍恍惚惚的扶着很光滑的往下去的栏杆。

当他开门的时候，迎面扑来了一种混杂的药房气味，使他想起自己的整天的工作。他平心静气的，并没有特别想着什么，随手把门关上了，他不过照例感觉到自己经常工作的地方的环境。

但是这里一下子把他的心绪弄坏了，他很不满意的看见了乱七八糟的情形：药房的大门还没有开，看门的刚刚从自己床上起来，懒洋洋的卷着破烂的铺盖，那位学徒的抽昏的声音充满了整个的药房。

制药师的生气和愤怒的感觉，并不是为了乱七八糟的情形而起来的，而是为了大家不急于准备着他要来[1]，似乎没有等待他。看看那位看门的脸上很平静的，睡得懵里懵懂的，上面还印着硬枕上的红影子，他更加愤怒起来了，骂了他一顿，而且命令他开开药房的大门。然后他很慌忙跑到睡觉的学徒那里，很粗鲁的把他的大衣一扯。

——起来！七点多钟了。

那个学徒吓了一跳，呆呆的无意思的看着制药师，可是等他明白了是什么一回事，才慢慢的从柜台上爬下来，很怨恨的收拾他的铺盖。

——混蛋，你做的什么？药房门还关着，一点都没有准备好！

1　此处原文为"而是为了大家不急急于准备着他要来"，疑为原文多字，故更正。——编者注

——你这样发气干什么，七点钟还没有呢，我错了吗？为什么没有换班的值日生？干什么你这样钉住[2]了我？

卡拉谢夫恶狠狠的说得很粗鲁，不给制药师插进一句话，肝火发起来了，他想说得更粗鲁些，他不想，也不愿意去想或许是他自己有了错误。

——不准做声！人家对你说话呢，今天我就告诉卡尔·伊凡诺微支。

卡拉谢夫咬紧了牙齿，拿了枕头大衣，手巾，走进了里面一扇门，到自己的房里去。他走过药房，看了看钟——真的已经七点一刻了。他自己睡迟了，是他自己不好。虽然他明白药房门应当开的时候，人家不能够允许他睡觉了，但是，他并不因此就减轻了他反对制药师的愤怒，为着要给他所积聚了的怨恨找一个肉体上的出路，他走出了门，就凶恶而下作的咒骂了一顿。

制药师走过柜台那边抽出了药方簿子。他感觉非常慌乱和不安，想很快的给卡拉谢夫感觉到自己的权力，使他去后悔，这种感觉使他的愤怒不能够平静下去。

不知怎样的一下子在整个药房里，充满了一种烦恼的情绪，一种禁止不住的怨恨，大家要想相骂，大家要互相的屈辱，看起来又并没有什么原因。其余的学徒和副手都来了，他们皱着眉头，懵里懵懂的脸，很不满意的样子。好像在院子里从早晨就开始下了秋天的细雨，还下过了雪珠，阴暗和潮湿的天气，大家心里都非常的烦恼。

大家要做的事，都仍旧是那一套：十四个钟点的工作、称药、磨药、碾丸药，时时刻刻从这一个药柜跑到那一个药柜，到材料房又到制药房，一点没有间断和休息，一直延长到晚上十点钟。周围的环境永久是那么样，永久是那么沉闷的空气，永久是那么样的互

2　现代汉语常用"盯住"。——编者注

相之间的关系，永久是那么样感觉得自己的封锁状态，和药房以外的一切都隔离着。

通常的一天工作又开始了，又单调、又气闷，很要想睡觉，一点儿事情也不想做。

三

看门的穿着又大又长的靴子，克托克托的走来。他的神气是一个什么也不关心的人，在药房里的一切事情，以及这里一切的好不好，他是完全不管的，他拿了两把洋铁茶壶的开水和茶，很谨慎的放在柜台上，热的茶壶立刻粘住了漆布，要用气力才扯得开。大家就都在那间材料房中间的一张又狭又长的柜台上开始喝茶，那张柜台就是昨天晚上卡拉谢夫睡觉的。大家很匆忙的喝着玻璃杯里混混的热的汤水，这些汤水发出一种铜铁的气味。话是没有什么可说的，因为大家互相都已经知道，彼此都已经厌烦了，而且永久是一个老样子。买药的人已经开始到药房里来了，时常打断他们喝茶，一会儿叫这一个伙计出去，一会儿又叫那一个出去。

材料房里走进了一个男小孩[3]，大约有十六岁，他是又瘦又长，弯着胸，驼着背，穿着破烂不整齐的衣服。而且他那件西装上衣披在他的驼背身上，非常之不相称的，这就是一个最小的学徒。

他跑到柜台边，自己倒了一碗茶，两只眼睛找面包，但是，摊在漆布上的只有一些儿面包屑屑了。"什么鬼把面包都嚼掉了，"他自己讲着，"这算什么，要叫我饿死吗！"他努力把发抖的嗓子熬住了。

他的样子，他整个的骨架，暴露了那种过渡时期的年龄——正是身体加倍的生长，拼命的向上伸长的时候，但是他的年青的肉体

3　现代汉语常用"小男孩"。——编者注

还没有坚固，他的身体的各部分发育得不平均，仿佛各个部分是分离的，是不相称的，互相赶不上似的。

灰白色的瘦长的面庞表示着天生的忠厚，软弱，服从，不独立的性质。但是，他现在的怨恨和没有用处的愿望，总还要想惩罚别几个学徒使他们感觉到自己的错处。这些怨恨和愿望就改变了他的神气，他脸上的筋肉和嘴唇上的神经都在扯动着，而他的绝叫的声音抽噎着。

这一切的表示所发生的影响，使人家看了觉得他真是个小孩子的神气。而他，恩德雷·列夫琛珂自己也觉得无论怎么样都要换一个方式来表示使人家不当他小孩子，使人家不笑他，但是不会这样做。他不做声了，用茶匙光郎光郎的把茶旋成一个圆的漩涡儿。然后，突然间发起恨来了，把并没有一点儿错处的茶壶一推，茶壶打开来了，水也泼出来了，他站起来，挥挥他的手。

——混蛋！只晓得吃，你们这些畜生！……为什么我从来没有吃过别人的呢？你们这些不道德的人！

——茶壶倒翻了，死鬼！

大家相骂起来了，卡拉谢夫的凶恶的脸对着恩德雷。值班的一夜没有好睡，早晨来买药的女人，制药师又来吵闹了他，白天还有十四个钟头的工作，恩德雷脸上的神气和他整个身体的样子。这一切一切都很奇怪的在他的心窝里混合了起来。恩德雷是个小学徒，根本就没有资格高声的说话。

——你摆什么官架子！畜生……谁怕你呢！

大家一致的攻击列夫琛珂。他应得的面包，真的不知道谁给他吃掉了，可是现在弄成这样了，仿佛倒是他自己的错处。

列夫琛珂努力阻止嘴唇的发抖，熬住自己理直气壮的眼泪，他没有力量保护自己。他似乎是为着要维持自己的威严，说了几句粗鲁的骂人的话，就跑到屋角里去，在空瓶堆里钻来钻去。

受气、孤独，没有帮助的感觉，使他的心上觉到病痛似的痛苦。他进了药房已经有半年了，直到现在，他天天一分钟都不知安静的。追究他、骂他、鄙视他、讥笑他。为的是什么呢？他总尽可能的工作，努力讨大家的好。他的加紧工作，本来是讨好别人来保护自己的，可是，他愈是这样，就愈发受苦。甚至当他有几分钟空的时候从材料间跑到药房里来看看，学习学习配药的事情，也要被他们驱逐出去，好像他有癫病要传染似的——重新被人家赶回材料间去——洗洗橡皮泡，剪贴剪贴标题纸。大学徒、副手、制药师也曾经有过这样同样的地位，他们也都受过侮辱和屈服，当初谁比他们在职务上高一级的人，也都可以这样欺侮他们的。而现在，因为心理的反动，他们完全是无意之中在恩德雷身上来出气，仿佛是替自己的虚度的青年时期报仇。

但是，他并不顾到这些，在他的心上只是发生了愤激和报仇的感觉。

他急忙的粘贴着标题，同时一个一个奇怪的复仇的念头在他的脑筋之中经过：大学徒、副手，制药师应该碰见不幸的事情，或者火烧，或者吃错了毒药，或者更好一些，——他们弄错了药方，毒死了病人，结果警察来提他们，而他们在绝望之中将要来请求恩德雷救他们，请他说：这是他没有经验掉错了药瓶。而他恩德雷，在那时就可以跑过去问他们了："记不记得，你们都给我吃苦头，羞辱我，戏弄我，我没有一分钟的安静。我的心痛和苦恼，谁都没有放在心上，现在你们自己来请求我了!？ 你们为什么欺侮我呢？"

是的，他为什么应该忍受这一切呢，为什么大家都不爱他呢？只不过为的他是一个最小的学徒。他很心痛的可怜自己起来了，可怜他自己小时候的生活，可怜他自己的过去，可怜在中学校的那几年，可怜小孩子时代的玩耍和母亲的抚爱。

他低倒了头，皱着眉头，努力的熬住了那内心之中燃烧起来的眼泪。

制药师进来了，他竭力装出严厉的不满意的样子，命令大学徒到药房里去，叫小学徒也去准备起来。卡拉谢夫同两个大学徒跑到药房里去了，开开药柜门，摆出木架子、白手巾、玻璃瓶、装药的勺子，一切都放好，摆好，像每天早上一样的开始工作。

又暗又高的天花板上，中间排着一盏不动的灯；屋子里的光线是不充足的，一口大的药柜凸出着，光滑的柜台上反映着黑暗的光彩，周围摆着一排一排的白色玻璃瓶，上头贴了黑色的标题，一股混合的药香的气味，——这一切看起来，正好配合着那种单调的平静的烦闷的情绪，这种情绪充满着这个药房。

像镜子似的玻璃门里，看得见一段马路和对面的壁板，对过的大门口挂着一块啤酒店的旧招牌，上面画着一只杯子，酒沫在向外泼着。早晨的太阳从那一方面经过药房的屋顶、很亮，很快乐很亲爱的照耀着那块招牌，排水管，石子路，发着光彩的路灯上的玻璃，对面墙头上的砖瓦，以及窗子里雪白的窗帘，——而药房却在阴暗的一方面。

马路上的马车声同着城市的一般的不断的声音，却透过关着的门，送进了药房内部，这种声音一会儿响些，一会儿低些，窗子外忙乱的人群来往着，使街上的声音发生着一种运动和生活，而且不断地在窗台上闪过小孩们的帽子。

可是这许多仿佛都和药房没有什么关系似的，在这里一切都是有秩序的，静悄悄的，暗淡的。学徒们都站在那边，他们的苍白的脸，表示着很正经的神气，站在柜台边工作着。而制药师也仍旧是站在药柜边不断的写着和配着药。

在长凳上坐着几个普通人，等着药。他们却很注意的看那些玻璃瓶玻璃罐子、药缸，以及一切特殊的陈设，这些情形使他们发生一种整齐清洁精确的感想，而且使他们觉到药房和其他机关不同的意义。他们闲立得无聊，注意着那些穿得很有礼貌很干净的年青人在柜台边很快很敏捷很自信的工作着。每一次有人跑进来的时候，一开门，街上的声音就仿佛很快活的充满了整个药房，但是，门一关上，声音立刻就打断了，又重新低下去，仍旧继续那种不安宁的嘶嘶的响声。学徒们看一看进来的人，并不离开自己的工作，仍旧很忙碌的配着药，关于新来的买主的影像，一下子即被紧张的工作所消灭了。在他们眼前所闪过的人的样子，面貌、神气，以及所穿的衣服，都混成一个总的灰色的印象，发生着一种单调的习惯了的感觉。只不过年青的姑娘们是在总的灰色的背景之外，她们所闪过的样子和面貌是年青得可爱和风流。年青的响亮的声音叫人听着有意外的快乐，引得起那种同情和热心的感觉。卡拉谢夫，或者其他的学徒，却很亲热的放她们进来，给她们所需要的东西。门又重新关好，又恢复了过去的灰色的平日的色调，而且一般买主们的面貌都好像成了一个样子。

每天的时间总是这样地跑过去，买主们总是这样一会儿来一会儿去，学徒们总是这样拿架子上的药瓶，撒撒药、调调药、贴贴标记。学徒们和副手们总是这样的在买主面前装着很严厉很有秩序的样子。到了只剩着他们自己的时候，他们互相之间骂也来，讥讽也来，笑也来，说说俏皮话，相互争论起来，他们对于老板和代表老板利益的制药师，却隐藏着一种固执的仇视的态度。

四

学徒们有时候想出些自己玩耍的事情，尤其谢里曼最会做这类的事，他是最大的学徒。他胖得圆滚滚的，凸着一个大肚子，人很矮小，他笑起来永久是会全身发抖，而且总在想开玩笑。他同卡拉谢夫在一起工作。他做得厌烦起来了，很想玩一套什么把戏，但是有买主在药店里，制药师也站在药柜边，他就把身体弯下去，好像是到地下去找药瓶子，其实他在底下一把抓住卡拉谢夫的脚，卡拉谢夫惟恐[4]自己跌倒，也就弯身下去，倒在谢里曼的身上，而且用无情的拳头捶他的背部腹部腿部头部。站在柜台那边的买主和制药师并不看见他俩，他们在地板上相互的抓着，而且十分紧张的，闭紧着嘴不敢喘气，惟恐自己要叫出来，或者大笑起来。如果制药师骤然间从柜台那边走过来看见这种情形，那他就立刻要开除他们出药房，——这种危险使他们的玩耍特别有劲。后来，他们起来了，而且安安静静若无其事的重新做起打断过的工作。买主们不过觉得有些奇怪：为什么这两位学徒的面貌上忽然这样红呢。

可是有时候他们的把戏还要利害。譬如有一次谢里曼偷着一会儿时间，装了满袋的泻药片和同样子的巧格力[5]糖，偷偷的从药房里出来走到门外，就把这糖片和药片沿路分送给遇到的人去吃：马夫、门房、下女、女厨子，甚至在对面的站岗警察都吃到了。经过两个钟头发觉了他请客的结果，在门外起了一个不可想象的扰乱。那位警察简直丢了自己的岗位跑走了。几家人家的主人立刻派人检查一切的锅子和暖水壶，以为这些东西里有了什么毒药。学

4　现代汉语常用"唯恐"。——编者注
5　现译"巧克力"。——编者注

徒们可时时刻刻跳进材料房去，伏在柜台上，脸向着下面，哈哈大笑，笑到像发神经病似的。制药师骂得很利害，为什么他们丢了药方不做工，想不出他们是在干些什么，直到最后才推想到这个把戏是他们闹出来的。可是制药师并没有对老板去告密，他自己也害怕，知道老板并不会感谢他的，因为他不能够看管学徒们，自己也有错处。很单调很忧闷的一天之中，没有可以散心的，没有什么可以喜欢的，也没有任何精神生活的表现，学徒们就只有做做这种把戏。这种把戏是他们在自己的无聊生活之中起一点儿生趣的唯一办法。药房的生活完全是一种出卖自己的时间和劳动能力的人的生活。一百个老板之中总有九十九个看着自己的职员只是创办药房事业所必需的力量的来源，竭力的要想自己只花最少的费用，而叫他们尽可能的多做工作。一天十四个钟头的工作，没有一分钟的空闲。甚至于在很辛苦的，晚上没有睡觉的值班之后，也没有可能休息这么两三个钟头。他们住的地方只有阁楼上或地窖里的小房间。他们吃的东西都是些碗脚的剩菜。药房老板为着要使这些卖身的学徒不能够抱怨，他们定出了一种条例，叫做"药房学徒，副手，制药师的工作条例"，——照这种条例，老板就可以支配这些药房职员，像他们支配玻璃瓶玻璃罐橡木柜以及药料一样。学徒要有投考制药师副手的资格，副手要有投考制药师的资格，都应当做满三年工作，仿佛是为着要在实习之中去研究（其实是老板要用廉价的职员），而且在每一个药房里面至少要继续工作六个月，不管这个药房的生活条件是怎么样，——不然呢，所做的工作就是枉费，不能作数。药房老板尽可能的利用这个条例来裁减"不安分的分子"。这样，药房职员只要有很小的错误，甚至于没有错误，就可以有滚蛋的危险，而因为他没有做满六个月，他的名字就立刻在名单上勾销了，虽然离六个月只剩得两三天，也是一样。于是乎他能够有资格投考的时期又要延迟下去，又要重新天天去做那种麻烦的苦工。

　　学徒方面也就用他们自己手里所有的一切方法来改变他们的生活，即使只有很少的一点儿意思，他们也是要干的。如果不能够，那末[6]，至少也要想法子来报仇，为着自己的生活健康幸福而报仇，当然这是不觉悟的报仇。学徒们不管在怎么样难堪的条件之下竭全力要完成六个月的初期的服务。可是，只要过了这个和他的命运有关系的半年，他们立刻就跳出去，寻找较好的服务地方，这个地方应当有的，而且一定要有的，因为总有些人是在过着人的生活，因为在旧的地方的生活实在过得太难堪了。最初时期的新的环境、新的关系、新的同伴、新的买主，——遮盖着实际情形，仿佛此地的生活表现得有意思些。但是，这不过几天而已，最多一个星期一个半星期。在这里，这些青年的身体康健和精力又同样的要被榨取，又同样的等待着可恶的疲劳的六个月，那时候又可以跑出这个地狱，到另外好一点的药房里去，这种药房一定要有的，这样的情形直到三年为止。不幸的药房职员只要在那个时期没有病倒，没有生痈病，没有好几十处吃错毒药，没有被药房老板冤枉或者不冤枉的取消药房职员的资格，把他的名字从名单上勾销，而能够靠朋友亲戚的帮助，拿出自己很小的薪水的一部分，积蓄起一笔款子，——他就可以跑到有大学校的城市去，饿着肚子来准备考试，最后，经过了一个考试，他就变了药房副手。然后……然后又开始这一套，才可以得到制药师的资格，这种制药师的资格，很少有人可以得到的。

　　为着要反对老板的公开的直接的权力，什么都可以做得出来的。假使学徒们有一个小小的可能，他们就得支配帐房钱柜里的钱，像支配自己的钱袋一样；在柜子里的香水，贵重的肥皂，以及生发油等

6　现代汉语常用"那么"。——编者注

等，他们不管人家需要不需要，而拿出去随便送人；药材的耗费要超过所需要的两三倍，只要一会儿不注意，他们就立刻把些材料都掉到盆里去了，这些多余的材料在材料房里堆了许多。制药师和老板要时时刻刻看着他们，这在事实上又是不可能的。

药房里内部的生活虽然是这样的异乎寻常的情形，可是局外人在外表上看来，仍就[7]是很单调而有秩序的。

<h2 style="text-align:center">五</h2>

像今天，在买主们的眼光看来，外表上并没有什么特别紧张。卡拉谢夫、谢里曼以及别的学徒副手们仍旧是很寻常的很忙碌的在自己的柜台边工作着。可是，这种寻常的环境和机械式的工作，并不能集中他们全部的注意力，而且他们的脑袋并没有受到环境的束缚，片段的思想和回忆不断的在他们脑筋里闪过。所闪过的是些什么呢？是关于放假的日子、争论、打架，夜里的散步，关于自己将来的命运，幻想最快乐的意外的生活，以及模糊的希望着能够换一个环境，换一个地位。

卡拉谢夫一方面在漏斗里滤着浑浊的液汁，这种液汁已经发着亮光一滴一滴的掉到玻璃瓶里去；另一方面他正在想着——"我做了副手，有人借我五百个卢布去租一个药房，出卖些便宜的药，——只要卖得便宜，就是掺点儿粪进去也不要紧。不然呢，养些猪也可以，猪油可以卖到莫斯科去……叫我的那位可怜的受苦的母亲同住在一起，可以离开那种穷苦的生活。这样的过着好生活！到白洛克公司去买辆自行车——兜兜圈子，这倒可以不要喂养它的。——很好，周围有荒野、有小河、有新鲜的空气、有碧青的天

7　现代汉语常用"仍旧"。——编者注

空，自由自在的坐在那里吹吹口哨……"

他竭力的熬住自己的手发抖，很当心的把瓶里的药水倒在漏斗里去，漏斗里的水一滴一滴的漏到玻璃瓶里去，散出发亮的模糊的斑点。

有人很急忙的进来了，跟着他突然闯进来的街道里的喧闹声，一会儿又重新退去了，药房里的声音又重新低下去，像人在那里自言自语似的。这样一来，使人想起别的地方的自得其乐的生活。

制药师拿一张药方放到卡拉谢夫面前。在药方上写着"Statum"，——这就是说要把药立刻配好，用不着挂号——因为这是病危的药方。卡拉谢夫拿来看了一看，他的思想立刻转移了。他已经不想着将来的药房、养猪、坐自行车等等事情了，他拿着梯子很急忙的爬到最高的一格上面，写着"Opii Croati"。他很快的爬下来，继续着工作，放在那里一大堆的药方惹起了一种催促的感想。

同伴们在旁边工作着，他们跑来跑去，弯着身子拿这个瓶那个瓶，倒出些药粉放到极小的天秤上去称，轻轻的用手指尖敲着，又重新把那些瓶放到原位上去。这些，使人感觉着那种不变的情绪，机械的紧张，以及不知道为什么的等待着工作快些做完。

有时候，卡拉谢夫忽然发生着一种不能克服的愿望：呸！什么都要丢掉，不管制药师，不管药房，不管世界上的一切药方，快些披起衣服跑出去混在那些活泼的敏捷的在街道上的人堆里去，同他们一道去很快活的吸一口新鲜空气，这两天的太阳这样好，这样清爽。但是，他继续做的仍旧是那样紧张的工作，仍旧要磨着，称着，撒着药粉，倒着丸药。一会儿又一会儿的看着那口壁上的挂钟。一支短针竟是前进得那样慢，卡拉谢夫心里推动了它一下，但是，再去一看，它仍旧在老地方。

无论时间去得怎样慢，可是总在走过去。这时间跟着街上声音的印象，跟着马路上的景致，跟着窗口经过的人群，跟着经常变换的买主，一块儿走过去，而且跟着工作的顺序走下去，疲倦的感觉渐渐的利害起来了。看起来：周围的整个环境、买主、学徒、柜子、制药师、窗门，以及挂在中间的灯，都是慢慢的向前去，走到吃中饭的时候了。吃中饭确有一种特别的意义，——总算一天之中有了一个界限。

一点半了，要想吃中饭，胃里觉得病态似的收缩起来了。卡拉谢夫忽然想起了不知道什么人吃掉了恩德溜史卡[8]的早饭，卡拉谢夫也曾经骂过他的。他现在想起来很可怜他，大家都攻击他，因为他是个最小学徒，卡拉谢夫一面快快拿了颜色纸包在瓶口上，一面这样想："混蛋，他们找着他来攻击！"

六

平常在下午三点钟的时候，买主的数目就少下来了。学徒们很疲倦的，肚子也饿了，配着最后的几张药方。楼上有人来叫制药师和副手去吃中饭，他们是同老板在一起吃饭的。

——先生们，白烧儿！——制药师刚刚进去，最后的买主刚刚走出大门，谢里曼就跑进材料房高声的叫着。

——去，去！

——喂，列夫琛珂你去！

列夫琛珂很快的爬到最高的架子上，用自造的钥匙去开那上面的药厨门，这药厨里藏的是酒精，他就拿了一瓶百分之九十五的酒精倒在另外一个玻璃瓶里，并且在里面加上樱桃色的糖蜜和有一点香气的炭轻油。做成了一种很浓厚的饮料，这种饮料在药房里有一

8　就是恩德雷。——译者

种"科学的"名称叫做"白烧"。

看门的和下女把中饭送来了。学徒们搬好凳子，都坐在柜台的周围，他们都很快活的等着喝酒。当看门的和下女走出去了之后，谢里曼不知道从什么地底下拿出那瓶酒来倒在量药的杯子里，那杯子至少可以盛大酒杯一杯半。每一个人都很快活的把这满杯的酒精一下就倒在肚里去了。燃烧得很利害的感觉，呼吸几乎被纯粹的酒精逼住了，各人的眼睛里发着黑暗，经过一分钟以后，他们大大地快活起来了，他们大开了话箱。一下子都说起话来了，但是，谁都不听谁的话。讲了许多无耻的笑话，很尖刻的，骂娘骂祖宗的都骂了出来。什么无聊的工作，互相的排挤，互相的欺侮，和制药师的冲突的悲哀的等待着休息日的希望，一切一切都忘掉了。大家忽然间在压迫的环境之中解放了出来；可以使人想得起和药房生活有关系的那些瓶子杯子罐子等等都丧失了意义，而且现在看起来都没有什么意思了，也没有什么必要了。站在柜子上架子上和抽屉里的这些东西都在偷偷的对着他们看。学徒们把碟子刀子碰得很响，很有胃口的贪吃着，就这么用手拖着一块一块的肉吃，这些肉究竟新鲜不新鲜还是成问题的。大家都赶紧的吃着，因为买主们会来打断他们的中饭，而且他们也正在抢菜吃，惟恐别人抢去了。

列夫琛珂忘记了自己今天的受气，而且没有原因的哈哈大笑起来，在他的青白色的面上燃烧着一些病态的红晕。卡拉谢夫很暗淡地看着壁角，他平常酒喝得愈多就愈加愁闷。可是，谢里曼像鬼一样的转来转去，他提议对于制药师和副手再来一个把戏——把蓖麻油放到他们喝茶的杯子里去，或者再比这种油还要利害的东西，他自己想起这种把戏的结果，就捧着肚子大笑了。

药房里的铃很急的得郎郎的响了。一种习惯了的感觉，——应当立刻就跳起来跑去放买主们进来，就把醉意赶跑了，而且一下子出现在眼前的又是从前的环境。每一个人在无意之中觉得自己又在斗争的状况里面了，这种状况，是整个药房生活的条件所造成的。

——卡拉谢夫，难道不听见吗？你这个混蛋！

——你去罢，又来了，我值班值了一夜，混蛋！

——谢里曼，你去，要知道人家在那里等着呢。

——列夫琛珂，你去罢！

列夫琛珂也张开了口表示着反抗的意思，但是，没有讲话，就被他们从材料房里推了出来。他给了买主所需要的东西，等买主跑出去了，就把一部分的钱放进钱柜里去，放得那么响——使材料房里的人都听得着掉钱的响声。而另外多余的一部分钱就轻轻的放进自己的袋里，回到材料房来了。

卡拉谢夫又倒了白烧，大家都喝了。他们都要想再来一次那样的快活，和痛快的情绪，但是，喝醉酒的第一分钟的快活已经不能够再恢复了。头脑发重了，制药师和副手快要来了。

——孩子们，卡奇卡来了！

学徒们都拥挤到窗前来看，有一位涂粉点胭脂的"半小姐"在行人道上走过来了。她有点儿跷脚，看起来，她用尽一切力量要想走得平些。

——跷脚[9]的女人！

——没有脚的女人！

——卡奇卡走过来！

谢里曼跳到窗台上去，并且做出没有礼貌的手势。

——孩子们，把卡奇卡——来灌一灌白烧！

她走过了，头也不抬，可是很得意的样子，因为大家都在注意她。

——卡拉谢夫，她在等你呢！

9　现代汉语常用"翘脚"。——编者注

——哪，见什么鬼！——卡拉谢夫不满意的说着。大家都钉住了卡拉谢夫。

——立刻叫她到这里来，听见吗？去同她来。

——先生们！她脚跷得好一点了呢。

——叫她来！

大家拉着卡拉谢夫，而他开始发恨并且骂起来了。同平常一样，在无意之中玩笑变成了相骂。

药房里又来了买主。制药师与副手吃了中饭走下来了。制药师立刻指挥他们工作，大家都站到柜台旁边。头脑里轰隆隆的响起来了，非常要想躺下来，并且眼睛也想要闭下来。真想去尝一尝醉醺醺的骚乱的味儿。

——我发寒热了，头在晕着……请准许我……我不能工作——卡拉谢夫走到制药师的面前说。

制药师很凶恶的看着他，并且身体凑近了他，可是，卡拉谢夫很小心的轻轻抑止 [10] 着呼吸，呼出的气竭力的避开制药师的脸。

——又喝了酒?！哼，不知道像什么东西！……猪猡！我说过谁都不准拿一滴酒精。

——谁拿呢？钥匙在你那里，卡拉谢夫很粗鲁的说了，又重新走到自己的位子里，故意不留心的把玻璃瓶子和天秤磕碰着，乒乒乓乓的发响。

七

吃中饭以后的时间更拖得长了。太阳从低处倾斜到屋后面，照耀着屋顶和教堂上的十字架，城里的房屋和街道上面都布满了阴

10　现代汉语常用"抑制"。——编者注

影。暗淡的微光在不知不觉中充满了药房。在架子上的药罐和一切东西的棱角却丧失了显现的状态，而在精神上印着一种慢性的悲哀，不满意的混乱的情绪。

卡拉谢夫想起了自己的房间，在他的幻想之中发见了在他房间里的贫困的环境——一张桌子上堆满着空的药瓶，许多医药上的书籍和一切零碎的废物，一张跷了脚的椅子，床上破烂的粗布被单。并且想到十点钟之后关了药房门大家都上楼去的时候，平常总有一种安静和轻松的感觉，这种感觉现在引起了他的一会儿的幻想。后来，他又记起老板卡尔·伊凡诺微支面上的表示，想起他那走路的神气，他那白胡子，常常皱着的灰白眉毛。当他同学徒们讲话的时候总是这样的看着，仿佛在他面前的是一匹顽强的懒惰的马。这匹马，应当要拿着鞭子来对付似的。卡尔·伊凡诺微支是一个德国人。卡拉谢夫想——"如果把一切德国人都从俄国赶出去，那时候，或许学徒们在药房里的生活就比较的要好些。可是，制药师不是德国人，而也是一个混蛋。"

卡拉谢夫设想着自己做制药师的时候，他想得仔仔细细，——想到他将来生活上的一切，他将来要穿什么衣服，要怎样走路，怎样来对付卡尔·伊凡诺微支，怎样说话，以及怎样来赶这许多学徒。

半明半暗的光线充满着药房，被这光线所引起的情绪已经到了这样的程度：简直遮盖了一切实际情形，虽然他的手还在机械的很快的做着自己的工作，但是，他完全忘记了他自己在什么地方，忘记了在他的周围有些什么东西，——在他的面前完全是一个另外的景象和状态。当有人叫着了他，问他要什么东西的时候，这种叫声才突然把他从幻想中叫回来，这种幻想是一种疲劳和孤独的环境所形成的。

看门的跑来，摆着梯子，爬了很久，后来总算点着了灯。那时，窗子上一下子发了暗，而在街道上的路灯也点着了。凡是经过药店门口的人，只要他走进了从窗子里射出去的那道亮光，在里面的人就可以把他看得很清楚，但是，一会儿他又跑到黑暗里去了。马车的声音渐渐地在城里低下去了。

到十点钟还远得很，卡拉谢夫工作着，一下子又沉醉在他自己的回忆和幻想中。买主们也是如此的萎缩着，真的他们也同样的无聊。好像这样的时间过不完似的。"最好现在就跑出去，到一个和现在完全不同的环境里去，为什么一切都是这样呢？如果这样下去真要死呢。"

那些事情离得很远很远呢，可是，现在不知道为什么都想起来了，而且不知不觉的和买主们的无聊的神气联系起来，并且和黑暗以及无穷无尽的长夜联系起来。卡拉谢夫觉得很不舒服，他转变了一个思想，而想到别方面去了。

一个大学生走到制药师面前低低地说了一些什么。制药师很有礼貌的注意着听他。大学生制服的大衣，上面钉着白铜纽扣，学生装的帽子上有一道蓝箍，他嘴巴上的青年人的胡子刚刚透出皮肤，所有这些惊醒了卡拉谢夫的回忆，这对于他是非常感伤的。如果能够换一换生活，他也许现在可以和这位大学生有同样的地位，也是这样走到药房里来，而且有同样的自由和不拘束的态度同制药师讲话。卡拉谢夫同他的同伴们都属于那些不幸的人，中学校对于这些不幸的人不是母亲而是后母了。青年学生之中有极大的百分数就是药房学徒这一类的人，他们每一年被中学校赶出来，使他们不能够读完。

大学生出去了，而制药师叫卡拉谢夫跑到他面前去，开始检查他刚刚配完了的药方。制药师看看药方，而卡拉谢夫背诵着，他说"Sachari（糖）……"

卡拉谢夫踌躇了一秒钟。他现在很清楚的回忆了起来，在药方里应该要放乳糖的地方，他放进了普通的糖。"Sachari Iast（乳糖）"——他直接的很有勇气的对着制药师的脸坚决的说出了。

"那里，别怕，这是不会毒死的，我还是不说出来好，如果说出来——又要强迫我重新配一次。"制药师在纸上打好了印，并且指挥他包好药瓶。

通常人说——"正确得像在药房里一样"，但是，这太天真了。服务的职员和应做的工作比较起来，常常觉得职员太少。为要赶着配药，他们走来走去的走得很疲劳，而且慌忙的不得了，只要制药师转身一下，学徒们就在背后做错了（至于买主们，他们本来一点儿不知道这些专门技术的），称得最正确的只不过最毒的物质。

卡拉谢夫感觉到脚筋抽起来了，腰也酸了。整个身体里充满着消沉和疲倦。看起来只想要爬到床上去，立刻就会睡得像死人一样，现在世界上无论怎样满意的事都不能来诱惑的了。只要睡觉，睡觉，睡觉。白天里，尤其在吃中饭以前，时候过得非常慢，而且疲倦得很。现在看起来，在太阳没有落山的一天竟不知不觉的过去了。但是黄昏，尤其是晚上，——又像过不完了似的。许多配好的药方已经拿去了，许多买主已经来过了，而透过黑暗的那些零零落落的路灯的火光，仍旧可以在窗子里看得见，药房中间的那盏很大的煤气灯仍旧点着，学徒们、副手们、买主们仍旧是那么样走来走去。他们的脸，衣服和手里的包裹在晚上的光线之下还有一种特殊的色彩，黑暗的阴影也仍旧一动也不动的躲在壁角落里和橱柜之间，而且最主要的是：所有这些情形都永久是自然的、必要的，不可避免的。这个晚上，看起来，简直是无穷无尽的了。

经过半开着的材料房的门，可以看得见恩德雷·列夫琛珂的瘦长的不相称的身子。他在门和柜台之间走来走去，做着很奇怪的手势，身子低下去，手伸出来，仿佛是在空气里指手划脚[11]的。

坐在药房里的人，看着他的动作，觉得可笑而想象不到的。他们都看不见材料房里到处都挂着绳子，恩德雷是在这些绳子上用阿拉伯胶水把标题纸的一头粘在上面晾干。恩德雷在门口走过的时候，在他一方面可以看见两三个买主的身影，一动不动的坐在椅子上，可以看见在柜台后面工作着的学徒，以及一半被药柜遮住的制药师，他老是那么一个姿势，一点儿没有什么变化的。许多瓶的蓖麻油、亚摩尼亚酒精、白德京药水、吴利斯林油，现在放在他面前的柜台上，叫人得到这一天工作的成绩的印象。疲倦之外还加上一种孤独的感觉：人家做工还有些同伴，而他一天到晚只是一个人在这个肮脏的杂乱的光线很暗的非常闷气的材料房里转来转去。

八

"……一……二……三……四……九……十！"钟敲得很准，很清楚，很有劲，明明白白的要大家懂这几下敲得特别有意义。在这一秒钟里面，一切——凡是这一会儿以前的，工作时间所特别有的，那种影响到整个环境的情调都消灭了。而站着不动的天秤，瓶瓶罐罐，量药水的杯子、药柜、椅子和坐在上面等着的买主，黑暗的窗门，一下子都丧失了自己的表现力量和影响，——这些东西，在一秒钟以前，对于学徒们还有那么利害的力量和影响呢。一种脱卸了劳动责任的感觉，——可以立刻就走的可能，把大家都笼罩着了，使过去一天的印象都模糊了。

买主丧失了自己的威权，他们的身子都仿佛缩小了，比较没有意义了，比较客气了。学徒们互相高声的谈话起来了，无拘无束的

11　现代汉语常用"指手画脚"。——编者注

了。看门的把多余的灯灭了，站到门口去等最后的几个买主出去，就好关上门，就好在门旁边的地板上躺下。开始算钱，值班的副手，表示着不高兴的神气，在半明不暗的材料房的柜台上摊开自己的铺盖，而其余的学徒走出药房，很亲热的很快活很兴奋的，沿着黑暗的扶梯上楼去，互相赶着、笑着，说着笑话。

眼睛在乌暗大黑之中，什么也看不清楚，可是脚步走惯了，自然而然一步一步的走到靠近屋顶的阁楼上去。大家都非常之想要运动一下，热闹一下，换一个环境，换一些印象。一分钟以前还觉得是求不到的幸福，——可以躺到床上去睡觉，可以像死人的睡倒一直到早晨，现在可又消灭得无影无踪了。

狭隘的拥挤的肮脏的阁楼现在充满着声音，叫喊和烟气。很低的天花板底下，缭绕着青隐隐的动着的一股股的烟气，这个天花板斜凑着接住屋顶的墙头，所以谁要走到窗口去，就要低着头。

学徒们很高声的讲着话，叫喊着、笑着，抽着烟，互相说着刻薄的话。

屋子中间放着一张很小的桌子，上面铺一块破毡单，还有一瓶白烧、一段香肠、几条腌鱼，很有味的放在窗台上。学徒们很忙碌的脱掉干净的上衣，解开白色的硬领和硬袖。如果有谁来看一看阁楼的情形，他简直要吓退了：现在已经不是穿得很整齐的青年人，而是些破破烂烂的赤脚鬼。大家的衬衫是龌龊的，都是破的，一块一块的破布挂在同样龌龊的身体上。学徒们做着苦工似的工作，只有很少很少的薪水，差不多完全只够做一套外衣，因为老板一定要他们在买主面前穿得齐齐整整干干净净的，而在药房里面衣服是很容易坏的，常常要沾着污点，各种药水和酸类要侵蚀衣服，因此，要买最必须的衬衣的钱就不够了。最小的学徒恩德雷穿的一件衬衫已经有一年没有脱过了，简直只是一块破烂的龌龊的布披在他的身上，那一股恶劣的臭气全靠药房里面常有一种气息遮盖着。他在这个城里，没有一个亲人，没有什么人来招呼他，一直要等到衬衫完全破烂没有用了，他才去买一件新的。

大家围着桌子坐下来，倒着酒就喝起来。一瓶快空了，而大家的脸红了，眼睛发光了。恩德雷飞红的脸，他转动着，给大家分牌。平常在药房里大家认为骂他、赶他，用一切种种方法压迫他是自己的神圣的责任，而现在的恩德雷可已经不是那样的恩德雷了。他有一点儿钱，现在别人和他赌钱，大家都是平等的了。他赶紧利用这个地位，笑着、说着。

赌钱是越赌越长久，通常总是这样的。大家总发生了一种特别的情绪，这是赌钱引起来的：很久的坐着，输钱的冒险，赢钱的高兴，赌的单调，大家移动着脚，摇摆着身子，发出不成句子的声音，开始哼一支歌曲，一会儿又换一支，没有哼完，又打断了。

——发牌了……唉，鬼家伙，糟了！"唉咿，你，小野果儿，红草樱儿，蒲公英儿。"鸡心！你有什么？来了！

阁楼里很挤很气闷，抽烟抽得满屋子都是烟气。空气里面飞着白粉似的灰尘和灯里的煤气。白烧的空瓶在桌子底下滚来滚去。到处都是香肠的皮和腌鱼的骨头。时间早已过得半夜了。仿佛是从城里很远的地方——上帝才知道究竟是在那里——只听得从那黑暗的窗子里传进来，很微弱的钟声敲了一下、两下，两点钟了。

大家都醉得利害。列夫琛珂输了，向大家要借钱。

——唔，滚你的蛋！再多我是不给的了。——卡拉谢夫说。

——我还你就是了。

——滚蛋！

——唔，你们都滚罢！

列夫琛珂站起来走了。卡拉谢夫也站起来要走了，他也输了。

只有谢里曼一个人赢的。赌钱的兴奋过去了,大家在这个闷气的满屋子烟气的空气里,在这个又小又肮脏的屋子里,都觉得非常之疲倦,非常之衰弱。明天早上七点钟就要爬起来,重新又是这么一套。该死的生活!

卡拉谢夫走出去了。脑袋里面被酒醉和输钱的感觉扰乱得非常之不舒服,很想要些夜里的清鲜空气。似乎觉得失掉了什么东西,周围的一切都觉得不是现实的,不是应当有的情形,不是应当占的地位,而只是暂时的、临时的。

他站在梯子上听着。一大座房子里的人都睡着了,周围都已经非常的寂静。他设想往楼下去的扶梯,设想老板的房间——很大的,很宽敞的,桃木地板,弹簧家具,很高的天花板。那里现在已经睡着了:老板自己、他的老婆、孩子、仆人。

如果现在下边的门里面轻轻的走出那个很漂亮的丫头安纽塔,而在黑暗里碰着了他:"呀,谁?""我……我……。"那又怎么样呢?他一定要抓住她的手。卡拉谢夫很紧张的闭住了呼吸,听着。每一秒钟他都觉得底下的门在响起来了。然而周围仍旧是静悄悄的。他感觉到非常之孤独。他走到自己的房间里去,脱掉了衣服躺到床上去,很疲倦的睡着了。

恩德雷也睡下了。他早就想好好的睡着,但躺下了之后,无论如何睡不着。受着酒精的毒的脑筋尽在病态的工作着,把睡梦都赶走了,不给他一刻儿安宁。白天里不以为意的事情——因为工作的关系,没有工夫想到的事情,现在出现在眼睛前面了,引起他的可惜和痛苦。一切都是刚刚相反的:很想要有个人亲热亲热,要幸福、要光明、要清洁,而在回忆之中只有些丑恶的畸形的景象。动作的需要,以及体力上多余的力量的紧张,——这种只有年青人才有的情形,总在不安宁的要求出路的,——而对于他,可已经被一天十四小时的工作所吞没了，被那药房里工作的机械、单调、烦闷、经常的谩骂、冲突，对于老板的毒恨和恐惧所吞没了。酒馆子、热闹地方、弹子房，家里的赌牌和"白烧"——燃烧着脏腑的酒精和酒性油。……周围都是死的、龌龊的、下流的。

为什么？

他不能够答复，他在被窝里呼吸着，觉着黑暗和狭隘的空间里空气都发热了，要闭住他的呼吸了。呼吸很困难了，他熬了一些时候，可是后来，熬不住了，他才把被窝推开些。窗子、椅子、堆着的衣服、睡在床上的卡拉谢夫的影子，在黑暗里面似乎现得更清楚了，然而这不过一会儿的功夫[12]，到了第二分钟，一切都表现着夜里的安静的那种不动不做声不清楚的样子。睡不着，想着自己的地位，想着药房、制药师、学徒，想着幸福。——远远的模糊的不可几及的美丽和新鲜，不给他一刻儿安静。所有这些很奇怪的和夜里的环境，和屋子里的半明不暗的光线，以及沉寂的情景联系着。昨天的一天过去了，过去了，就这么在灰色的单调的日子里面消失了，只剩下一种忧郁的感觉，叫人觉得总有些什么东西缺少似的，而且正是生活之中所必需的东西，于是乎这一天只能够算是白过，不作数的。

一直到窗子上悄悄有一点儿发亮，窗子在黑暗墙壁中间已经更清楚的显现出来，而底下路灯里的火光已经熄了，他然后睡着。可是他在梦里：也在觉着那种单调的永久是仇视的情绪，孤独，以及一去不再来的时间压迫着他。

12　现代汉语常用"工夫"。——编者注

岔道夫

［苏］A. 绥拉菲莫维奇　作　　文尹　译

一

——快！伊凡，快跑，站长叫呢！

伊凡是一个铁路上的岔道夫，四十岁光景的一个百姓，他的脸是瘦瘦的、疲劳的样子，满身沾着煤灰和油腻。他很慌忙的把一把扫雪的扫帚往角落里一放，立刻跑到值日房里去了。

——有什么吩咐？他笔直的站在门口这样说着。站长并没有注意他，继续在那里写字。伊凡笔直的站着，臂膀里夹了一顶帽子。

他不敢再请问了，同时，在这时候的每一分钟对于他都是很贵重的：从今天早晨八点钟就是他的值班，要做的事很多，要收拾火车站，预备明天过节，要打扫道路，要管理信号机那里的指路针和链条，要擦干净所有的洋灯和灯罩，要加洋油，要劈好两天的柴，预备过节，还要把这些柴搬到火车站上的房子里去，要收拾头二等的候车室，——还有许多别的事情应当做的，都在他的脑筋中一件件的想着。已经四点多钟了，黄昏来了，应当去点着信号机上的火呢。

伊凡把自己的很脏的手放在嘴上，很小心的咳嗽了一声，为的要使那位站长来注意他。

——在信号机上的灯还没有点着吗？站长抬起了头对他说。

——没有，现在我就去点。

——去点着来，在牛棚里要弄弄干净呢，那牛粪已经堆满着脚膝了，从来都不肯照着时间做事的，因此牛的蹄会要发痛呢。

——第五号的货车过十分钟就要来了，伊凡很小心的站着对他说。

——唔，送出车子之后，再去收拾……

——是，是，知道了。

反驳是不能够的了。伊凡把门带上了转身过去，就跑进了洋灯间。在极小的一间房间里，小得像柜子似的，架子上放着大小不同的二十盏洋灯，都擦得很亮很干净的。伊凡就在这里拿了几盏放在一只大铅皮箱里，走到信号机那里去了。

静悄悄的，冰冻的空气，风刮着耳朵，刮着脸和手。冬天的黄昏静悄悄的罩下来，罩在车站的屋子上面，罩在铁道上面，罩在一般居民的房屋上面。在雪地上的脚步，发出一种琐碎的声音。这里那里，到处都是一些做完了工作的人影儿来往着，这些人都在那里等着明天过节的休息，总算可以离开一下那些整天做不完的工作和永远忧虑的生活。

伊凡从这个信号机跑到那个信号机，把灯放进去。沿着铁路，这里和那里都点着了绿的红的火，而在天上也同时点着了许许多多的星，在透明的冬天的黄昏里，闪烁着，放射着自己的光线。

二

从很远很远的火车路上发出了一个单调的拖长而悲伤的声响，这个声响停在冰冻的空气里面凝结住了。伊凡倾听了一秒钟，然后跑到一间小屋子里抓了风灯和号筒，就尽力的沿着火车路跑到车站外面最远的那个信号机那里去，在荒野的雪地之中的那个信号机上面，亮着一颗孤独的红星。跑得这样远，总算到了信号机。伊凡抓着杠杆，用脚踏着，拔了一拔：那根链条轧轧地响了，铁轨也发着响声移到了预备轨道上。从远远的地方发见了一团乌黑的模糊的怪物,跟着这个怪物渐渐地长大起来了,愈看愈大,好像是从地底下爬出来似的。前面两只有火的眼睛闪着。现在已经很明显的听得见汽笛的声音,这个声音散布到各处,而在冰冻的空气里面凝住了,听起来,这声音似乎不会完的了。已经看得出火车了,它转弯了,它的笨重的身体在压着铁轨发抖,而那个不可以忍耐的叫声已经刺到耳朵里了,但是最后,这声音打断了,又短短的叫了三声。

那时候,伊凡把号筒放在嘴唇上,做出一种特别的样子,脸孔都涨得通红。号筒发出那种拖长而尖利的、愁闷而抱怨的声音,和着汽笛声,同那火车走进来的轰隆轰隆的声音互相呼应着。这些声音使人听了心都会缩紧呢。它延长得使人绝望——永久是同样的声调,在冰冻的黄昏里面,在平原的雪地里面,沿着无穷无尽的轨道传到遥远的地方去。

看起来,这个号筒的可怜的声音,仿佛在那里这样说:反正没有什么紧急的地方要去,在周围永久是那么个样子,在前面的车站,和已经走过的八九十个车站,都是一个样的,永久是那么样的车站的房屋,永久是那么样的汽笛声、月台、站长、职员们,岔开的预备轨道。在那里,也是一样的愁闷和烦恼,每个人只管自己的事情,自己的思想,每个人都在等着回家去过节,而又始终等不到,谁也管不着那些现在冻在车厢之间的接车板上的人,以及在那轰隆轰隆开动着的火车头的器械旁边,很紧张的望着远处的人。但是到了后来,那号筒仿佛想起了一个别的念头,愉快的简短的吹了三次:嘟……嘟……嘟……似乎在说:虽然是愁闷和烦恼,虽然永久都是一个样子,但是,他们总算可以跑到车站里去,喝一杯烧酒,吃几块不好的盐鱼,烘烘火,同车站上的职员谈谈话,而到了时候又上车子去了。要知道生活都如此的：劳动，劳动，从这一天到那一天，从这一星期到那一星期，从这一个月到那一个月，从这一年到那一年，也不知道什么叫休息，那是简直忘记的了。当你等着了上帝的节日的时候，也仿佛这火车到了很荒僻的车站上，这样等在那第三条预备轨道上一样的！

火车头仿佛听话起来了，它已经完全冲到了信号机那边，吹嘘着，喘着气，而它那鼻孔里放出来的白沫喷到两旁边，铺在冰冻的沉默的土地上。它仿佛开始停止运动了，一辆一辆的车厢磕碰着，推动着，缓冲板上发着声响。伊凡扳着那根杠杆，而火车忙碌着，磕碰着，钢铁和钢铁互相撞着响着，开始转弯到那预备轨道上。火车头走过了信号机，后来，接连的走过一辆一辆的货车，他们已走过了二十、三十节了，他们都是这样冲着，推着的走过去，难得看见几个工人的人影儿，站在车子上。这是很大的一列装货的火车。末了一辆的车子也走过了，它后面的红灯，在冰冻的云雾里面闪动着。

那个岔道夫追赶着火车，为的是要把火车移到最后的信号机那边的别一条预备轨道上去，虽然火车已经走得很慢，而且愈走愈慢了，可是，要追着它是非常之困难的。伊凡喘着气，觉得自己的脚在发软了，他追随在最后的一辆车子的旁边，没有力量能够去握住车辆上的拉手。他去握了两次，但是冻得发了麻的手始终滑下来，他几乎跌倒在车轮下面。最后的一次，总算他跳上了车上踏板，拉住了几分钟，动也不敢动的握住了拉手，几乎他要呼吸都不可能。火车走得非常慢了，经过车站，月台很沉静的往后浮动。

岔道夫跳了下来，追过火车，跑向木棚那边去，这木棚里汇聚了几个信号机上的链条。"唉，见鬼！"他抱怨的说，总算追过了火车头。他很快的跳进了木棚，那边竖着一大堆的信号机的杠杆。他在这里扳了一根，火车就走上了预备轨道，简直站在田地的旁边离着车站更远了。它应该要他这里等着，让邮车过去。岔道夫又把杠杆扳了一扳，把轨道接到大路上去，邮车应该要在这条路上走的。

"唉，现在，可以去洗牛棚去了，"——他这样决定，他经过车站走向后面的房子里去。

——你到什么地方去？副站长对他说。

——站长命令我，要我去洗牛棚……

——月台为什么不去扫呢？

——站长命令要去……洗……

——早就应当做好的，明天要过节，在我们车站里走都不能走了，肮脏可以堆没脚膝，现在就去扫！

——是，是，是。

副站长走了，但是他停下来又叫起来了：

——在晚上你要给我拖柴来，要够两天用的。不然，你们这些酒鬼，到了过节的那两天，连尾巴都抓不到了。

——是……是……是。

副站长去了。伊凡拿着扫帚开始扫月台去了，"出奇的事！"——他拿着扫帚使劲的从右边扫到左边，自言自语的说，"只有我一个人，现在要劈开来做，就是长出七个头来也是不够的……"

——唉，伊凡。

——有什么吩咐？岔道夫说着，跑到行李房的门口去，在那里站着一位行李房的主任。

你到什么地方去了，鬼把你迷住了，发什么痴还没有到过节就赶紧去嚼蛆了。到现在，头等车室里的灯还没有点着，客人们已经开始来了，那边还是乌黑大暗的，不愿意做，就滚你的蛋！

——记是记得的，瓦西里·瓦西里维支。伊凡·彼得洛维支[1]命令我去扫月台，而站长老爷要我去收拾牛棚……

——月台，月台！早就应该做了……现在去点灯罢。

——是……是……是。

伊凡放了扫帚跑到头等车室去点灯，这里客人已经聚集了。看他们的神气和举动，看他们在屋子里走来走去付钱给挑夫，伊凡已经看得出他们的样子是在沉默的等待着节日到来。他们可以离开一下工作和思虑，去休息休息了。

伊凡点了灯，跑到月台，扫好地。总算扫好了月台，他恐怕又有什么人要来差遣他，或者还有什么事要他去做，他就赶紧跑到柴间里去。劈好的柴是没有，——要劈起来。伊凡就起劲的做着工作。应该要预备好车站上一切房间里要用的柴，这还不算：还要劈好些柴送到站长和副站长的灶间去。固然他们自己有用人，本来这些工作不是他一定要做的。——他必需做的，只是看守信号机和铁道的工作。然而上头有命令——也就逃不了。伊凡挥着斧头，哼呵哈呵的劈着柴，柴爿尽着散开来。大堆的柴爿一点点的多起来了。

"应该够了罢，"——他想，为得要快点做完，快点送出去，他把柴捆做很大的捆头。但是，当他把捆好了的柴放在背上的时候，他感觉得太多了。他背着很重的柴，弯着背，摇摇摆摆的扶着墙壁和门框走着。他始终不肯丢掉一些，要快些做，要一下子都送完才好。他把四捆送到车站屋子里去了，可是，在二层楼的站长和副站长那里，应该还要送去，这是最困难的工作呵。腿在弯下去了，脚在抖着。很紧张的，他勉强的一步一步走上扶梯去，每一分钟他都在恐怕要连人带柴一起滚下扶梯去。总算他走到了副站长的灶间里，把柴卸下来。

1　副站长的名字。——译者

——为什么这样晚才拿来？我为着你等在这里，收拾不完了，地板又不能洗，一切都堆在一起了，副站长的厨娘迎着伊凡说，这位厨娘最会吵闹，同人家是合不来的，她有着一个红鼻子，常常是"上足了火药的"。[2]

伊凡也发恨起来了。

——是的，你不会早一点嚼蛆，早一点叫喊的么，什么晚不晚！我是应该替你受气的，还是什么？

——嘿，你，这个酒鬼！嘿，你，这个倒霉的家伙！你这个鬼东西，咒你这个该杀的，该杀的，一万个该杀的！以后，我不准你这个烂畜生的嘴脸上我的门槛！是的，我立刻就告诉东家……——厨娘做出一种很坚决的姿势要走进房间去。

伊凡怕起来了。

——马克里达·史披里多诺夫娜，请原谅……我对你，要晓得，总是很敬重的，我很高兴……我来帮你把洗的东西拿出去，好不好？

还没有等她的回答，他就拿了盆子跑去倒掉了水，那位史披里多诺夫娜就软下来了。

——唔，拿水来罢。

伊凡拿了水。

——要烧茶壶的柴劈一劈罢？过节的日子，就没有功夫了。

"唔，蛮横的婆娘，拿她有什么办法。"——伊凡劈着柴，想着——"上帝，人家气都喘不过来，她还要……一点也没有办法，她要去告诉的。"

他做完了，嘴里咕哩咕噜[3]的说着："把人来当作马骑了"，就走到牛棚里去，在那里，站长的牛站着，它似乎很感伤的在那里嚼着

---

2 "上足了火药"是"发气""起劲"的意思。——译者
3 现代汉语常用"叽里咕噜"。——编者注

胃里反出来的东西，很冷淡的对着走进去的伊凡看看。

喂，木头！伊凡叫了一声，你这个草包，旋转身来！他用着铁铲子用力的在牛身上一打，那只老实的牛移动了一下，举起了他那受着伤的一只脚。伊凡就开始作工了，他发狠的搬着牛粪。

——这样多的牛粪从什么地方来的！只晓得贪吃、拉屎。要是多给些牛奶还不用说了，不然简直是枉吃了这些草料。即使给我镀了金，我也不愿意养这样的畜生。站长是……怕在市场上牛奶太少吗？只要有钱，去买好了。养这样的贪吃货，它要把你吃穷了。只要看一看牛粪就堆了这样多！呵……呵……这个怪物要杀死你才好！

他又用铲子狠心的打着那只并没有犯什么罪的牛，那牛也不知道为什么它要受着这样的处罚，它只是避到墙壁那边去。

伊凡的汗都流出来了，他觉得非常之疲倦，疲倦得再不能工作下去的样子，但是，应该要做完它的，不然，真要命了。

总算把粪搬完了。伊凡又在牛身上打了两下，才把铲子放在壁角落里，跑到车站上去了。

三

刚才到的货车上的看车夫，在杂货摊的桌子旁边烘茶壶。伊凡跑到桌子边，拿了一杯烧酒，喝了，咳着嗽，咬着一块有臭气的盐鱼，他另外又买了一瓶酒，为的要到家里去好好的过一过节。把那瓶酒塞在袋里，他就跑到那间木棚里去，拿锁匙和锤子，要在邮车未到之前去看一看铁轨。他走着又停下来了，想了一想：假使把酒带了去呢，那末可以打碎了这瓶高贵的酒，如果放在这木棚里呢，那末换班的人会发现的，并且一定要偷去的，——他的鼻子像狗一样的灵。"把酒送回家里去罢，"——伊凡决定了，离开铁路很急忙的就跑，从铁路跑到那间小房子有三十码光景，在那里亮着的小窗子似乎正在欢迎他。

伊凡在窗子里望了一望：小房里一个大火炉常常是很脏的，不舒服的，瓶瓶罐罐挤做一堆，还有一切家常的废物，——现在已经收拾好了，地板上已经刷过，墙壁也刷白了，占了半房间的火炉上面画着蓝色的雄鸡。在壁角前面神像底下的那张粗蠢的桌子上面，盖着很清洁的桌布。在神像那里，点着蜡烛，发闪的光照着很低的天花板，蓝色的雄鸡和小孩子们的光头。伊凡有八个小孩，有一个还在摇篮里摇着。

孩子们很焦急的等着父亲回家吃夜饭，虽然他们的头已经向下垂着尽在打盹了。这些蓝色的雄鸡，刷白了的墙壁，摊着的桌布，——一切一切给了伊凡一种休息和安宁的感觉，这休息和安宁是在等着他。

他敲着那窗门，主妇出来了。

——什么人？她看着天上微弱的星光而问道。

——拿去，放在木棚里要给别人偷去的。

——难道你值班完了吗？

——没有，现在就要去看铁轨的。

——值班之后，不要长久的坐在那里，小孩们要睡觉了。

——过半点钟就来，一下子邮车就要来了，送走了这班邮车我就回家。

伊凡重新赶快的跑到铁路那里去，拿着手提灯照着，拿锤子敲敲，沿着轨道走去，旋旋活动了的螺丝钉。他看看信号机，试试信号机的链子—— 一切都很好的，他就跑到车站上去了。

四

沉重的一列邮车，用着两个车头，很响的轰隆轰隆的开过来了。雪的旋风在他的车轮之下卷着，一股股的黑烟从他的车头的两个烟通里喷出来，两边的白汽喷到很远的地方，车子里的人都挤得紧紧的。管车的人从这辆跑到那一辆的走着，收着票子。在前面车头上的汽笛很粗鲁的叫了起来。

旅客们拿下了架子上面的箱子，包裹，卷好了枕头，火车开始停下来了。车轮上的制动机轧紧来，发出了咭哩卡拉[4]的响声。

火车刚刚走近月台，伊凡照着站长的指示敲了第一次的钟，——在此地只不过停车两分钟，——他很快的跑进了行李车箱里，立刻就拖出在此地下车的旅客们的行李。

他用尽力量搬出箱子皮包等等，寻找所需要的号码，把背下来的行李放在小货车上，送到行李房去。

——伊凡，你见了什么鬼！第二次的钟声呢，人家给你说……

小小的钟声很明白的敲了两次。

——快跑，把开车记号拿出去！

岔道夫拿了"记号"推开别人，沿着月台跑到火车头那边去。火车很长，要经过整列车子，才赶得着火车头。司机工人从自己的位置上弯出身子来，接了伊凡手上的"记号"。伊凡跑得喘气了。

——第三次！他感觉得他的心在跳着，他重新跑到钟边敲了三下。总管车把叫子一吹，车头上的汽笛发怒似的不愿意似的叫了起来。火车就向前一冲，发出了铁响的声音，开始走动了。月台向后面退，而那些车子摇动着，轮子很合拍子似的敲着铁轨，一辆一辆

4　现代汉语常用"叽里卡拉"。——编者注

的沿着轨道开过去了。

伊凡可以轻松的透一口气了。他是隔一天值一次班的，每次在晚上十点钟的时候，总是那样的要把自己劈开来才来得及：要卸下行李，要敲钟，要拿开车记号给司机工人，要跑过去开开信号机，这是说：他每次所做的工作至少应当分作两个人做的事。这样的工作，他已经继续做了二十二年。

这二十二年把他的精力都吃光了。他觉得他自己仅仅能够做的，而且将要终生终世做的，就只有这些：——跑到信号机那边扳动信号，敲敲钟，点点灯。他认为这些工作是最容易的最适当的最好的工作了。他感觉到除此之外，他也没有别的能力，没有别的用处了。他有八个孩子，而他每一个月只得到十五个卢布。因此他在跑到信号机，送出火车，点着洋油灯，收拾牛棚，打扫月台的时候，他总带着一个同样的思想和同样的感觉：就是恐怖着——"没有什么做错的罢，没有什么做得不谨慎的罢，没有什么意外的事发生罢。"二十二年的工作做得他这个样子的了，"或许可以换一个环境"的念头，从来没有跑到他的脑袋里去过。除出铁路上的工作日程、车站、轨道、月台之外，对于他是什么也没有的了，在晚上十点钟送出邮车之后，他的值班完了，只在这个时候他可以轻松的透一口气，压在他背上的恐怖，和等待着什么不平的事会发生的重担，可以离开他了。

今天就到了这时候了，当火车走过月台之后，伊凡就感觉异乎寻常的疲倦，这种疲倦当他在值班之后常常会有的。他感觉到这个时候，他的那一副重担总算卸下了。他举起了右手正要在胸口划十字[5]，忽然他的手凝住了，一个恐怖的思想烧着他的心头：当送走货车之后，他忘记把信号机的杠杆扳到大轨道上来，邮车现在要走这条大轨道了。整个的恐怖，整个的责任心的绝望抓住了他，他抛了帽子，带着苍白的脸色，赶快往前追赶那边远远的，正在走的火车后面的红灯。

已经迟了！呵，呵，在淡白的黄昏的夜色里，在轨道上两个不动的凶恶的巨大的东西要相撞了，要发出震聋的大声，冲向天空去了，而且不像人的叫喊要充满冰冻的冬天的夜晚。

为的要避免听见这种声音，伊凡就跑到在旁边的一条轨道上面去，——沿着这条路在这个时候正走着一个预备车头。他喘着气，他跑到那里倒在一条铁轨上，——走近来的车头上的很亮的反射灯，正照耀着这条铁轨。

在这几秒钟之内，他生活里的一切，他被反射灯照耀进去了，站在他前面的，是今天一天的"完结"：值班……月台……灯……柴……牛……有蓝色的雄鸡的壁炉……孩子的光头，决定命运的信号机！

在这个非常紧张的时候，忽然在他面前很奇异的很清楚的记起来了：他扳过了信号机，扳到了大轨上去了的……我的上帝，他把信号机放得好好的……他记错了，而且邮车也很平安的沿着大轨道走过去了……

伊凡绝望的喊了一声，用尽力量要从轨道上滚开去，但是，在这最短的一秒钟，车头已经冲来了，整个的钢铁，烧红了的煤和……都在他的身上卷过，而截断了他的呼吸。

五

预备车头上的司机，站在自己的位置上，望着前面迎上来的，被很亮的光照耀着的轨道。一个一个信号机闪过去。他拉着汽笛叫了几声。轮子在交叉路上碰着轨道发出转动的声音，绿色的灯火闪了过去，木棚在黑暗里现了出来，一会儿又不看见了。他忽然间像发狂似的跑到调节机那边，而且叫出了好像不是自己的声音："停车，"而副手自己也已经用尽了一切力量扳着刹车机的机关，要把车停下来。

——上帝呀，有什么人轧死了呢！

刹车的制动机和车轮都发出了响声，水蒸气从开开的管子里飞出来了。从车头下面发出了一种非人的叫喊："阿唷"……一下子没有了声音了。车头还冲了丈把路才停止下来。

司机工人和副手都跳了下来，在底下看不见什么，在黑暗之中很大的风刮过眼睛。副手跑去拿了风灯照了一下：看见在铁轨中间，摆着轧断了的两个脚掌，在车头之下的轮子外面，看得出有一个人在那里。

——看呀，轧死人了，圣母娘娘……

副手到过了车站上，许多人跑来了。车头向后退了一些，有人侧着身体去看那躺着的人：

——死了！

大家都静默着脱了帽子，划着十字。伊凡动也不动的躺在轨道中间。他的头很不自然的曲在旁边，突出了眼睛。风灯的环子套在他右手上面，手腕上已经裂开的皮肤一直勒到了肩膀上，像一只血的袖子，手臂已经在肩头那边拗断了，弯在头的后面，而左边的肋骨深深的压进了胸膛。

在群众之中听得很低很慎重的说话：他们在问着，为什么发生这种不幸的事，是不是他喝了酒，机器压上他的时候，他叫了没有？什么人都不能够解答出来。

——这只有我看见了的，司机工人震动得连声音都变了，他对周围的人说，我看见信号机上的灯光闪动着，我想要立刻停车了，刚要转身过来，一看他在那里，在风灯的旁边……我叫了……上帝……而他叫得……我眼睛里发黑了，明知道在车头之下有个人在那里，但是我一点也没有办法了……司机的声音打断了。

一阵风吹过来了，响动着，一股白雪卷过来散在死人和站着的人的身上。在车头上压住的蒸气，吓人的沸腾起来。司机的走到车上自己的位置里，扳了一扳机器上的柄：蒸气突然的冲在底下了，和暖的温气裹住了大家。

——他走过去，自己都没有想到，大约他是走到信号机那里去的，车头滚在他上面了。

——你看那个号筒都压得这个样子，他自己大概被风灯札住了，身子转了过来，不然他会轧成两半个呢。

一下子又恢复了沉默。风又卷起了一阵雪，响动着。

——叫人去报告站长没有？

——刚才去了。

——他的老婆会大哭，还有八个小孩子呢。

从车站里出现了灯光，在黑暗中已经看得见人们的侧影，站长跑来了。一堆的人群散开了一下。站长把职员手里的风灯拿过去，照了一照死人的身体。在一会儿，那亮光闪过站在那里的集中注意的人们的脸上，闪过铁路的轨道和枕木，落到了受苦的变相的死人脸上。不会动了的死人的眼睛突出在那里。站长微微的转身了一下，命令他们收拾尸体，放到空的车子里去。

拿了板床来，抬起了尸首，他已经僵了，轧断了的手一点没有气力的垂下了，宕着。

——怎么呢，得拿齐了……抬的人之中有一个很谨慎的说，——仿佛说不出似的。

——在那里，副手指着那黑地里。

一个人拿着灯沿着轨道向前走了几步，看得见他在那里，低下身去拣了什么起来，回转身来很注意的把轧断了的脚放在板床上。

死人抬走了，放到了空车子里，这辆空车子很孤独的站在预备轨道上。

在当地出事的记录里面这样写着："十一月某日在某某站的铁路上，夜里十一点钟，五号预备车头开进车厂的时候，轧死了一个自己不小心的值班的岔道夫，农民[6]伊凡·葛腊西莫夫·彼里帕莎夫——沃尔洛夫省，狄美央诺夫区，乌里英诺村人。"

六

早上十点钟以后，大家在月台上散步，他们在等待着火车。此地已经接到了电报，说火车已经从前一站开出来了。旅客们拿好了箱子包裹篮子从车站的客堂里出来，走到铁道那边的月台上去，都望着火车要来的那一方面。宪兵们的马靴上的靴刺响着，他们很小心的带着怀疑的望着周围。装行李的小车沿着水门汀路拉过来，推开了来往的行人。灌油的小工拿着长长的锤子和漏斗，很急忙的跑来，虽然很冷，他还只穿着一件沾着油迹的，没有带子的蓝布短衫。站长走出来了，是很胖的一位老爷，戴着红色的帽子和金丝边的眼镜，头稍稍向上仰着，看起来，他是一位时常发惯命令的人。

在这个时候，一个女人从人堆里穿出来，她不断的望着，仿佛她要找寻什么人似的。她的脸和眼睛都是红的，在稀少的睫毛上面，在发肿了的仿佛少许有点擦破了的太阳穴上面，堆着孤苦的眼

---

6 帝俄时代"农民"在公文上是一种身份的称呼，一般的总有"农民"某某、"市民"某某、"贵族"某某的头衔；不论资本家、工人、医生……都有这种指明"出身的身份"的称呼。——译者

泪，直流下来。她竭力的要想熬住它，用包头布的边缘不断的揩着，时常把眼睛躲在包头布后面。但是她一见了站长，熬不住的眼泪就从她的眼睛里落了下来。她走到他前面，捏紧了在手里的包头布按着嘴巴，像要说什么，但是她熬不住了，忽然间意外的哭声，充满了车站，因此大家都无意中的来看她，站长很不好意思的稍微蹙着额，皱着眉头：

——为什么这个样子，你为什么，老太婆？

——呀……呀……上帝，轧……杀……轧……杀……

周围的人都来看了，一个跟一个的伸长了颈项，竭力去看站长和哭喊着的老太婆。

——她为什么哭？互相的问着。

——昨天这里有个人轧死了，他们这样的说。

"穿得清洁"些的人离开了，远远的看着发生着的事件。

——为什么是这个样子呢？

——昨天死的岔道夫的老婆，在胸前挂着铜牌子的一位瘦长的职工对着站长解说。

——你要怎么样？老太婆？

——我的天老爷……现在怎么办？……想也想不到的。猜也猜不到的……他昨天值班时候还奔回去了一次……说就来……就来呵……呵……当她说着丈夫说"就来"的时候，她又熬不住了：她两只手捧着自己的瘦小的胸膛，像发精神病似的号哭起来了。

——跟我来！站长叫她，他向车站里走去，要使那女人离开群众。

她跟在他的后面，低着头，仍旧那样的抽搐的哭着。

——你究竟要什么，帮助你些什么？

——老爷，现在，我同这些没有了父亲的小孩子，怎样办呢，饭都没有吃……求你开开恩，铁路局里能不能够帮助我点什么呢？

站长从袋里拿出钱包，给了女人三个卢布。

——这是我自己拿出来的，懂吗！我给的，用我私人的资格给的，随便罢，当作别个人给的也一样。而铁路局里一点都不给的，它不负这样的责任的。你的丈夫是自己不小心轧死的。他不小心，懂了吗？铁路局是不负这样事件的责任的。

——我们怎样办呢？……听说可以请求抚恤费的，不然，我同小孩子们只好饿死……基督上帝请求你，开开恩罢，不要不理我……

——给你说过了，铁路局不负这个责任的。你解说给她听，站长对着走过来的一位管车的说，局里是一点都不给的。当然的，可以去上诉，但是没有什么用处的，不过枉化金钱和时间罢了。

站长出去了，女人站在原来的地方，她的哭声咽住了，她在发抖，不断的用包头布擦着眼睛和红的湿的脸。

——唔，怎么，亚列克谢耶夫娜，现在走罢，站长说过不能够，是不能够的了。他自己能够帮助多少，已经给了你，总算是好人，铁路局方面是不负责任的。要是这是铁路局不好，那自然可以上诉的，可是现在这样是没有办法的了。唔，走罢，走罢，亚列克谢耶夫娜，火车马上就要来了。

她一点不做声的走了，站在月台上的人，看见她沿着铁路走过去，一个宪兵对她说："走过去，走过去，——火车立刻来了。"后来她从铁轨旁边走下去了，在那时候，她的包头布还从车站园子里的枯树里闪过，后来她就消失在最后的几棵树的外面了。

革命的英雄们

[苏]D.孚尔玛诺夫

一九二〇年的八月初，乌兰该尔[1]派了几千他的精兵从克里木向古班方面去。指挥这个部队的是乌拉该——乌拉该尔的最亲密的同事的一个。这计划的目的，是在鼓动古班哥萨克，来反对苏维埃政权，仗了他们的帮助，将这推翻，并且安排由海道运送粮食到克里木去。白军在阿梭夫海岸的三处地方上了陆，自由自在地前进。没有人来阻碍他们的进行，他们挨次将村庄占领。于是渐渐逼近了这地方的中枢——克拉斯诺达尔市了。

古班就纷扰起来。第九军的各联队，好像刺毛似的布满了各处，还编成了工农自卫团和义勇兵的部队。独有克拉斯诺达尔市，却在这不太平时候，准备了六千自愿参加战斗的劳动者！

乌拉该的部队向前进行，又得意又放心，一面天天等着哥萨克的发生暴动，成千的，而且成万的来帮他们。他们等待着义勇的哥萨克联队，他们等待着红军后方的恐怖行为，他们等待着援军，敌人的崩溃和消灭。

然而什么也没有发见。哥萨克们因为经过了内战的长期考试的磨炼，都明白红军的实力和苏维埃政府的稳固，不会相信乌拉该的冒险的成功了。所以他们就非常平静，毫不想到忙着去帮白系将军去。自然，有钱的哥萨克们，是不很欢迎粮食税的，他们也不高兴禁止自由买卖和贫农的无限的需索——但是虽然有这些的不满，他

1　白军的将军。——译者

们却不敢再像一九一八年那样，对于有力的苏维埃政府去反抗了。但事情即使是这样，白军的侵入却还是很利害。于是大家就必须赶紧将敌军防止，对峙起来，并且用竭力的一击，将他们消灭。

"不是赶走——而是消灭。"那时托罗茨基命令说。古班便即拼命的准备，要来执行这新的重要的任务了。

到八月底，敌人离古班地方的首都克拉斯诺达尔市，已只四五十启罗密达 [2] 了。这时便来了托罗茨基。议定许多新的紧急的策略，以排除逼近的危险。后来成了最重要的那一个策略，也就包含在这些里面的。一队的赤色别动队 [3]，派到敌军的后方去了。红军的一小队，是用船从古班河往下走，以冲敌军的背后。他们须下航一百五十启罗密达，才能到乌拉该的司令部。同志郭甫久鹤 [4] 被任为别动队司令，大家又推我当了兵站部的委员。

我们的任务，是在突然之间，出乎意料之外的给敌军一下打击，使他们出不得头，发生一种恐怖——简短的说，就是要给他们碰一个大钉子。

计划是成功了。

古班的内海上，停着三条船："先知伊里亚""盖达玛克"和"慈善家"。都是很坏的匣儿，又旧，又破烂。好容易，一个钟头才能前进七启罗到八启罗。我们这赤色别动队，就得坐在这些船和四只拖船上，向敌军的后方去。

海岸上面，整天充满着异常的活动。必须在几个钟头内，将兵丁编好，武装起来，并且准备着行军。又得搬运粮食，而且还有事，

2　1 km 约中国三百三十丈。——译者

3　属于别动队的，又编成一个小队，用船送到某一方面去，以备在该地方施行战斗的行动。——作者

4　Kovtiuch，即《铁流》中所描写的郭如鹤，实有其人，今尚在。——译者

是修理那些老朽的——对不起得很——船只。摩托车来来去去的飞驰，骑马的从岸边跑进市里去，我们所有的两尊炮，也发着大声搬下去了。装着小麦、粮草和军器的车子，闹嚷嚷的滚来。到了一队赤卫军，率领的是一个没有见过的司令，他们立刻抓起那装得沉甸甸的袋子和箱子，驮在肩上，运下船去，消失在冷藏库的黑洞里了。搬弹药箱总是两个人，更其沉重的就四个。很小心的拿，很小心的搬，很小心的放在冷藏库里面——司令叫过的：要小心！不要落下了弹药！但在搬运那大个子的罗宋面包的时候，却有的是欢笑和高兴了。它就像皮球一般，从这人抛到那人的手里。这传递面包于是也成了比赛，都想显出自己的适当和敏捷来。重有二十磅的大面包，也常常抛在那正在想些什么，没有注意的青年的头上，但便由他的邻人，早经含了嘲笑，看着这有趣事情的接住了。

有一回，一个人站在跳板上打了打呵欠，他的帽子就被谁打在水里了，看见的人们都大笑起来。"这是风暴呵，"有一个说，"这是连衣服都会给剥去的。"

"你呆什么呀，赶快浮过去罢，还不算迟哩。"别一个说，还有第三个想显显他的滑稽，便指着船道，"试一试罢，你坐了船去，该能捞着的。"自从出了这件事，我们这些家伙便都除下了帽子。站在岸边的就将它抛在地面上，别的人们是藏在衣袋里，塞在皮带下或另外什么处所去了。

装货还没有完。新的部队开到了，是活泼而有趣的队伍。他们随即散开，夹在人丛中，而且也随即开始了跑、拉、骂和笑。

手里捏着工作器具，工人从工场里跑来了，他们说着笑话，和赤卫军谈着天，也就消失在船的肚子里。岸上到处是小贩女人卖着西瓜，多汁的成熟的西瓜。矮小的少年，又干练、又机灵，嚷着，叫着，到处奔跑，用唱歌似的声音兜售着烟卷。闲散的看客，好事的昏人，在岸边站成围墙，莫名其妙的在窥探，无论那里都塞进他的鼻子去，发出愚问，竭力的打听，并且想从我们这里探些底细去。如果他们看饱了，就跑到市上，去散布最没常识的消息，还要确证那些事情的真确，是他在那里实在"亲眼看见"的。

不消说，这里是也有侦探的，但他们也参不透这显得堂皇而且明白的准备的秘密。——很堂皇，很明白，然而却是很秘密。这些船开到那里去，这些船装的是什么人，开这些船为了什么事，在大家都是一个秘密。连我们的司令，我们负着责任的同事们，也没有完全知道的。

我们工作的成功的第一条件，是严重的守秘密。秘密是必须十分小心的保守起来的，因为倘使在克拉斯诺达尔市里有谁一知道——三个钟头以内，乌拉该的司令部也就知道了。为什么呢，为的是在内战时候，白系的哥萨克们已经清清楚楚的懂得了运用他们的"哥萨克式乌松苦拉克"（乌松苦拉克是这地方的一种习惯之称，有人一知道什么事，便立刻告知他的邻居，即使他住的有好几启罗密达之远，也前去通报。契尔吉斯人如果得到一点消息，便跳上他的马，向广阔的平原、危险的山路飞跑而去，虽是完全不关紧要的事件，在很短的时间中，连极荒僻的处所也早已知道了）。假使乌拉该预先晓得一点我们的登陆的事，那么我们的计划就不值一文烂铅钱。他马上会安排好"客气的招待"，用几个水雷、十枝或十五枝枪、一两尊炮，古班河便成了我们大家的坟墓了。因为在狭窄的河里，想逃命是做不到的。

秘密被严守了下去。

好事之徒的质问，在一无所知的人们的莫名其妙的唠叨话上撞碎了，战士呢——是既不想听新闻，也毫没有什么牵挂。只有尖鼻子而满脸雀斑的炮兵柯久奔珂，问过一次他的邻人道："去救，救什么？""这很明白，总不是自己。"那邻人不满足似的打断了他的问。交谈也就完结了。

红军士兵全是童话样的人物。彼此很相像。都是义勇劳动者，工人团的团员，党和青年团的同志。一句话——是青年，能和他们去干最重大的计划的。

我们一共有枪八百枝、长刀九十柄、机关枪十架和轻的野战炮两尊。是一枝小小的，但是精练的部队。

午后——不到四点钟——开拔的准备统统齐全了。装着弹药的最末的一个箱子已经搬下，摩托车装在舱面上，跑得乏极了的马匹也都系好，人们就只在等候医药品。然而关于这东西，是总不过一件伤心故事的。等来等去，到底等不到，于是我们也就出发了，几乎毫没有什么药品和绷带材料的准备。

跳板抽回到汽船和拖船上，湿漉漉的肮脏的绳索也拉起了，一切已经准备好……

小贩女人将卖剩的西瓜装进袋子里，扛在肩上，恨恨的骂着走掉了。岸上空虚起来，打着呵欠的人堆都纷纷进散。拖船上面，抛满着大堆的鞍桥、袋子、绳索、马草、西瓜、背囊和皮包，我们的战士都勉强挤在空隙中，躺的有，坐的有——镇静，坦白，而且开心。

一只货船里，克拉斯诺达尔的年纪最大的共产青年团的团员介涅同志，挂下了两条腿，直接坐在舱面上。他排字为业，是十八岁的青年。脸相是上等的，长一双亮晶晶的聪明的眼。他拉得一手好胡琴，跳舞也很出色，还会用了好听的声音，自由自在地出神地唱歌。"康索谟尔的介涅"是就要被送到艺术学校去，在那里受教育，培植他出色的才能的。然而恰恰来了乌拉该，再没有工夫学——只得打仗了。这青年却毫不踌躇，抛弃了他的凤愿——勇敢而高兴地去当了义勇军。当在康索谟尔募集义勇军的时候，他首先去报名，丝毫也没有疑虑。倒相反——提起了所有的他的感情，他的意志，他的思想，在等候着强大的异乎寻常的事件。他还没有上过阵，所以这事在他便觉得很特别，而且想得出神了。

介涅不作声，唾在水里，诧异似的看着小鱼怎样地在吃他白白的牛乳一般的唾沫。他背后蹲着水手莱夫·锡觉德庚。眼睛好像猫头鹰，又圆、又亮，平常大概是和善的，但有必要时，就冷酷得像铁一样。剪光的头，宽阔的露出的胸脯，晒得铜似的发黑。锡觉德庚默默的四顾，喷出香烟的烟气像一朵大云，将拳头放在自己的膝髁上……

靠着他的脚，躺在干草堆上的，是一个勇敢的骑兵，黑色卷头发的檀鞠克，是很优雅的白俄罗斯人。在这船上，檀鞠克所最宝贵的东西，是他的黑马。这马叫作"由希"。他为什么叫它由希的呢，却连他自己也说不出，但这一点是确凿的，因为檀鞠克如果"由希——由希——由希"的连叫起来，就仿佛听到他非常爱听的口笛一样。他也就拍手、跳跃、舞蹈，一切东西，对于他都变成愉快的跳舞和口笛了。这负过两回伤的"由希"，曾经好几回救了它那白皙的骑士的性命，即使哥萨克用快马来追的时候，它还是给他保得平安。檀鞠克坐着，圆睁了眼睛，正在气喘吁吁的咬吃一个大西瓜，向旁边吐掉着瓜子。

他的身旁站着曲波忒——骑兵中队长，是一条莽大汉，那全体，就如健康和精力所造就似的。在他的生涯中，已经经历过许多事。不幸的家庭生活，一生的穷苦、饥饿，还有从这市镇到那市镇，从这村落到那村落的长久的彷徨。从大俄罗斯的这一边境到那一边境。然而没有东西能够降伏他，没有东西侵蚀了他那老是畅快的心境，他的兴致，可以说是庆祝时节一般的人生观。他对什么也不低头，什么也不会使他觉得吃重，什么也不能使他做起来怕为难。

这汉子，令人看去就好像一向没有吃过苦，倒是终生大抵是一篇高高兴兴的，很少苦恼的历史一样。

他的眼光很澄明，他的优雅的脸很坦白。而敢于担任重大工作的创造底欢欣，一切都带着生活底兴趣和坚强不屈的意志，来灌注了他性格的全体。曲波忒站着在微笑——确是觉得自己的思想的有趣了罢。他是能够这样地凝眺着古班的河流，站立许多时候的。

还有那短小的，满脸雀斑的柯久奔珂也在这处所。是一个瘦削的，不见得出色的家伙，如果用了他那又低又浊的声音一说话，他就显得更加渺小了。这可怜人是有肺病的，而这可怕的病又一天一天的逼紧起来，好像要扼死他一样。虽然也曾医治过，然而并不久——暂时的，断续的，而且是错的。柯久奔珂明白着自己的苦恼。他知道自己的日子是有限的了，每当独自一个的时候，他就悲伤、忧郁，想来想去。但一到社会里，有许多伙伴围绕他，他却多说话，而且也爱说话了。对于所有的人、一切的事，他都来辩论，总想仗了自己比别人喊得还要响，压倒了对手，来贯彻自己的主张。然而他是真意，是好心，使人们也不会觉得讨厌。如果激昂起来，他就"发吼"——正如曲波忒给他的说法所起的名目那样。于是别人便都住了口，给他静下去。大家是因为对他有着爱情，所以这样子的，在脸上，可都现着一种讥讽的熬住的微笑。

"哒，鬼，静静的。"檀鞠克一看见他的由希正要去咬旁边的一匹阉马的时候，忽然叫了起来。

由希站定了，回转头来，仿佛在想那说给它的"话语"似的，将它的又热又软的耳朵动了几回，便离开了那阉马。

"你瞧！"檀鞠克得胜似的大声说。

"什么'你瞧'呀，"曲波忒含着嘲弄的微笑，回问道。

"你没有看见它是懂得话语的么？"

"我没有看见。它只还是先前那样站着罢咧。"曲波忒戏弄着他,说。

"它想咬了哩,你这混蛋!"

"那是都在想咬的,"锡觉德庚用了很诚恳的态度,说明道。

暂时充满了深的沉默。

"同志们,"介涅忽然转过脸来了,"一匹马和它的主人弄熟了,他的话就全部懂,这真是的么?"

"你刚才就看见了的。"檀鞠克便开始说。

"自然,"曲波忒发起吼来——打断了檀鞠克的话。"如果你说一句'走开去'罢,他会用了马掌铁,就在你肚子上狠狠的给一下的。要不这样,它才是懂得一切的话语。而且,即使……"

"唉唉,那自然,同志们,它懂得!"柯久奔珂夹进来了。"不过总得给它食料。马只要从谁得到燕麦,它也就服从谁……是的!只对这人,对别的谁都不。实在是这样的,例如我的父亲有一匹黑马,他们俩是好朋友。那马给我的老头子是骑得的,可是对于邻居——那姓名不管他罢——哦,安梯普,它却给在手上咬了一口……但是遇见父亲呢,它可就像一只羊。"

"这是一定的,"介涅附和着他说,"谁给它食料,它也就爱谁。爱会懂得一切的。你打它一下看,你以为它不懂得么?它很懂得的!它就恼怒你。就是马,也会不高兴的呀。然而倘若你摩摩[5]它的鬃毛,那么它就'笑,'静静的,还求人再得这么干。那里,那里,兄弟,它是什么都懂得的。"

"不错,一点不错,"檀鞠克和他联成一气了。

岸上走着一个姑娘。她的头是用玫瑰色布裹起来的。她向船上看,像在寻谁模样。

"喂,杜涅——格卢涅,"曲波忒叫喊道,"我在这里呀!你还找

---

5 现代汉语常用"摸摸"。——编者注

谁呢？"

那娃儿笑着走远了。

"为了我们的出行，你连手帕也不摇一下子么？"他笑着，又叫喊说。

"她连看你一看也不愿意。"锡觉德庚辩难道。

"就是讨厌你罢咧。"那来的回答说。

"哦，你自己可长得真漂亮呵，你这老疲马。"

大家都笑了起来。

"介涅，听哪，"柯久奔珂说，"我去拿我的手风琴来，你肯唱几句么？"

介涅表示着愿意，柯久奔珂却已经消失在箱子和袋子中间，立刻拿着一个大的手风琴回来了。他一下子坐在一段木料上，就动手，为了要调弦，照例是这么拉那么拉的弄了几分钟，发着些不知什么的音响。

"哪，我得拉什么调子呢？"他很爱新鲜似的去问介涅。他那姿势，看去也恰如疑问符号的一般。

"随你的便……我是都可以的。"

"那么，我们来唱《斯典加·拉旬[6]歌》罢。"

"我一个人可是不唱这个的，"介涅说，"你们得来相帮。"

"来罢，"曲波忒和檀鞠克同时说。

介涅唱起来了。开初很低，好像他先得试一试，来合一下歌词似的，于是就总是高上去……

他站起身，转脸向着河流。他的唱，不是为着围绕住他的人们的，倒是为了古班的波浪。

手风琴的伴奏却不行。柯久奔珂简直是不会拉的，但这也一

6　Stenka Rasin，见第一篇《苦蓬》注。——译者

点不要紧。介涅唱出歌词来，柯久奔珂便倾听着他那清越响亮的声音，刚要动手来"伴奏"可已经是太晚了。我们青年们合齐了怒吼般的声音，和唱那歌词的后半篇。因此柯久奔珂的艺术便完全失了功效。货船上的人们都来围住了歌人，一同唱着大家知道的那一段。介涅开头道：

> 在伏尔迦的大潮头上，
> 通过了狭窄的山岛之门，

于是就吼出强有力的声音来了：

> 在彩画斑斓的船只上，
> 来到了斯典加・拉旬的兵们。

在这刹那间，船就摇动起来，毫没有声响，也不打招呼，汽船拖了那些货船开走了。

船只成了长串，仿佛强大的怪物一样，沿河而去。这情景，颇有些庄严，但同时也可怕。一个部队开走了——到敌军的后方去……

并没有人分明知道，但前去要有什么紧要的和重大的事，却因了准备的模样，谁都已经觉得，领会了的。泊在岸边的时候，弥漫着汽船和拖船里的无忧无虑的开心，现在已将位置让给深远的，紧张而镇静的沉思了。这并不是怯，也不是怕，大约便是对于就要到来的大事件的一种无意识的精神底准备罢。在飘忽而含着意思的眼光上，在迅速而带着神经性的举动上，在忍住而且稀少的言语上——在一切上，人都觉得有一种什么新的东西在，是船只泊在岸边的时候所完全没有的。这心情只是滋长起来，我们愈前进，它也就愈强大，并且渐渐的成为焦躁的期待的样子了。

在汽船上，比在拖船上知道得多一点，大家都聚到舱面上来了，用手指点着各方面，高声的在谈论，敌人现在该在什么处所呀，那里有着什么什么沼泽呀，大道和小路是怎么走的呀……

古班河转了弯，蜿蜒在碧绿的两岸之间了。我们已经经过了科尔涅珂夫的坟墓——不过是一座很小的土堆，就在岸边。然而这却是谁都知道的历史的胜迹！这岸上曾经满流过鲜血。每一片地，都用了激烈的战斗所夺来。每一片地，都由红军用了宝贵的鲜血所买进，每一步每一步，都送过将士的性命的。

部队不住的向前进。

哥萨克的荒村，乌黑的影画似的散布在远地里了。树林却那里都望不见。无论向什么地方看过去——田野、牧场、水。有几处满生着绿得非常的很肥的草儿。此外就全都长些芦苇。但末后连这也少见起来。天快要到晚上了。

八月的夜，逐渐的昏黑下去。河岸已经消失，在那里，只看见水边有着奇特的夜雾的绦纹。既没有草儿和芦苇，也没有小树丛——什么都看不见了。船队慢慢的在前进。最前头是一只小汽船，弯曲着、旋转着，好像狗儿在生气的主人面前一样。它的任务，是在听取一切，察看一切，知道一切，并且将一切预先来报告。尤其紧要的是那船员要十分留心，不给我们碰在水雷上。

在这第一夜还不怕有大危险。但到早晨，我们是必须到达离克拉斯诺达尔七八十启罗密达的哥萨克村斯拉文斯基的。斯拉文斯基属于红军，所以直到那地方的两岸，也当然是红色的。然而这最末的推测，却也许靠不住，因为敌人的熟悉一切大路和间道，就像自己的背心上的口袋一样，往往绕到我们的后方，在我们没有料到的处所出现。现在就会在我们刚才经过的岸上遇见，也说不定的。然而很平静。我们在船上听不见枪声和喧嚣。人只听得汽船的轮叶下水声拍拍，有时战马因为被不安静的近邻挤醒，嘶鸣几声罢了。

舱面上空虚了。人们都进了船舱，一声不响。谁也不高兴说话。有的在打盹，一遇冲撞就跳了起来，有的坐着，凝视了湿的玻璃窗，一枝一枝的在吸烟卷。拖船上也都静悄悄。红色战士们靠了袋子、马鞍，或是互相倚靠了睡着了。打鼾、讲梦话，好像在比赛谁能更加高声和给人"铭记"似的。闭上眼睛，倾听着这无双的合奏，倒也是很有趣，很奇特的事。从冷藏库里，则传出些低微的呻吟和呓语——然而这在舱面上却几乎听不见，在岸上就简直完全听不见了。

我们的红色船队总在向前进。

一到深暗从地面揭开，东方显现了曙色的时候，我们到了斯拉文斯基了。先前这河上有一座很大的铁路桥，直通那哥萨克的村子。白军一知道他们的地位已经绝望，不再有什么用处，便将这桥炸毁了。桥体虽然坠下水，桥柱却还在，而且和歪斜了的中间的柱子，造成了一个尖角。我们这些船现在就得走过这三角去。这可并不是容易事，因为四边的河水是很浅的。这么一来，我们的工作就尽够了。一直弄到晚。一切都得测量，精细的计算和思虑。有句俄国的谚语，说是，人必须量七回，下一剪。我们也遵奉了它的指教，每一步，就查三回。于是出发的准备全都停当了。在斯拉文斯基，我们还要得到援助，加进新的战士去。现在已经几乎有了一千五百人。我们添补了一点食料和军火，仍然向前走。将全部队分为三队，每队都举好各别的司令。在我们前途的是什么，我们在夜间所等候的是什么，都尽量说给他们了。将近黄昏，我们就悄悄的离了岸。哥萨克村里，也没有人知道我们的开拔。这村子，是用士兵包围起来，给谁都不能进出的。但在这地方也保住了秘密。

秘密是救了红色别动队的性命的。

从斯拉文斯基到乌拉该的司令部,还得下航七十启罗密达去。这就足够整一夜了。我们的航海,是这样地算定的,没有天明,便到目的地,因为我们须利用夜雾登陆,当一切全在睡觉的时候,蓦地闯了出来。应该给敌人吃一个袭击,而我们是完全出乎意料之外地出现的。

这最末的一夜,在参加远征的人们,怕是终生不会忘记的罢。到斯拉文斯基为止,我们没有什么大害怕,这原是捏在我们手里的地方,即使岸上有些敌人,也不过偶然的事。然而在这满生在低湿的河岸上的芦苇和树丛之间,却到处有敌军的哨兵出没。我们在这里很可以遇见猛烈的袭击的。所以地位就格外的危险,我们必须有最大的警备。当开船之前,各队的司令都聚在河岸上,还匆匆的开了一个军事会议。那姓名和达曼军分不开的司令者,同志郭甫久鹤就在这里面。郭甫久鹤是在一九一八至一九这两年间,引着这尝了说不尽的苦楚的不幸的军队,由险峻的山路,救出了敌军的重围的。古班,尤其是达曼的人们,都以特别的爱,记忆着司令叶必凡·郭甫久鹤。他是一个哥萨克村里的贫农的儿子,当内战时候,连他所有的极少的一点东西也失掉了。他的家被白军所焚烧,家私遭了抢掠。郭甫久鹤便手里拿了枪,加入了全革命。他已经立过许多功。这回也就是。古班陷在危险里了。必须有人渡到敌人的后方,将自己的性命和危险的事情打成一片,来实行一回莽撞的,几乎是发狂一般的计划。谁干得这事呢?该选出谁来呢?这脚色,自然是同志郭甫久鹤了。体格坚强、略有些矮胖、广阔的肩身,他生成便是一个司令。他那一部大大的红胡子,好像除了帮他思索之外,就再没有什么别的任务了,因为郭甫久鹤每当想着事情的时候,总是拈着那胡子，仿佛要从脸上拔它下来的一般。在决定底的瞬息间，他整个人便是一个思想。他不大说话了，他单是命令，指挥。他也是属于那些在人民的记忆上，是有着作为半童话的，幻想的人物而生活下去的运命的人们这一类的。他的名字，已经和最荒唐的故事联结起来了，红色的达曼哥萨克人，也将这用在所有的大事件里。

郭甫久鹤站在岸上，不知不觉的在将他那大部的红胡子捻着、拔着。他身边站着他最高的，也是最好的帮手诃伐略夫。为了刮伤，他满脸扭曲到不成样，下巴歪向一边，上嘴唇是撕裂了的。诃伐略夫经历了多少回战斗和流血的肉搏，多少回捏着长刀的袭击，连自己也数不清了。他也记不清自己曾经负过几回伤。大概是十二到十五回罢。我不知道他的全身上可有一处完好，没有遭过炮弹片、枪弹，或者至少是土块所"轻轻的碰着"了的。这样的人，怎么会活下去，就令人简直莫名其妙。瘦削身材，一副不健康的苍白的脸，满绕着柔软的黑胡子，他显出战士的真的形相来。尤其显得分明的，是在他的对于无论什么计划，即使很危险，也总要一同去干的准备上，在他的严峻的规律上，在他的人格的高尚和他的勇敢上。当兵的义务他虽然完全没有了，但他还不能抛掉来帮我们打仗，全然是出于自愿地来和我们合作的。到后来，我看见他当战斗中也还是很高兴，冷静而且镇定，恰如平常一样。重大的事件，他总是用了一样的勇敢去办好的，但后来报告起来，却仿佛是一件不值得说的工作。诃伐略夫一般的并不惹眼而却是真实的英雄，在我们红军里颇不少。但他们都很谦虚，很少讲起自己，不出风头而且总是站在后面的。

和诃伐略夫对面，站着炮兵队长库勒培克同志。后来我在激战之际，这才认识了他。当我们别动队全体的命运悬于他个人的果决和勇敢的时候，当我们全盘形势的钥匙捏在他手里的时候，他显出他的本领来了。真令人歆羡他那种如此坚决的意志，如此的纯熟和舒齐。令人欣羡他的强硬和坚固，与其说是人，倒更像石头一样。但如果看起他来，他就仿佛一匹穿了制服的山羊，连声音也是山羊——微弱、尖利而且枯嘎。

在场的还有两三个司令们。会议也并不久，因为一切都已经在前天想妥，决定的了。

"叫康特拉来，"郭甫久鹤命令道。

这名字便由人们传叫开去了。

又稳又快的跑来了康特拉。

"我在这里，做什么事呀？"

单是看见这年青人，就令人觉得快活。他的眼里闪着英气，手是放在他那弯曲的小长刀的刀柄上。白色的皮帽子，快要滑到颈子上去了。宽阔的干净的前额，明亮而伶俐的眼睛。

"听那，康特拉，"郭甫久鹤说，"你该知道的罢，我们就要动手的事情，是很险的。你只消一望，到处都是敌人。沼泽里、小路上，芦苇和树丛里，到处埋伏着敌人的哨兵。你熟悉这一带地方么？"

"谁会比我熟悉呢，"康特拉笑着说。"这地方到海为止，全是些沼泽和田野。没有一处我不知道的地方。我曾经各处都走过的……"

"那么，就是了，"郭甫久鹤说，"我们没有多工夫来细想。开船的准备已经停当了。你去挑出两打很出色的人来，并且和他们……啡！"郭甫久鹤便吹一声口哨，用手指指点着很不确定的处所。

"懂得了……"

"那么，如果你已经懂得，我们就用不着多说。拿了兵官的制服、银扣、肩章去——出发罢。我们全都准备在这里了。去罢！"郭甫久鹤向了离他不远，站着的一个人说。那人当即跑掉了，立刻也就回来，拿着一个小小的包裹。

"拿这个去，"郭甫久鹤将包裹交给康特拉，说，"但要快。您一走，您就穿起这些来罢，但在这里却不行的。你挑一个好小子，给他十个人，教他们到左岸去，那里是不很危险的。你自己就在右岸，还得小心，什么也不要放过。如果有点什么事，你就发一个信号。你知道我们这边的信号的。你要在河的近地。"

"懂了。"

"那么，你要知道，如果你不能将两岸办妥，你就简直用不着回来……"

"是的，我可以去了么……"

"是的，去罢，好好的干……"

康特拉忽然跑掉了，正如他的忽然跑来一样，而且不消多少工夫，就备好了马匹。马匹和人们，又都立刻聚成一堆，分为两队，也就全都跑掉了。人们只见康特拉和二十五个青年用快跑在前进。

别一队是向左岸去的，我看见曲波忒在他们的前头。这巨人似的、强有力的大个子的哥萨克，跨在自己的黑马上，就好像一块岩石。他的近旁是介涅，孱弱的瘦削的青年，草茎一般伏在马的鬃毛上。士兵们都在船上目送着远去的伙伴，沉默而且诚恳。他们什么也不问。他们什么也不想人来通知。一切都明明白白的，清清楚楚的。没有人笑，也没有人开玩笑。

康特拉跑了一个启罗密达半，便跳下马来，对他的部下道："你们的制服在这里，大家分起来罢，可不要争头衔。"人们打开了包裹，从中取出白军的勋章，肩章和扣子，帽章和别的附属品来，五分钟后，已经再也看不出我们红色哥萨克了。康特拉也打扮了一下，变成一个兵官，很认真，但也有点可笑。尤其是他试来摆摆官相的时候，大家便都笑起来了，因为他就像披着鸵鸟毛的乌鸦。

黄昏还没有将它的地位让给暗夜，但我们的哨兵该当经过的道路，却已经几乎辨不出来。大家又上了马向前进……

"儿郎们,"康特拉说,"不要吸烟,不要打嚏[7],不要咳嗽,要干得好像全没有你们在这里的一样。"

大家很静的前进。静悄悄的,连马匹的脚步怎样地在湿的软泥里一起一落的蹄声,也只隐隐约约地听见。马脚又往往陷入泥泞里去,必须给它拔起。有人前去寻找更好的道路去了。这样地进行了一个钟头,两个钟头,三个……没有遇到一个人。是死了的夜。那里都听不到一点生命的声音。在芦苇里,在山谷里,都是寂静。沼泽上罩着昏暗的望不见对面的雾气。

但且住!——远远地听到声响了。是先前没有听到过的声音,仿佛是电话线的呻吟。也许是泉水罢,也许是小河罢……

康特拉停住了,大家也跟着他停下。康特拉向传来声响的那方面,转过耳朵去,于是将头靠在地上,这回可分明地知道了那是人声。

"准备着!"下了静悄悄的命令。

大家的手都捏住了刀柄,慢慢地前进……

已经清清楚楚地看见了六个骑兵的轮廓。他们正向着康特拉跑来。

"谁在那里!"那边叱咤道。

"站住!"康特拉叫道,"那里的部队?"

"亚历舍夫军团,你们呢?"

"凯萨诺维支的守备队。"

骑兵跑近来了,一看见康特拉的肩章,便恭恭敬敬的向部队行一个敬礼。

"放哨么?"康特拉问。

"是的,放哨。""不过也没有什么一定。谁会在夜里跑进这样的地方来呢?"

"四边也没有人,我们已经跑了十五启罗密达了。"

7　现代汉语常用"打喷嚏"。——编者注

在这瞬间，我们一伙就紧紧的围住了敌人的部队……

还问答了几句。知道他们的一两启罗密达之后，还有着哨兵。沉默了一会。康特拉的轻轻的一声"干！"就长刀闪烁起来了……

五分钟后，战斗已经完结。

于是大家仍旧向前走，其次的敌人的哨兵，也得了一样的收场……

勇敢的康特拉，只领着一枝小小的队伍，遇见了六个敌人的哨兵，就这样地连一个也没有给他跑掉。

曲波忒也遇到了两个哨兵，他们的运命也一样。只在第二回却几乎要倒楣[8]。一个负伤的白军骑兵的马匹忽然奔跑起来，险些儿给逃走了。觉得省不掉，就送给它一粒子弹。

这曲波忒的枪声，我们在船上听到了，大家就都加了警戒。我们以为前哨战已经开头，因此敌人全都知道一切了。他是一定能够实行规则的。大家就站在舱面上，等候着信号。我们不断的在等候，康特拉或者曲波忒就要发来的——然而没有。岸上是坟地一般静。什么也听不见。直到天明，我们整夜的醒在舱面上，大家都以为芦苇在微微的动弹，大家都觉得听到些兵器的声响，有一个很是神经质的同志，还好像连高声的说话也听见了。河岸很近，人已经可以分别出芦荡和田野来。

"我想，那地方有着什么，"一个人凝视着沿岸一带，指给他的邻人，开口说。

"什么也没有，胡说白道。"

但他也不由的向那边凝视，说道："但是，且慢……是呵，是呵……好像真是的……"

"你以为那不像枪刺在动么？"

---

8 现代汉语常用"倒霉"。——编者注

"是的是的，我也这么想……仔细的看一看罢，但是，看哪，这边的是什么——这边，都是枪刺呀，还有那边——还有这边……"

"喂，汉子，可全是芦苇呵……动得这么慢！"

于是他不去看岸上了，但这也不过一眨眼间的事。接着又从新的开头……枪刺……枪……士兵，兵器声，说话声。这一夜是充满了可怕的阴郁的骚扰。谁都愿意抑制了自己，平静下来。然而谁也寻不着平静。表面的平静，是大家能够保住的。脸色、言语、举动——这些冷静而且泰然自若，但心脏却跳得很快、很强，头也因为充满了飞速的发射出来的思想，快要炸裂了。大家都在开始思索着一切办得到的，倒不如说，一切办不到的计划。如果从芦苇丛中放出枪来，可怎么办，如果大炮从岸上向我们吐出炸弹来，又怎么办——教人怎么对付呢？

假定了许多事，想出了许多办法。然而在这样的境地里，毫没有得救的希望，却是谁都明白的。小河里面，笨重的船简直不能回转，再向前走罢，那就是将头更加伸进圈套里去了。但是人得怎么办呢？

这些事是大家一致的，就是应该赶快的登陆，抽掉了跳板，动手来格斗……

然而"动手来格斗"，说说是容易的。我们刚要上岸，敌人就会用了他的枪炮，将我们送进河里去。我们的战士们怎样的挤在汽船和拖船上，聚成一堆，他在岸上可以看得明明白白。大家都没有睡觉。自从离开了斯拉文斯基以后，他们都不能合眼。司令们将这回的计划连着那一切的危险和困难，统统说给他们了。教人怎么会睡觉。在这样的夜里，睡觉比什么都烦难。在这样的夜里，是睁着眼睛，眼光不知不觉地只凝视着暗地里的。很紧很紧的挤在船的所有角落里，低声谈起天来了。

"冷……"

"吹一吹拳头罢——那就暖了。"

"只要能吹起来——哪,如果有人给我们在岸上吹起(喇叭)来,可真就暖了哩。"那士兵于是转脸向了岸边,用眼睛示着敌人的方向。

"他们近么?"

"鬼知道……人说,他们在岸上到处跑着的。人说过,他们就躲在这些芦苇丛里的——也有人去寻去了。"

"那么,谁呢?"

"康特拉出去了!"

"哦哦,这很不错,他是连个个窟窿都知道的!"

"唔,这小子又能干!"

"我很知道他的。在战场上的时候,他就得到过三个圣乔治勋章了。"

"但是我觉得,这里没有人,太静了!"

"他们也不会在发吼的,你这昏蛋⁹!"

"他们却会开枪呀,那就完了!"

"不,我想,还没有从康特拉听到什么的!"

"怎么想听到这些呢。连一只¹⁰飞机也还没有飞来哩。"

"这倒是真的。哦,总之,孩子,为什么没有飞机到这里来的呀。"

"为什么没有,它是麻雀似的飞来飞去的。先前它总停在市镇里,要太阳出山之前它才飞出来。你也看它不见的,这很明白。"

"唔,究竟它为什么在飞着的。我简直一点不懂,这东西怎么会飞起来。"

9　现代汉语常用"混蛋"。——编者注
10　现代汉语中"架"。——编者注

"那可我也不知道，恐怕是从下面吸上蒸汽去的罢。"

"你可有一点烟草么？"

"吩咐过的，不准吸烟！"

"哦哦，那是不错的——但我想，这样的藏在拳头里，就没有人觉得了。"

立刻有三四个人的声音提出反对的话来，没有许他吸烟草。

"我们就到么？"

"到那里？"

"喏，我们应当上陆的地方呀！"

"哪，如果我们应当上陆，那么我们就一定是到了！"

就这样地从一个问题拉到别个去，字句和字句联起来，完全是偶然的，完全是无意识的。

船总在向前进，船队几乎没有声响的移动着。

天亮了起来，暗雾向空中收上去了——第一只船靠了岸。另外的就一只一只的接着它，架在岸边的软泥里，那里都满生着走也走不过的杂草和芦苇。

离哥萨克村只还有两启罗密达了。河岸很平坦，我们的前面展开着一条宽阔的山谷，给兵士们来排队，是非常出色的。据熟悉这一带地势的人说，要在全古班找一个登陆的处所，没有比这里再好的了。连忙架起跳板，在惊人的飞速中，大家就都上了岸。我们刚刚踏着地面，就呼吸得很舒服，因为我们已经不在水面上——各个骑兵和狙击兵，在这里都能够防卫他的性命，而且谁也不至于白白的送死了。大炮拉了上去，马匹牵了出来，司令们教部队排了队，神经过敏也消失了，它换上了冷静的严肃的决心。一切做得很勤快，快到要令人奇怪，这些人们怎么会这样的赶紧。但我们战士们却都知道，在这样的境地里，赶紧和迅速，是必要的。骑马的司令们，围住了郭甫久鹤和我。在路上嘱咐了两三句，大家就各归了自己的队伍，一切都妥当了。袭击的命令一下，骑兵就开了快步，步兵的队伍是慢慢地前进。

介涅受了任务，是横过哥萨克村的街道去，将一切看个分明。他像鸟儿一般飞过了园地和树林，门窗全都关着的人家，广场和教堂——他横断了全村子，已经带着"一切照常"这一个令人高兴的报告回来了。倘要解释这奇怪的"一切照常"的意思，那就是说，这受了死的洗礼的哥萨克村，都正在熟睡。它一点也没有预防，一点也没有猜出。几处的街角上有哨兵在打盹，用了渴睡的眼望着飞驰的介涅，好像以为他是从前线跑来的传令。居民也睡得很熟，不过偶或看见弯腰曲背的哥萨克老婆子，提了水桶站着脚趾走到井边去。介涅又看见一架飞机，停在教堂旁边的广场上。在一所大房子的篱笆后面，介涅还见到两辆机器脚踏车和一辆摩托车。

他很疲乏，喘着气，述说过一切的时候，大家就都明白，我们是在没有人觉察之中，到了村子了。

全盘的行动，所打算的就只在完全不及预防而且出乎意料之外的给敌军一个打击。袭击必须使他们惊惶，但同时也应该使敌人受一种印象，好像对面是强大的队伍的大势力，出色的武器，还带着强有力的炮队一般。所以我们也要安排下埋伏，不意的小战斗和袭击。这样干去，敌人就以为四面受了包围，陷于绝望的地位了。出乎意料之外的打击这一种印象，这时是必须扮演决定底的脚色的。

山谷的尽头，就在哥萨克村的前面，还有几块没有烧掉的芦田。这里是无论如何总是走不过，我们就只得绕一点路。

登陆、准备、排队，向着哥萨克村的前进，给化去了两点钟。但敌人呢——睡觉又睡觉，总不肯醒过来。雾气已经逐渐的收上去了，只在河面上还罩着厚厚的看不穿的面幕。

河在这里转了弯，直向亚秋耶夫市，于是流到海里去。

右岸有一条军道，是通着村子的。我们的部队的一部份[11]，就利用了这军道，走到村背后了。向这方面，又派了曲波忒所带领的骑兵中队去，那任务，是在敌军倘要向亚秋耶夫退走，就来抵挡它。

部队的各部份，那行动是这样地布置了的，就是从各方面，但又同时走到村子，开起枪来。我们的大炮也必须同时开始了行动。

屯在村里的敌军，也许看着情形，对我们会有强硬的抵抗。这很可怕，因为他们是有优秀的战斗性质的。他们里面，靠不住的只有被捕的红军。村里有凯萨诺维支将军的军团的一部份，亚历舍夫将军的联队，也是这将军的预备大队，古班狙击兵联队，其中有着两个士官学校的学生。这之外，村里又驻扎有乌拉该的司令部和他的一切的支队，还有各种小司令部以及白军后方的官员。而且我们还应该防备村人的敌对的举动，因为这哥萨克村，和我们是很不要好的。

不到早晨七点钟，部队临近了哥萨克村的时候，第一炮发响了，同时也开始了劈耳的轰击。大炮的雷鸣合着机关枪的爆响和步枪的声响，成为震聋耳朵的合奏了。士兵们直冲过去，摸不着头脑的敌人，完全发了昏，连一点的防御也不能布置。向着我们的胡乱开枪，也不能给我们丝毫损害。红军的步兵不住的前进，愈加压迫着敌军，将街道一条一条的前进了。到得市中央，我们这才遇见那准备了一点防御的敌。当这处所，带领我们的部队的是诃伐略夫。在这一瞬息间，踌躇一下就有怎么危险，他是很明白的。他知道，敌人的恐怖，是能够消失的，那么，要收拾了他，就不是一件容易事。在这样的瞬息间，要得成功，就只要一个坚定而深沉的司令，他用的确的处置，制住惊慌的人们，他很快的悟出战斗的意义，并

11　现代汉语常用"部分"。——编者注

且捏住了胜利的钥匙是在那地方。恐怖，是大概因为百来个人发命令，既然很随便，而且常常完全相反，这才增加起来的。一种办法和别种相矛盾，为了着忙，发些只使事情为难而纠纷的命令。我们的敌人，就正落在毫无计划的这边跑那边跑，这么说那么说，这样办那样办的情况里了。

然而已经显出组织化的先兆，有计划的防御的先兆来。这紧要的机会是应该利用的，于是诃伐略夫就下了袭击的命令。他捏着手枪，自己留在左翼，到右翼去的是锡觉德庚。他的眼睛睁得很大，恰如在拖船上唱歌那时候一样。但现在却烧起着特别的火焰，闪闪的在发光。他全部的额上，一直横到眉毛，刻一道深的严肃的皱襞。锡觉德庚的脚步是本来很重的，他仿佛踏勘地皮，必须走得牢靠似的在前进。在他身边是这样的放心，好像得到一种特别的平静和安全，觉得只要和他一气，就决不至于死亡，决不至于战败，他命令得很简单，很确当，又有些气恼。

敌人要在园子跟前排起阵来了。但还可以看出，他还没有将队伍排齐，还没有寻到人，来将这一大堆人又有力又有效地变成紧凑的队伍。

快得很，快得很……新的士兵们，从各方面涌到这人堆里去。他们从园子和人家，从马房和小屋里跑出来，人堆就愈来愈大，它在我们眼前生长起来了。它已经排开，它已经成为有组织的队伍的样子了，再一瞬间，我们就要碰着钢的刺刀的墙壁，再一瞬间，铁火的雹子就要向我们直注，步枪毕剥的发响，而我们的行列就稀疏下去……

呜拉！我们的行列里发了吼。

手捏着枪，我们的战士们向敌人堆里直冲过去了。那边就又更混乱起来。有的要向能逃的地方逃走，有的还在想开枪——但忽然之间，大多数人都站起身，抛掉他们的枪，向天空擎起了臂膊，在请求慈悲和宽大。

然而有几处还飞着枪弹，从我们的队伍里抽去顶好的人物。我们的最初的牺牲之一是勇敢的莱雍契·锡觉德庚。弹子正打在前额上，我们的英雄且是战士就死掉了。

但从院子的篱笆里，忽然跳出约莫五十人的一队，风暴似的直扑我们。我们的人们有些慌乱了，倒退了两三步。然而诃伐略夫的喊声已经发响："上去，呜拉，上去！"于是红军的士兵就野兽一般一拥而上，径奔抵抗者，将他打倒，不住的前进。我军和敌兵混杂在一起，人早已不能分别了。

当这半百的人们跳出篱笆来的时候，先前将枪枝抛在我们脚下的那些人，并没有加进去。他们一动不动的站在那里，愈加将臂膊擎得高高的，在等候慈悲，并且祈求仁善。红色的战士们围住了俘虏，将他们换了一个地方，碰也没有碰他们一下。抛下的枪械是检集起来，聚成一堆，赶快的运到岸边去。放眼一看，到处是伤兵。他们因为苦痛，在叫喊和呻吟，别一些是喘着临死的大气。查明了那五十个人，大多数是白军的军官了。连一个也没有饶放。

别的俘虏们，是带到拖船上去了。

曲波忒，那带着他的骑兵中队到了村背后的，一跑到芦苇边，就和大家一同下了马，等候着。十个人离开了他，排成一条索子，先头的一个直到哥萨克村。他们通报着在那里彼此有些什么事，战况对于我们怎么样，等等。

常有单个的白军士兵逃过来，曲波忒总不挥动他的部下，也不白费一粒子弹，尤其是不愿意使人明白他的所在。单个的逃兵跑进苇荡里来，自然也是常有的。那就不出声响地捉住他，因为第一要紧的是没有人知道我们还有埋伏。然而诃伐略夫的攻击刚要决定了战斗（的胜败），敌人的守备队的残兵便直向河边冲来，意思是要渡过这河，躲到对岸去。在这瞬息间，曲波忒就从芦苇间闯出，径奔在逃的敌兵了。这真是出了有些简直不能相信的事。从这方面，敌人是以为不会遇到袭击的。他们避向旁边，散在岸上，大多数是跑往先前泊着他们的船的处所去。然而船只早不在那里了。曲波忒的伙计将它弄走了。逃路已经没有，而骑兵却驰骤于逃兵之间。马刀在空中发闪，只要触着，就都灭亡。抵抗并没有。许多人就跳到水里面，想浮到对岸去。但是成功的很有限，大抵是在河的深处丧了他的性命了。

激昂的曲波忒骑着他的黑马，像猛兽一样，在岸上各处飞跑。他自己并不打，只是指示他的伙伴，什么地方还躲着溃走的敌人的大伙和小伙。曲波忒一切都留心。他的眼睛看着各方面，敌人怎样转了弯，他看见的，敌人怎样在寻遮蔽物，他也看见的。

一个莽撞的大草原上的骑士似的，檀鞠克捏着出鞘的长刀，从村子的这一头跑到那一头。他的帽子早已落掉了，黑色的乱头发在风中飘荡。

他全不管什么命令，只是自己寻出他的敌人来，鹰隼一般扑过去。冲落、砍掉，毫无饶放。当一切就要收梢的时候，自己方面开枪的一粒流弹，将檀鞠克的左臂穿通了。他不叫喊，他不呻吟，倒是骂，越骂越利害，从他那忠实的由希跳下，抚摩着它的鬣毛。战争是完结了……

多少人在这里死亡，多少人在河水里丧命，这恐怕永久不会明白。只有零星的逃兵，跑到芦苇这里来，躲到里面去。但大抵是在逃走着的中途就送了性命的。白军的兵官，穿了女人衣服，想这样逃到芦苇里去的也有。然而我们不给他跑掉一个人。

两点钟之内，全村已为红军所有了。

战斗一开头，敌人的飞机便从教堂广场飞起，向着还驻扎着敌人部队的各村子这方面飞去了。

当正在战斗的时候和以后，从村子的窗门里、园子里，都飞出石块和弹子来。村里的居民，是这样地招待了我们的。

在这回的拂晓战，俘获了一千个人，四十名兵官、一辆铁甲摩托车、机关枪、子弹匣、炮弹、医疗材料、印、官厅什物、官员履历，以及别的种种东西，都落在我们手里了。这时候，汽船和拖船已经一径驶到哥萨克村来。俘虏和战利品就都弄到船上去。我们的人们也拿了担架，将负伤的朋友抬上船。他们大半是在冲锋的时候受伤的。

现在很明白了，敌人从飞机得到后方的大损失的报告之后，要试办的是简直退兵，或者派部队到哥萨克村去，将红军消灭。

敌人采取了第一法。他带了他的部队退却了，然而走向我们的村子来，因为要到亚秋耶夫去，到海岸去的惟一的路，是经过这里的。他想趁红军还没有扎得稳固，而且他所预料的援军还没有开到之前，赶紧利用这条路。敌人的部队亢奋着，一定要竭力飞快的输送的。

于是敌军撤退了，当这时候，驻扎在敌人的位置邻近的我们的主力军，就动手来将他袭取，将他打击。在我们占领了的哥萨克村，必须看新的敌军的部队走进村里面，这才开始来战争。

首先开到了古班骑兵联队，各种步兵部队，以及别的正规军团。要抵制这样的大兵力的冲击，在我们是非常困难的，现在我们的任务，是在不给敌军以休息，妨害敌军的前进，并且用了屡次的冲突和打击，使他们陷于混乱，以待我们的主力军的到来。正午时候，受了敌军的出格的压迫，我们只得将从东通到西的外面的两条道路放弃了。敌人的主力军，也就正从这条道路在前进。

战斗又开头了。

这战斗上，敌军是带着两辆铁甲摩托车的，但他的景况，却还是困难得很，因为和他同时前进的我们的援军，正从背后压迫着他，使他不能用了他的主力，强悍的向我们袭击。远远地已经听到了炮声。这是要将他们的举动，和我们的联成一气的红军的大炮。

到四点钟，敌人部队的大数目，聚到哥萨克村里来了。好像决定要将红色别动队歼灭，并且赶下河里去似的。他开始了风暴一样的炮击，又变了袭击，接连不断。这强悍的风暴一样的压迫，逼得我们退到河边。红色的战士抛了草地，向河边退走，敌人就夹脚的追上来……

如果再给敌军压迫，我们还要退走下去，那就要全军覆没，是明明白白的。炮队的司令库勒培克同志，为了观察我们的炮击的效力，蹲在一株大槲树的枝子上已经三个钟头了。他汗流满额，靠了又湿又冷的树干，停着，好像一匹猫头鹰，用他的望远镜在探望，不为俗务分心。我们的炮队，是在离这槲树几步之处的，库勒培克就从自己的座位上，在改正发炮的瞄准。人总是听见他响亮的号令：一百！九十一！照准！一百！九十七！

怪物一发吼，炮弹呻吟着，怒号着向空中飞去的时候，库勒培克就装一个很奇特的手势，指着落弹的方向。"好，好，"他叫起来，"这东西正打在狗脸上了。再来一下，但要快，孩子们——要快。他们在飞跑哩！"他望着沙砾的大雨落在地面上，人们飞上天空中的草地的尽头。"再来一杯，"他在上面叫喊，而我们的炮兵们是开炮又开炮。一个递炮弹，另一个将这装进炮里去，第三个就拉火。在这狂热的开火中，库勒培克就忘记了时间、疲劳、饥饿。除了大炮和炮弹，除了沙雨和飞跑的人们以外，他什么也不看，不管了。

而现在，敌军转了袭击，逐渐逼近我们的炮队和库勒培克的槲树来，但他却毫不想离开他的地位。他一点也不动，他不离开他的位置，他好像在小枝子上生了根似的。他的命令越来越清楚。他愈是屡次变换目标，他益发大声的发命令。大炮这里，是疲乏的气喘吁吁的炮手们。传递炮弹愈加迅速，愈加赶紧，而近来的敌军，就愈加吃了苦。

草地上面，就靠河边，离芦苇不远，道路分为两条的处所，架着机关枪，它和它的人员的任务，是在或是灭亡，或是制住敌军的袭击。

战马转脸向着河这边了。开放机关枪的我们的人们，蹲在小小的马车上，发了热似的在开火。我们站在他们的后面，抵制着撤退下来的部队。我看见了柯久奔珂，他几乎和机关枪溶成一气，两手紧捏了它，发射着，检查着，看一切可都合式。敌人已经望得见了，他不住的拥上来。

狙击兵呵，现在是全盘的希望只在你们了。你们肯支持你们的伙伴，我们就吃得住。但如果你们挡不住敌军，那么，首先是你们，和我们一起都完结！

敌人的部队，现在是多么逼近了呵。他们已经涌进草地来了，而在这瞬息间，在这决定的，永远不会忘记的瞬息间，我们别动队全体的运命悬在一枝毫毛上面的瞬息间，我们的狙击兵却开始了不能相信的，扫荡一切的枪火了。

一分钟……两分……

敌人的队伍还在动弹。然而人已经在他们里面可以看出发抖，他们的动作已经慢下去，这回是全都伏在地上了。刚想起来，他们就遇到挡不住的排枪。这真的危机一发的几分钟——其实并非几分钟，倒是几秒钟。红军的队伍站得住了，气一壮，改了攻势。这突然的改变，是出乎敌人的意料之外的。白军的队伍开始退却了。我们的地位就得了救。

而在这瞬息间，敌人的部队所在的草地上面，又开始爆发了榴霰弹。

当看见我们的红色友军的这个招呼的时候，战士们和司令们的风暴般的欢喜，简直是写不出来的。我们的友军来帮助了。相距已经很不远。他们要不使我们这一伙送掉性命了。红军的士兵便又开心，又气壮，开始去追击退走的敌。追击上去，一直到夜，一直到黑暗支配了一切。

我们竭力的试办，要和来帮的部队相联络，然而这试办失败了。因为在我们和赶紧来帮的部队之间，还有敌军的坚固的墙壁。芦苇和沼泽，又妨碍我们由间道去和友军连合起来。敌军是已经决计在村子里过夜，使他们的无数的辎重，能够运到海边去。

但我们却要利用了夜间来袭击。

离村子的广场并不远，教堂背后，曲波忒在一个大园子里藏着他的中队。他担着大大的任务，即使形势如何改变，也还是非做不可的。战士们坐在草上面，一声不响。战马都系在苹果树和洋槐的干子上，而大枝子上面，篱笆上面，则到处站着守望的红军的士兵。曲波忒在园子里跑来跑去，巡阅着自己的战士们，监督着坐在树上的守望者。从小河直到列树路一带，都埋伏着我们的骑兵中队。未来的夜袭的报告，各处都传到了。

郭甫久鹤和我坐在一堆干草后面，和跟着赶来的司令们接洽了几句话。这时候，从船上搬了大盘的食物来了，我们就饿狼似的，都向羹汤那边闯过去，因为自从天亮以来，除了烟卷的烟气之外，就什么也没有到过我们的嘴里面。站在四近的战士们，也步步的走近来。盘子显出磁力，将大家吸引过去了。然而倒运！我们的手头，竟连一柄汤瓢也没有。大家只有两次，得了真是一点点的东西，第一次不很好吃，第二次呢，可不能这么个个都有了。但这也不要紧。我们一伙就用了小刀、叉子、刚用木头雕成的小匙，从锅里舀出羹汤来，直接放进嘴里去。还有果子酱，弄一点烟草，我们就都快活，满足而且高兴了。

决定了到半夜去袭击。藏在园子里的骑兵中队，应该在必要的时机，离开他们的根据地，用一种猝不及防的突击，来完结那件事。

挑选了顶好的人们，派遣出去，要侵入敌阵的中央，到半夜十二点钟，在一两间小屋子上放起火来，并且抛几个炸弹，以给与很大的冲动。

一看见火光和烧着的干草的烟，那就得立刻，全体的狙击兵都开枪，全体的机关枪都开火，狙击兵还要叫起"呜拉"来，但在我们对于敌情还没有切实的把握之前，却不得开始战斗。到处都支配着寂静。我们这里，敌人那里。在这样的一个夜里，是料不到要有袭击的。人们都似乎踮着脚尖在走路，还怕高声的谈天。大家等候着。

我们已经看见了最先的火光。火老鸦在敌人的阵地上飞舞，几间小屋同时烧起来了。在这时候，我们就听见了炸裂的榴霰弹的钝重的声音，后来的几秒钟里起了些什么事，可不能用言语来描写了。炮兵中队发起吼来，机关枪毕毕剥剥的作响，一切都混成了一个可怕的震聋耳朵的轰音。

冰冷的耸人毛发的呜拉，冲破了夜静，钻进我们的耳朵来。呜拉！呜拉！这好像怕人的震动似的，遍满了村里的街道和园子。敌人打熬不住，舍掉他的阵地，开始逃走了。这瞬息间，埋伏的骑兵中队就一拥而出，给这出戏文一个收束。在烧着的小屋子的火光中，他们显得像是鬼怪一样。出鞘的长刀，喷沫的战马，乱七八糟跑来跑去的人们……

敌人也抵抗了，但是乱七八糟的，又没有组织。他开起枪来了，然而不见他的敌——姑且停止罢，又不知道该在什么时候，什么地方。这也拖延不得多久，哥萨克村就属于我们了。敌人都向田野和沼泽逃散，直到早上，这才集合了他的人们，但他早不想到村子这边来，却一径向着海那边前去了。

在半夜里，战斗之后，我们的哨兵就进了村子，但全部队却一直等到早晨。当我们开进村里去的时候，又受了先前一样的待遇。从园子和人家里，都发出枪声来。他们是并不高高兴兴地招待我们的。到得早上，我们又聚集了新的战利品，并且将铁甲摩托车、机关枪、大炮，以及别的东西，许许多多都运上了船，以作战胜的纪念。

这时红军的旅团到了村里了。他们接办了我们的工作，要前去追击敌人去。红色别动队的任务是完结了——红色别动队可以回去了。

兴致勃勃地，我们大家带着歌唱和欢笑上了船，回到家乡去。谁都觉得，自己是参加了完成一种伟大而重要的事件了。谁的里面，还都生存着深邃的戏曲底的要素，而自己就曾经是戏曲中的家伙。船只离了岸。响亮的歌声打破了芦苇的幽静。我们在古班河里往上走，经过了和昨天一样的地方，但那时是在冰一般的寂静里，在剽悍的坚决里，而现在却高兴，有趣。在那时候，是谁也不知道岸上有什么东西等候着，在那时候，是谁也不知道自己可能生还的。

然而结果是伟大的。在归途上，我们的战士不过损失了一两打，但自然是顶好的同志们。

在"慈善家"的舱面上，苍白的、柔和的檀鞠克带着打穿的，挫伤的臂膊躺在一个担架上，很低很低的在呻吟。在一座高大的亲爱的坟墓里，就在芦苇的近旁，是钢一般的司令莱雍契·锡觉德庚在作永久的休息……

大家记得起死掉的同志来，船上就为沉默所支配，仿佛有一种沉重的思想，将一切活泼的言语压住了。

然而悲哀又将位置让给了高歌和欢笑。又是有趣的歌曲，又是高兴的心情，好像这一天和这一夜里什么事也没有的一样。

父亲

〔苏〕M.肖洛霍夫

太阳只在哥萨克村边的灰绿色的丛林后面，衰弱地眨眼了。离村不远是渡船，我必须用这渡到顿河的那一岸去。我走过湿沙，从中就升起腐败的气味来，好像湿透的烂树。道路仿佛是纷乱的兔子脚印一般，蜿蜒着出了丛林。肿胀的通红的太阳，已经落在村子那边的坟地里。我的后面，在枯燥的杂树间缓步着莽苍苍的黄昏。

渡船就系在岸边，闪着淡紫的水在它下面窥伺。橹在轻轻的跳动，向一边回旋，橹脐也咿哑[1]作响。

船夫正在用汲水勺刮着生了青苔的船底，将水泼出外面去。他仰起头来，用了带黄的、歪斜的眼睛看定我，不高兴地相骂似的问道：

"要摆渡么？立刻行的，这就来解缆子。"

"我们两个就可以开船么？"

"也只得开，立刻要夜了，谁知道可还有什么人来呢。"他卷着裤脚，又向我一看，说：

"看起来，你是一个外路人，不是我们这里的，从那来的呀？"

"我是从营里回来的。"

那人将帽子放在小船里，摆一摆头，摇开了夹着黑色的，高加索银子一般的头发，向我使一个眼色，就露出他那蛀坏的牙齿来：

"请了假呢，还是这么一回事，——偷偷的？"

"是退了伍的，我的年限满了。"

1　现代汉语常用"咿呀"。——编者注

"哦……哦，那么是可以闲散了的……"

我们摇起橹子来。顿河却像开玩笑似的总将我们运进那浸在岸边的森林的新树里面去。水激着容易破碎的龙骨，发出分明的声音。绽着蓝的脉管的船夫的赤脚，就像成捆的粗大的筋肉一样。冷得发了青的脚底，坚韧的牢踏在滑滑的斜梁上，臂膊又长又壮，指节都粗大到突了起来。他瘦而狭肩，弯了腰，坚忍的在摇橹，但橹却巧妙的劈破波头，深入水里去了。

我听到这人的调匀的，无碍的呼吸。从他那羊毛线衫上，涌出汗和烟草，以及水的淡泊味的扑鼻的气味来。他忽然放下橹，回头向我道：

"看起来，好像我们进不去了，我们要在这里的树林里给挤破的了。真糟！"

被一个激浪一打，船就撞在一块峻峭的岩石上。它将后尾拼命一摆，于是总是倾侧着向森林进行。

半点钟后，我们就牢牢地夹在浸水的森林的树木之间了。橹也断了。在橹脐上，摇摇摆摆的飘动着挫折的断片。水从船底的一个窟窿里，滔滔的涌进船里来，我们只好在树上过夜。船夫用腿缠住了树枝，蹲在我的旁边，他吸着烟斗，一面谈天，一面倾听着野鹅的划破我们上面那糊似的昏暗的鼓翼的声响。

"唔，唔，你是回家去的，母亲早在家里等着哩，她知道的，儿子回来了，养她的人回来了，她那年老的心，要暖热起来了。是的……可是你也一定知道，她，你的母亲，白天为你担心，夜里总是淌着酸辛的眼泪，她也全不算什么一回事……她们都是这样的，只要是她们的疼爱的儿子，她们都是这样的。如果你们不是自己生了孩子，抚育起来，你们就永不会知道你们父母的辛苦的心。可是凡有做母亲的，或是做父亲的，都得为孩子们吃多少苦呵！"

会有这等事的,剖鱼的时候,女人弄破了那鱼的苦胆。那么你舀起鱼羹来,就要苦得喝不下去,我也正是这样的。我活着,但是总得吃那很大的苦。我耐着,我熬着,但我也时时这样想:"生活,生活,究竟要到什么时候才是你这坏透了的生活的收场呢?"

你不是本地人,是一个外路人。你告诉我,恐怕我倒是用一条绳套在颈子上的好罢。

我有一个女孩子,她名叫那泰莎。她十六岁了,十六岁。她对我说,"爸爸,我不愿意和你同桌吃东西。我一看见你的两只手,"她说,"就记起了你就是用了这手杀掉哥哥的,我的身子里就神魂丧失了。"

但这些事都是为了谁呢,那蠢才却不知道。这正是为了他们,为了孩子们呵。

我早就结了婚,上帝给我的是一个兔子一样很会生养的女人。她接连给我生下了八个吃口,到第九个,她也完结了。生是生得好好的,但到第五天,她就死在热症里,我成了单身了。说起孩子们来,上帝却一个也不招去,虽然我那么恳求……我那大儿子叫伊凡。他是像我的:黑头发,整齐的脸貌[2],是一个出色的哥萨克,做工也认真。别一个男孩子比伊凡小四岁,像母亲的,小个子,但是大肚子,淡黄头发,几乎是白的了,眼睛是灰蓝的。他叫达尼罗,是我最心爱的孩子。别的七个呢,最大的是女儿,另外都是小虫子……

我给伊凡在本村里结了婚,他也立刻生了一个小家伙。给达尼罗,我也正在搜寻着门当户对的,可是不平静的时代临头了。我们的哥萨克村里,大家都起来反对苏维埃权力。这时伊凡就闯到我这里来:"父亲,"他说,"同去罢,我们同红军去!我以基督之名请求你!我们应该帮红军的,因为它是很正当的力量。"

2 现代汉语常用"样貌"。——编者注

达尼罗也想劝转我。许多工夫，他们恳求我，开导我。但是我对他们说："我是不来强制你们的。你们愿意往那去，去就是。可是我呢，我留在这里，你们之外，我还有七张嘴哩，而且张张都得喂的。"

他们于是离了家。在村子里，人们都武装起来了。无论谁，他有什么就用什么。可是他们也来拉我了：上战线去！我在会场上告诉大家道：

"村人们，叔伯，你们都知道的，我是一个家长。我家里有七个孩子躺在木榻上，我一死，谁来管我的孩子们呢？"

我要说的话，我都说了，但是没有用。谁也不理，拉了我送到战线上了。

阵地离我们的村子并不远。

有一天，恰是复活节的前一天，九个俘虏解到我们这里来了。他们里面就有达尼卢式加，我的心爱的儿子。他们穿过市场，被押着去见军官。哥萨克们从家家户户里跑出来，轰的一声，上帝垂怜罢。

"他们一定得打死的，这些屠头。如果审问后带回来了，我们什么都不管，先来冷他们一下！"

我站着，膝头发着抖，但我不使人看出我为了自己的儿子达尼罗，心在发跳来。我看见了哥萨克们怎样的在互相耳语，还用脑袋来指点我。于是骑兵曹长亚尔凯沙跑向我来了："怎么样，密吉夏拉，如果我们结果共产党，你到场么？"

"一定到场的，这些匪徒！"我说。

"原来，那就拿了枪，站在这地方，这门口。"

接着他就这样地看定了我："我们留心着你的，密吉夏拉，小心些罢，朋友，——你也许会吃不住的。"

我于是站在门前面，头里却旋转着这样的事，"圣母呵，圣母马利亚呵，我真得来杀我自己的儿子么？"

办公室逐渐吵闹起来。俘虏们带出来了，达尼罗就是第一个。我一看见他，便吓得浑身冰冷。他的头肿得像一个桶，皮也打破了。鲜血成了浓块，从脸上涌出。头发上贴着厚的羊毛的手套。是他们打了之后，用这给他塞住伤口的。那手套吸饱了血，干燥了，却还是粘在头发上，可见是将他们解到村里来的路上打坏的。我的达尼罗跄踉的走过廊下来。他一见我，就伸开了两只手。他想对我装笑脸，但两眼已经灰黑凹陷，有一只是全给凝血封住了。

这我很知道：如果我不也给他一下，村人们就会立刻杀死我的。我那些孩子们，便要成为孤儿，孤另另[3]的剩在上帝的广大的世界上了。

达尼罗一到我在站着的地方，他说："爸爸——小爸爸，别了。"眼泪流下他的面庞来，洗掉了血污。至于我呢，我可是……我擎不起臂膊来，非常沉重。好像一段树。上了刺刀的枪俨然的横在我的臂膊上，还在催逼了，我就用枪柄给了我那小子一下子……我打在这地方……耳朵上面这里……他叫了起来：呜呜呵——呜呵——，两手掩着脸，跌倒了。

我的哥萨克们放声大笑，道："打呀，密吉夏拉，打呀，对你的达尼罗，好像在伤心哩，打呀，要不然，我们就放了你的血。"

军官走到大门口来了，面子上是呵斥大家模样，但他的眼睛是在笑的。

于是哥萨克们都奔向俘房去，用刺刀干起来了。我的眼前发了黑，我跑掉了，只是跑，顺着街道。但那时我还看见，他们怎样将我的达尼罗踢得在地上滚来滚去。骑兵曹长用刀尖刺进了他的喉咙。达尼罗却不过还叫着：喀喀……

3　现代汉语常用"孤零零"。——编者注

因了水的压力，船板都瑟瑟地发响，榛树也在我们下面作悠长的呻吟。

密吉夏拉用脚去钩那被水挤逼上来的龙骨，并且从烟斗里叩去未烬的灰，一面说：

"我们的船要沉了。我们得坐在这里的树上，直到明天中午了。真倒运！"

他沉默了很久。随后就又用那低低的，钝滞的声音说了起来：

"为了这件事，他们将我送到高级宪兵队去了。——现在是许多水已经流进顿河里面了，但在夜里我总还是听见些什么，好像一个人在喘呼，在咽气，好像在勒死。就像我那一回跑走的时候，听到了的我那达尼罗的喘呼一样。

这就这样地使我吃苦呵，使我的良心。"

"我们和红军对着阵，一直到春天。于是绥克垒提夫将军来加入了，我们就将他们远远的赶过了顿河，直到萨拉妥夫县。

我虽然是家长，但当兵却是很不容易的，这就因为我的两个儿子都在红军里。

我们到了巴拉唆夫镇。关于我的大儿子伊凡的事，我什么也没有听到，什么也没有知道。但哥萨克们里面，却忽然起了风传了，鬼知道，这是从那里传来的呢，——说伊凡已经从红军被捉，送到第三十六哥萨克中队去了。"

我这村里的人们便都嚷了起来：我们去抓凡加罢，他得归我们来结果的。

我们到了一个村，瞧罢，第三十六中队就驻扎在这地方。他们立刻去抓了我的凡加，捆绑起来，拖到办公室。他们在这里将他毒打了一顿，这才对我说道：

"押他到联队本部去！"

从这村到本部，远近是十二威尔斯忒。我们的百人团的团长一面交给我押解票，一面说——但他却并不对我看：

"票在这里，密吉夏拉。送这少年到本部去。和你一起，他就靠得住。从父亲手里，他不跑掉的。"

这时我得了上帝的指点。他们想要怎样，我觉察出来了。他们叫我押送他去，是因为他们预料着我会放他逃走的。后来他们就又去捉住他，将他和我同时结果了性命。

我跨进那关着伊凡的屋子去，对卫兵说道：

"将这俘虏交给我罢，我得带他上本部去。"

"带他去就是，"他们说，"我们是随便的。"

伊凡将外套搭在肩膀上。拿帽子在手里转了两三个旋子，便又抛在长椅上面了。

我们离开了村庄，路是在上到一个冈子上。我不作声，他不作声。我常常回过了头去，是要看看可有人监察我们的没有。我们就这样地，大约走了一半路，到得一座小小的神庙的跟前，我们的后面看不见一个人。凡涅就向我转过脸来了，说道，他的声音是很伤心的："爸爸，到本部，他们就要我的命了。你是带我到死里去的呵。你的良心还是总在睡觉么？"

"不，凡涅，"我说，"我的良心并没有睡着。"

"可是对我却一点都没有同情么？"

"你真使我伤心得很，孩子，为了愁苦，我的心也快要粉碎了。"

"如果我使你愁苦，那就放我逃走罢。你想想看，我活在这世界上，实在还没有多少日子哩。"

他跪下去了。在我面前磕了三个头。我于是对他说："让我们到了坡，我的孩子。那么，你跑就是。我来放几下空枪装装样。"

你也知道，已经成了一个小伙子了，从他嘴里是吐不出深情话来的。但他现在可是抱住了我的颈子，接吻了我的两只手……

我们又走了两威尔斯忒。他不作声。我不作声。我们到了坡上面。伊凡站住了。

"那么，爸爸，再见。如果我们两个人都活着，我总要照顾你一世的。你总不会从我嘴里听到一回粗话的。"

他拥抱了我，这时我的心快要裂碎了。

"走罢，孩子，"我对他说。他跑下坡去了。他时时回了头，向我装手势[4]。我让他跑了十二丈远。于是我从肩膀上卸下枪，曲了一条腿，使臂膊不至于发抖，只一按……就直打在脊梁上了。

密吉夏拉慢慢的从袋子里摸出烟囊来，用火石注意地打了火，慢慢的点在他的烟斗上，吸了起来。他那空着的手里，拿了发着微光的火绒。他的脸上的筋肉在牵动。在肿起的眼睑下，强项地，冷淡地闪着歪斜的眼睛。

可是……他跳了一下，拼命的还跑了丈多路。这才用两手按住了肚子，向我回过身来了："爸爸……怎么的？……"他倒了下去，乱蹬着两脚。我跑过去，俯在他上面。他上翻着眼珠、嘴唇上吹着血泡。我想，现在是完了，他要死了。但他还起来一下。忽然间，说，向我的手这一边摸抚着："爸爸，我有一个孩子和一个女人……"他的头倒向一边了，他想用指头来按住那伤口，但那地方……鲜血只是从指头间涌出来……他呻吟着，仰天躺倒，严酷地凝视我。他的舌头已经不灵了，他还想说什么话，但只能说出："爸……爸，爸……爸……"来。我两眼里涌出了眼泪，并且对他说："凡纽沙，替我戴了苦难的冠罢。不错的，你有女人和一个孩

4　现代汉语常用"打手势"。——编者注

子。可是我却有七个躺在木榻上呵。倘使我放掉你，哥萨克们就会结果我，那些孩子们也都得做乞丐了。”

他还躺了一会，于是完结了。他的手捏着我的手。我脱下他那外套和长靴，用一块布盖在他脸上，就回到村子里……”

现在你判断罢，好人，我是为着孩子们受了这么多的苦楚，赚得一头白发的，我为了他们做活，要使他们不至于缺少一片面包。白天黑夜，都没有休息。可是他们却像我那女儿那泰沙似的，对我说："爸爸，我不愿意和你坐在一个桌子上，"这怎么能受得下去呢？

船夫密吉夏拉低下头去了。他还用沉重的，不动的眼光看定我。在他背后开始出现了黎明，熹微而且茫漠。从右岸上，在白杨的暗丛里，夹着野鸭的乱叫，响来了一个冷得发哑的，渴睡的声音：

"密吉夏拉！老鬼！船来……"

枯煤·人们和耐火砖

［苏］F.潘菲罗夫　　［苏］V.伊里因科夫

　　枯煤炉以几千吨三合土的斤两，沉重地压在基础木桩——一千二百个木桩上面了。于是就将几千年间搬来的树木，古代的巨人的根株，被溪水冲下的泥土所夹带而来的野草，都在这里腐烂了的地底的泥沼，藏在它下面。这沼，是曾经上面爬着浓雾，晴明的时候，则涡旋着蚊蚋的密云的沼，只要有落到它肚子里来的东西，它都贪婪地吃掉了。但是，泥、树木、草，愈是沉到那泥泞的底里去，就逐渐用了它们的残骸，使沼愈加变得狭小。芦苇也一步步的从岸边逼近中心去，使它狭窄起来。泥沼就开始退却了，泥、树木、草、芦苇，从四面来攻击它，一边攻击，一边使它干涸，盖上了一层有许多凸起的，蛹一般的，泥煤的壳。

　　经过了几百年，壳变硬了，就成了满生着繁茂的杂草和野荆球树的矮林的黑土。

　　这样子，自然就毫不留下一些关于这的传说、记录或纪念，而将腐烂的泥沼埋没了。

　　于是人们到这里，在山脚下的广场上，摊开那筹划冶金工厂的图样来，指定了安设枯煤炉的地方，就在熔矿炉的邻近。河马一般呆相的挖掘机立刻活动起来了，掘地的人们走下很大的洞里去。人们赶紧走下去了，但当掘掉上层的黑土，挖掘机从它拖着嘴唇的大嘴里吐着大量的大土块，慢慢地再又旋转着它那有节的颈子的时候，才知道地底下很柔软、稀烂，就像半熟的粥一般。

　　人们发见了泥沼。

　　当开掘地基的时候，建设者们也知道地盘是不很坚固的，但在泥沼上面来安枯煤炉，却谁也没有想到过。这烂泥地，是也如矿洞里的突然发生煤气一样，全是猝不及防的出现的。建设者们愈是往下走，稀湿的地底就愈是在脚下唧唧的响，哺哺的响，并且将人们滑进它那泥泞的，发着恶臭的肚子里面去。

　　也许有简单的办法的，就是又用土来填平了地基，在那里种上些带着紫色耳环的白桦，或者听其自然，一任它再成为湛着臭水，有些蚊、蚋、野鸭的泥沼。但据工厂的设计图，是无论如何，炉子一定该在这里的，如果换一个地方，那就是对着已经有了基础的铸造厂、辗制厂的马丁式熔矿炉、水门汀、铁，石子的梯队摇手——也就是弄坏一切的建设，抛掉这广场。

　　退却，是不能的。

　　于是人们就浸在水里面，来打那木桩。首先，打下木桩去，接着又用巨大的起重机将它拔出，做成窟窿，用三合土灌进这窟窿里面去。建设者们用尽了所有的力量，所有的方法，所有的手段，打下了木桩——一千二百个木桩。

　　这么一来，那里还怕造不成枯煤炉呢？

　　发着珠光的耐火砖，好像又厚又重的玻璃一般，当当地响。砖头仿佛经过研磨，拿在手上，它就会滑了下去，碎成细碎的，玎珰[1]作响的末屑。但工人们却迅速地，敏捷地将它们叠起来。砖头也闪着它带红色的棱角，在他们手里玩耍。枯煤炉的建造场上，就满是木槌的柔软的丁丁声，穿着灰色工衣的人们的说话声，货车的声响，喧嚣的声响。有时候，话声和叫声忽然停止了，于是音、响、喧

1　现代汉语常用"叮当"。——编者注

嚣，就都溶合在仿佛大桶里的酒糟在发酵似的一种营营[2]的声音里。

这样的一点钟——两点钟——三点钟。

营营声大起来了，充满了全建筑物，成为砖匠们的独特的音乐，和银色的灰尘一同溢出外面去了。

"原料！"忽然间，到处是工人们的叫喊，打断了营营声，于是头上罩着红手巾，脚穿破靴，或是赤脚的，身穿破烂的乡下式短外套的女人们，就从挂台将灰色的粘土倒在工人们的桶子里。

"花样！"

"花样？"

造一个枯煤炉，计有五百八十六种砖头的花样，即样式。其实，炉子是只要巧巧的将这些花样凑合起来就行的。砖都在那边的堆场上。将这些搬到屋里来，一一凑合，恰如用各件凑成发动机、缝衣机、钟表的一般，就好。凑成之后，涂上原料——炉子就成功了。是简单的工作。然而工人们每叠上一块新的花样去，就皱一回眉，花样有各种的样式，和建筑普通的房屋，或宽底的俄国式火炉的单纯的红砖，是两样的。有种种的花样——有圆锥形的，也有金字塔形的、立方体的、螺旋状的、双角状的。必须明白这些花样的各种，知道它嵌在什么地方，必须巧妙地涂上原料去，涂得一点空隙都没有。因为炉子里面就要升到一千度以上的热度，那时候，只要有一点好像极不要紧的空隙，瓦斯也会从那地方钻出来。而且，还应该像钟表的机件一样，不能大一个生的密达，也不能小一个生的密达，要正确到一点参差也没有。

突击队员知道着三合土的工人们已经交出了确立在木桩上面的炉子的地基，征服了泥沼的自己的工作。知道着石匠们应该造起足以供给五十五万好枯煤的炉子，为了精制石脑油、石炭酸，以及

2　现代汉语常用"莹莹"。——编者注

别的出产物，而将瓦斯由这里送到化学工厂里去的炉子来。他们知道着倘使没有枯煤，则每年必须供给一百二十万吨生铁于国家的熔矿，就动弹不得。

但是，只要有一点小空隙，有一点参差的缝，什么地方有一点小破绽，炉子也只好从队伍里开除出来。所以指导者们就总在炉旁边走来走去，测量砌好了的处所，一有破绽，即使是怎样微细的，也得教将这拆掉，从新[3]砌一遍。就在近几时，当测量的时候，指导者们发见了炉壁比标准斜出了二十四米里密达[4]，也就教拆掉了。由此知道拆掉了的一排里的一块花样下面的原料里，有一片小小的木片。这怎么会弄到那里面去的呢？"谁知道呢！工人们难道将粘土统统嚼过，这才涂上去的么！"然而对于这等事，指导者们却毫不介意，将好容易砌好了的三排，全都推倒了。——这是四个砖匠们的一日夜的工作。

就要这样精密的技术。

矿工们正在咬进库兹巴斯的最丰富的煤层去。他们无日无夜，在深的地底里，弄碎着漆黑的煤，几千吨的抛到地面上。煤就在平台上装进货车里，由铁路运到库兹尼兹基冶金工厂去。那地方，是两年以前，还是大野的广漠的湖和沼泽，张着大口，从连山吹下来的风，用了疼痛的沙尘，来打稀有的旅客，并无车站，而只在支路的终点，摆两辆旧货车来替代的。

煤的梯队，飞速的奔向新库兹尼兹克——社会主义底都市，在广漠的平野中由劳动者阶级所建设的市镇去。

煤在这里先进碎矿机里去，被拣开，被打碎——煤和熔剂的混合物。于是用了货车，倒在炉子的烧得通红的大嘴里，经过十七个

3　现代汉语常用"重新"。——编者注
4　约合中国尺八分弱。——译者

钟头之后，又从这里吐出赤热的馒头来……这就是枯煤。泼熄枯煤，吱吱的发响，像石灰一样，经过分类，再继续它的旅行，就是拌了生矿，跑进烧得通红的大嘴，大肚子的熔矿炉的大嘴里面去。

枯煤——是熔矿炉、发电所，化学工厂的食料。

新市镇是靠枯煤来维持生活的。

是的，但在目前，这还不过是一个空想，要得到枯煤，必须先将它放在耐火砖的装甲室里炼一炼，恰如建设者们将泥泞的饕餮的沼泽，炼成了三合土一般。那时候，空想就变了现实；那时候，铸造厂、辗制厂、发电所，化学工厂就一齐活动起来；那时候，机器脚踏车就来来往往，文化的殿堂开开了，而刚从农村来到这里的人们，正在每天将自己的劳动献给建设的人们——就从瞎眼的昏暗的土房的屋子里，搬到社会主义的都市，工业都市上来了。

突击队长西狄克，就正在空想着这件事。

建设枯煤炉，也就是搬到社会主义底都市去的意思。党和政府，将他看作他那突击队里，曾在特别周间，出过一天叠上五百块砖的选手的光荣的队员，而使他负着绝大的责任，西狄克是知道的，然而还是怀着这空想。

可是这里有耐火砖——这些五百八十六个的花样。

于是西狄克被不安所侵袭了。

他站在高地方，摇摇摆摆，好像在铰链上面一样。他似乎不能镇静的站着了，仿佛屋顶现在就要落到他的头上来，仿佛无论如何，他总想避开这打击，只是静不下，走不停。

他现在轻捷地，好像给发条弹了一下似的，跳了起来，跨过砖堆，跑到下面来了，于是和学徒并排的站着。

"不是又在用指头涂着了么？"他巧妙地将砖头向上一抛，砖头在空中翻了几个转身，轻轻地合适地又落在他手掌里了。他用了小刮刀，涂上原料，嵌在砖排里。砖就服服帖帖的躺在自己的处所，恰如小猪的躺在用自己的体温偎暖了的自己的角落里一般。

"要这么干的么？"在旁边作工的女学徒孚罗莫伐问道，于是红了脸。

"不这么，怎么呀？"西狄克莽撞地说。"在用别的法子涂着了罢。"

他讲话，总仿佛手上有着细索子，将这联结着的一样。脸是干枯的，面庞上满是皱，皱纹向各方面散开——从眼睛到耳朵，从下巴到鼻子。于是从此爬上鼻梁，溜到鼻尖，使鼻尖接近上唇，成为鹰嘴鼻。

"畜生，畜生，"他咂舌似的说着，爬到上面去，从那里注视着六十个突击队，皱着眉头，还常常将什么写在笔记本子上。

这永是冷静、镇定，充满着自信的他，今天是怎么了呀？今天是有什么踬绊了他，有什么使他烦乱，使他皱眉，使他跑来跑去了。

今天，他又被奥波伦斯基的突击队比败了。

固然，在他，是有着辩解的话的。他的突击队——是砌红砖的专门家，来弄耐火砖，还是第一次，而且在他的突击队里，六十人中只有十一个是工人，此外就都是学徒们和稷林一流的脚色。早晨，他问稷林道，"你以为要怎么竞争才好呢？"稷林答道，"只要跟着你，我是海底里也肯去的。"那里有怎样的海呢？那就是海，是正在掀起第九个浪来的——奥波伦斯基。但是，从稷林，从虽在集团里而几乎还是一个孩子的人，从虽在献身于集团而还没有创造的能力的孩子的人，又能够收获些什么呵！然而奥波伦斯基的突击队，却大抵是中央劳动学校的学生，指导者们是从唐巴斯来的，他们在那里造过枯煤炉，有着经验。

在西狄克，是有辩解的话的。

但是，在这国度里，辩解是必要的么？能够总是依据着"客观底"原因么？不的。西狄克走来走去，他失了镇静，渐渐没有自信了。当他的突击队初碰见耐火砖的时候，他问道：

"怎样，大家？"

"和谁竞赛呀？"工人们问他说，"和奥波伦斯基么？什么，他还是一个乳臭未干的小子呢。"

这是的确的。一看见奥波伦斯基，就令人觉得诧异。他的姓名，是好像突击队的旗子一样，在广场上飘扬的，但他还不满二十一岁，显着少年的粉红的面颊，然而这他，却指挥着突击队，将西狄克的突击队打败了。

第一天，西狄克的突击队满怀着自信，用了稳重的脚步，走下到耐火砖的处所去，立刻占好自己的位置，含着微笑向别的突击队宣了战，动手工作起来。那时候，西狄克还相信是能得胜的。他和突击队都以极度的紧张，在作工时间中做个不歇——砖头当当的在响，木槌在敲。这天将晚，紧张也跟着增大了，用了恰如渔夫将跳着鱼儿的网，拉近岸来那时一样的力量。

但到晚上，西狄克的头发都竖起来了，他的突击队，每人叠了零点五吨，可是奥波伦斯基的突击队却有一点四吨。

"哦，"西狄克公开似的说，"明天一下子都赢他过来罢。"

然而明天又是新的低落。突击队在耐火砖上，在花样上碰了钉子了，无论怎样，一个人总不能叠到零点九吨以上。其实，外国人[5]是原以每人零点五吨为标准的，因为管理部知道着突击队的力量，所以加到零点八吨。西狄克是已经超出了官定的标准了。但这说起话来，总是含着微笑，顺下眼睛的少年的康索谟尔奥波伦斯基，却将那他打败。

突击队的会议时，西狄克又发了和先前一样的质问：

5　当是从外国聘来的技师。——译者

"但是，怎样，大家？"

"怎样？难呀，这砖头不好办。"

"难么？比建设社会主义还难的事情，是没有的，可是不正在建设着么。"西狄克回答说，一面自己首先研究起来。

他采用了奥波伦斯基的方法，将全部分成队伍，四人一队，两个工人放在两侧，中间配上两个学徒。他测定了砖匠们的一切的动作，不再在远处望着工作，却紧紧的钉住了在监督了。

"奋斗罢。教恶魔也要倒立起来的。"工人们兴奋地说。

于是西狄克的突击队，就肉搏了奥波伦斯基了，每人叠了一点二吨，摩了他的垒。

然而昨天，奥波伦斯基又每人叠了二点二吨。人们说，这是世界底纪录。西狄克发抖了，他在一夜里，就瘦了下去，他的皱纹变成深沟，鼻子更加钩进去了，背脊也驼了，但眼睛却在敏捷的动，抓住了砌砖的全过程，分析出它的基础部分来。

西狄克的今天的静不下，就为了这缘故。

"畜生，畜生，"他喃喃地说，"缺陷在什么地方呢？"

在工人们么？工人们是在工作的。他们不但八点钟，还决心要做到十点钟，或者还要多。他们提议将全突击队分为轮流的两班，那么，一日一夜里，工人们可以做到十六点钟了。然而问题并不在这里。一日一夜做二十点钟工，是做得到的，为了砌砖而折断了脊梁，也做得到的。但是，建设事业是高兴这样的么？

这是无聊的想头。

那么，问题在那里呢？

在砌法么？不，耐火砖的砌法的技术，工人们好像已经学会了。加工钱么？笑话，突击队以这么大的紧张在作工，并非为了钱，是明明白白的。如果为了"卢布，"突击队只要照零点八吨的标准，做下去就好，但在事实上，他们不是拿着一样的工钱，却每人砌着一点二吨么？

西狄克就这样地天天找寻着缺陷，他注视着工作的进行，将这加以解剖，在笔记本子上画图，将工人们组织起来，又将他们改组。即使到了夜里，也还是坐在自己的屋子，隔壁总有小孩子哭着的棚屋里。

他连上床睡觉都忘掉了，他早晨往往被人叫醒，从桌子底下拉出来。

到今天六月一日，西狄克眼光闪闪地走到耐火砖这里来了。他看透了事情的本质。第一，是奥波伦斯基的突击队嵌砖嵌得很快，他们是已经和砖头完全驯熟了的。然而一切突击队，都有一个共通的缺陷，使他们叠得慢的，一定是递送砖头的人们，他们空开了时间，慢慢地递送，所以砖匠们只得空着手等候着。奥波伦斯基是仗着嵌砖嵌得快，从这缺陷逃出了。西狄克的突击队，还没有奥波伦斯基的突击队那样的和砖头驯熟，所以应该监督递送砖头的人们，借此去进逼奥波伦斯基的突击队。第二，是一到交代，走出去的时候，毫不替接手的人们想一想，随便放下了砖头。这里就将时间化费[6]了，于是……

"独立会计，"西狄克说，"给我们一个地方罢，我们会负责任的。我们要分成两班，在一处地方，从头到底的工作下去，但递送的人们要归我们直接管理，我们要竭力多给他们工钱，按照着叠好的耐火砖的吨数来计算。"

自从将突击队改了独立会计之后，到第二天，西狄克才显出了一个大飞跃，逼近奥波伦斯基了。

6　现代汉语常用"花费"。——编者注

夜。

工厂街的郊外，（还没有工厂街，这还只是在基础里面的一个骨架，）被散在的电灯的光照耀着。电灯在风中动摇，从远地里就看得见。库兹尼克斯特罗伊[7]——这是浮着几百只下了锚而在摇动的船的大船坞。

都市在生长着。

二万四千的工人们，每天从基础里扛起都市来，那是二万四千的西狄克们，奥波伦斯基们，稷林们。他们一面改造自然，使它从属于集团，一面改造自己本身，改造对于人们，对于劳动的自己的态度。于是在事实上，劳动就成为"名誉的事业，道德和英勇的事业"了。

现在我们又在耐火砖的处所了，我们的面前，有西狄克和奥波伦斯基在。

什么东西在推动他们，什么东西使他们忘记了睡觉的呢？

"我们到这里来，并不是为了卢布（卢布是我们随处可以弄到的，也不推却它），来的是为了要给人看看我们，看看我们康索谟尔是怎样的人。"奥波伦斯基回答说。

"我不懂，"西狄克开初说，停了一会，又添上去道，"我这里面有一条血管，是不能任凭它就是这模样，应该改造一下，应该给人们后来可以说——'西狄克和他的突击队，是很奋斗了的'那么地，从新创造一下的。"

我们的阶级正在创造。

我们是生在伟大的创造的时代。

---

7 "熔矿炉建设"的意思。——译者

后记

皮力尼亚克（Boris Pilniak）的真姓氏是鄂皋（Wogau），以一八九四年生于伏尔迦沿岸的一个混有日耳曼、犹太、俄罗斯、鞑靼的血液的家庭里。九岁时他就试作文章，印行散文是十四岁。"绥拉比翁的兄弟们"成立后，他为其中的一员，一九二二年发表小说《精光的年头》，遂得了甚大的文誉。这是他将内战时代所身历的酸辛、残酷、丑恶，无聊的事件和场面，用了随笔或杂感的形式，描写出来的。其中并无主角，倘要寻求主角，那就是"革命"。而皮力尼亚克所写的革命，其实不过是暴动，是叛乱，是原始的自然力的跳梁，革命后的农村，也只有嫌恶和绝望。他于是渐渐成为反动作家的渠魁，为苏联批评界所攻击了，最甚的时候是一九二五年，几乎从文坛上没落。但至一九三〇年，以五年计划为题材，描写反革命的阴谋及其失败的长篇小说《伏尔迦流到里海》发表后，才又稍稍恢复了一些声望，仍旧算是一个"同路人"。

《苦蓬》从《海外文学新选》第三十六编平冈雅英所译的《他们的生活之一年》中译出，还是一九一九年作，以时候而论，是很旧的，但这时苏联正在困苦中，作者的态度，也比成名后较为真挚。然而也还是近于随笔模样，将传说、迷信、恋爱、战争等零星小材料，组成一片，有嵌镶细工之观，可是也觉得颇为悦目。珂刚教授以为皮力尼亚克的小说，其实都是小说的材料（见《伟大的十年的文学》中），用于这一篇，也是评得很惬当的。

绥甫林娜（Lidia Seifullina）生于一八八九年，父亲是信耶教的鞑靼人，母亲是农家女。高等中学第七学级完毕后，她便做了小学的教员，有时也到各地方去演剧。一九一七年加入社会革命党，但至一九年这党反对革命的战争的时候，她就出党了。一九二一年，始给西伯利亚的日报做了一篇短短的小说，竟大受读者的欢迎，于是就陆续的创作，最有名的是《维里尼亚》（中国有穆木天译本）和《犯人》。（中国有曹靖华译本，在《烟袋》中。）

《肥料》从《新兴文学全集》第二十三卷中富士辰马的译本译出，疑是一九二三年之作，所写的是十月革命时一个乡村中的贫农和富农的斗争，而前者终于失败。这样的事件，革命时代是常有的，盖不独苏联为然。但作者却写得很生动，地主的阴险、乡下革命家的粗鲁和认真、老农的坚决，都历历如在目前。而且绝不见有一般"同路人"的对于革命的冷淡模样，她的作品至今还为读书界所爱重，实在是无足怪的。

然而译她的作品却是一件难事业，原译者在本篇之末，就有一段"附记"说：

真是用了农民的土话所写的绥甫林娜的作品，委实很难懂，听说虽在俄国，倘不是精通乡村的风俗和土音的人，也还是不能看的。竟至于因此有了为看绥甫林娜的作品而设的特别的字典。我的手头没有这样的字典，先前曾将这篇译载别的刊物上，这回是从新改译的。倘有总难了然之处，则求教于一个熟知农民事情的鞑靼的妇人。绥甫林娜也正是鞑靼系，但求教之后，却愈加知道这篇的难懂了。这回的译文，自然不能说是足够传出了作者的心情，但比起旧译来，却自以为好了不少。须到坦波夫或者那里的乡下去，在农民里面过活三四年，那也许能够得到完全的翻译罢。

但译者却将求教之后，这才了然的土话，改成我所不懂的日本乡下的土话了，于是只得也求教于生长在日本乡下的 M 君，勉强译出。而于农民言语，则不再用某一处的土话，仍以平常的所谓"白话文"了事，因为我是深知道决不会有人来给我的译文做字典的。但于原作的精采，恐怕又损失不少了。

略悉珂（Nikolei Liashko）是在一八八四年生于哈里诃夫的一个小市上的，父母是兵卒和农女。他先做咖啡店的侍者，后来当了皮革制造厂、机器制造厂、造船厂的工人，一面听着工人夜学校的讲义。一九〇一年加入工人的秘密团体，因此转辗于捕缚、牢狱、监视，追放的生活中者近十年，但也就在这生活中开始了著作。十月革命后，为无产者文学团体"锻冶厂"之一员，著名的著作是《熔炉》，写内乱时代所破坏，死灭的工厂，由工人们自己的团结协力而复兴，格局与革拉特科夫的《士敏土》颇相似。

《铁的静寂》还是一九一九年作，现在是从《劳农露西亚短篇集》内，外村史郎的译本重译出来的。看那作成的年代，就知道所写的是革命之后的情形，工人的对于复兴的热心，小市民和农民的在革命时候的自利，都在这短篇中出现。但作者是和传统颇有些联系的人，所以虽是无产者作家，而观念形态却与"同路人"较相近，然而究竟是无产者作家，所以那同情在工人一方面，是大略一看，就明明白白的。对于农民的憎恶，也常见于初期的无产者作品中，现在的作家们，已多在竭力的矫正了，例如法捷耶夫的《毁灭》，即为此费去不少的篇幅。

涅威罗夫（Aleksandr Neverov）真姓斯科别列夫（Skobelev）以一八八六年生为萨玛拉（Samara）州的一个农夫的儿子。一九〇五年师范学校第二级卒业后，做了村学的教师。内战时候，则为萨玛拉的革命底军事委员会的机关报《赤卫军》的编辑者。一九二〇至二一年大饥荒之际，他和饥民一同从伏尔迦逃往搭什干，二二年到墨斯科，加入"锻冶厂"，二二年冬，就以心脏麻痹死去了，年三十七。他的最初的小说，在一九〇五年发表，此后所作，为数甚多，最著名的是《丰饶的城塔什干》，中国有穆木天译本。

《我要活》是从玛丽亚·爱因斯坦（Maria Einstein）所译，名为《人生的面目》（Das Antlitz des Lebens）的小说集里重译出来的。为死去的受苦的母亲，为未来的将要一样受苦的孩子，更由此推及一切受苦的人们而战斗，观念形态殊不似革命的劳动者。然而作者还是无产者文学初期的人，所以这也并不足令人诧异。珂刚教授在《伟大的十年的文学》里说：

> 出于"锻冶厂"一派的最是天才底的小说家，不消说，是将崩坏时代的农村生活，加以杰出的描写者之一的那亚历山大·涅威罗夫了。他全身浴着革命的吹嘘，但同时也爱生活。……他之于时事问题，是远的，也是近的。说是远者，因为他贪婪的爱着人生。说是近者，因为他看见站在进向人生的幸福和充实的路上的力量，觉到解放的力量。

> 涅威罗夫的小说之一《我要活》，是描写自愿从军的红军士兵的，但这人也如涅威罗夫所写许多主角一样，高兴地爽快地爱着生活。他遇见春天的广大、曙光、夕照、高飞的鹤、流过洼地的小溪，就开心起来。他家里有一个妻子和两个小孩，他却去打仗了，他去赴死了。这是因为要活的缘故；因为有意义的人生观为了有意义的生活，要求着死的缘故；因为单是活着，并非就是生活的缘故；因为他记得洗衣服的他那母亲那里，每夜来些兵丁、脚夫、货车夫、流氓，好像打一匹乏力的马一般地殴打她，灌

得醉到失了知觉，呆头呆脑的无聊的将她推倒在眠床上的缘故。

马拉什金（Sergei Malashkin）是土拉省人，他父亲是个贫农。他自己说，他的第一个先生就是他的父亲。但是，他父亲很守旧的，只准他读《圣经》和《使徒行传》等类的书。他偷读一些"世俗的书"，父亲就要打他的。不过他八岁时，就见到了果戈理、普式庚、莱尔孟多夫的作品。"果戈理的作品给了我很大的印象，甚至于使我常常做梦看见魔鬼和各种各式[1]的妖怪。"他十一二岁的时候非常之淘气，到处捣乱。十三岁就到一个富农的家里去做工、放马、耕田、割草，……在这富农家里，做了四个月。后来就到坦波夫省的一个店铺子里当学徒，虽然工作很多，可是他总是偷着功夫看书，而且更喜欢"捣乱和顽皮"。

一九〇四年，他一个人逃到了墨斯科，在一个牛奶坊里找着了工作。不久他就碰见了一些革命党人，加入了他们的小组。一九〇五年革命的时候，他参加了墨斯科十二月暴动，攻打过一个饭店，叫做"波浪"的，那饭店里有四十个宪兵驻扎着，很打了一阵，所以他就受了伤。一九〇六年他加入了布尔塞维克党，一直到现在。从一九〇九年之后，他就在俄国到处流荡，当苦力、当店员、当木料厂里的工头。欧战的时候，他当过兵，在"德国战线"上经过了不少次的残酷的战斗。他一直喜欢读书，自己很勤恳的学习，收集了许多少见的书籍。（五千本）

他到三十二岁，才"偶然的写些作品"。

在五年的不断的文学工作之中，我写了一些创作。（其中一小部分已经出版了。）所有这些作品，都使我非常之不满意，

1　现代汉语常用"各种各样"。——编者注

尤其因为我看见那许多伟大的散文创作：普式庚、莱尔孟多夫、果戈理、陀思妥耶夫斯基和蒲宁。研究着他们的创作，我时常觉着一种苦痛，想起我自己所写的东西——简直一无价值……就不知道怎么才好。

而在我的前面正在咆哮着，转动着伟大的时代。我的同阶级的人，在过去的几百年里是沉默着的，是受尽了一切痛苦的，现在却已经在建设着新的生活，用自己的言语，大声的表演自己的阶级，干脆的说：我们是主人。

艺术家之中，谁能够广泛的深刻的能干的在自己的作品里反映这个主人，——他才是幸福的。

"我暂时没有这种幸福，所以痛苦，所以难受。"（马拉什金自传）

他在文学团体里，先是属于"锻冶厂"的，后即脱离，加入了"十月"。一九二七年，出版了描写一个革命少女的道德底破灭的经过的小说，曰《月亮从右边出来》一名《异乎寻常的恋爱》，就卷起了一个大风暴，惹出种种的批评。有的说，他所描写的是真实，足见现代青年的堕落；有的说，革命青年中并无这样的现象，所以作者是对于青年的中伤；还有折中论者，以为这些现象是实在的，然而不过是青年中的一部分。高等学校还因此施行了心理测验，那结果，是明白了男女学生的绝对多数，都是愿意继续的共同生活，"永续的恋爱关系"的。珂刚教授在《伟大的十年的文学》中，对于这一类的文学，很说了许多不满的话。

但这本书，日本却早有太田信夫的译本，名为《右侧之月》，末后附着短篇四五篇。这里的《工人》，就从日本译本中译出，并非关于性的作品，也不是什么杰作，不过描写列宁的几处，是仿佛妙手的速写画一样，颇有神采的。还有一个不大会说俄国话的男人，大约就是史太林了,因为他原是生于乔具亚（Georgia）——也即《铁流》里所说起的克鲁怎的。

绥拉菲莫维奇（A. Serafimovich）的真姓是波波夫（Popov），是十月革命前原已成名的作家。但自《铁流》发表后,作品既是划一时代的纪念碑底的作品,作者也更被确定为伟大的无产文学的作者了。靖华所译的《铁流》,卷首就有作者的自传,为省纸墨计,这里不多说罢。

《一天的工作》和《岔道夫》,都是文尹从《绥拉菲莫维奇全集》第一卷直接译出来的,都还是十月革命以前的作品。译本的前一篇的前面,原有一篇序,说得很分明,现在就完全抄录在下面:——

绥拉菲莫维奇是《铁流》的作家,这是用不着介绍的了。可是,《铁流》出版的时候已经在十月之后,《铁流》的题材也已经是十月之后的题材了。中国的读者,尤其是中国的作家,也许很愿意知道人家在十月之前是怎么样写的。是的! 他们应当知道,他们必须知道。至于那些以为不必知道这个问题的中国作家,那我们本来没有这种闲功夫[2]来替他们打算,——他们自己会找着李完用文集或者吉百林小说集……去学习,学习那种特别的巧妙的修辞和布局。骗人,尤其是骗群众,的确要有点儿本事! 至于绥拉菲莫维奇,他是不要骗人的,他要替群众说话,他并且能够说出群众所要说的话。可是,他在当时——十月之前,应当有骗狗的本事。当时的文字狱是多么残酷,当时的书报检查是多么严厉,而他还能够写,自然并不能够"畅所欲言",然而写始终能够写的,而且能够写出暴露社会生活的强有力的作品,能够不断的揭穿一切种种的假面具。

这篇小说——《一天的工作》,就是这种作品之中的一篇。出

2　现代汉语常用"闲工夫"。——编者注

版的时候是一八九七年十月十二日——登载在《亚佐夫海边报》上。这个日报不过是顿河边的洛斯托夫地方的一个普通的自由主义的日报。读者如果仔细的读一读这篇小说，他所得的印象是什么呢？难道不是那种旧制度各方面的罪恶的一幅画像！这里没有"英雄"，没有标语，没有鼓动，没有"文明戏"里的演说草稿。但是……

　　这篇小说的题材是真实的事实，是诺沃赤尔卡斯克城里的药房学徒的生活。作者的兄弟，谢尔盖，在一千八百九十几年的时候，正在这地方当药房的学徒，他亲身受到一切种种的剥削。谢尔盖的生活是非常苦的，父亲死了之后，他就不能够再读书，中学都没有毕业，就到处找事做，换过好几种职业，当过水手，后来还是靠他哥哥（作者）的帮助，方才考进了药房，要想熬到制药师副手的资格。后来，绥拉菲莫维奇帮助他在郭铁尔尼珂华站上自己开办了一个农村药房。绥拉菲莫维奇时常到那地方去的。一九○八年他就在这地方收集了材料，写了他那第一篇长篇小说——《旷野里的城市》。

　　　　　　　　　范易嘉志一九三二，三，三○

　　孚尔玛诺夫（Dmitriy Furrnanov）的自传里没有说明他是什么地方的人，也没有说起他的出身。他八岁就开始读小说，而且读得很多，都是司各德、莱德、倍恩、陀尔等类的翻译小说。他是在伊凡诺沃·沃兹纳新斯克地方受的初等教育，进过商业学校，又在吉纳史马毕业了实科学校。后来进了墨斯科大学，一九一五年在文科毕业，可是没有经过"国家考试"。就在那一年当了军医里的看护士，被派到"土耳其战线"，到了高加索，波斯边境，又到过西伯利亚，到过"西部战线"和"西南战线"……

一九一六年回到伊凡诺沃，做工人学校的教员。一九一七年革命开始之后，他热烈的参加。他那时候是社会革命党的极左派，所谓"最大限度派"（"Maximalist"）。

> 只有火焰似的热情，而政治的经验很少，就使我先成了最大限度派。后来，又成了无政府派，当时觉得新的理想世界，可以用无治主义的炸弹去建设，大家都自由，什么都自由！

> 而实际生活使我在工人代表苏维埃里工作（副主席）。之后，于一九一八年六月加入布尔塞维克党。伏龙芝（Frunze，是托罗茨基免职之后第一任苏联军事人民委员长，现在已经死了。——译者）对于我的这个转变起了很大的作用，他和我的几次谈话把我的最后的无政府主义的幻想都扑灭了。（自传）

不久，他就当了省党部的书记，做当地省政府的委员，这是在中央亚细亚。后来，同着伏龙芝的队伍参加国内战争，当了查葩耶夫第二十五师的党代表，土耳其斯坦战线的政治部主任，古班军的政治部主任。他秘密到古班的白军区域里去做工作，当了"赤色陆战队"的党代表，那所谓"陆战队"的司令就是《铁流》里的郭如鹤（郭甫久鹤）。在这里，他脚上中了枪弹。他因为革命战争里的功劳，得了红旗勋章。

一九一七——一八年他就开始写文章，登载在外省的，以及中央的报章杂志上。一九二一年国内战争结束之后，他到了墨斯科，就开始写小说。出版了《赤色陆战队》《查葩耶夫》《一九一八年》。一九二五年，他著的《叛乱》出版（中文译本改做《克服》），这是讲一九二〇年夏天谢米列赤伊地方的国内战争的。谢米列赤伊地方在伊犁以西三四百里光景，中国旧书里，有译做"七河地"的，这是七条河的流域的总名称。

从一九二一年之后，孚尔玛诺夫才完全做文学的工作。不幸，他在一九二六年的三月十五日就病死了。他墓碑上刻着一把剑和一本书。铭很简单，是：特密忒黎·孚尔玛诺夫，共产主义者，战士，文人。

孚尔玛诺夫的著作，有：

《查葩耶夫》——一九二三年。

《叛乱》——一九二五年。

《一九一八年》——一九二三年。

《史德拉克》——短篇小说，一九二五年。

《七天》（《查葩耶夫》的缩本）——一九二六年。

《斗争的道路》——小说集。

《海岸》（关于高加索的"报告"）——一九二六年。

《最后几天》——一九二六年。

《忘不了的几天》——"报告"和小说集，一九二六年。

《盲诗人》——小说集，一九二七年。

《孚尔玛诺夫文集》四卷。

《市侩杂记》——一九二七年。

《飞行家萨诺夫》——小说集，一九二七年。

这里的一篇《英雄们》，是从斐檀斯的译本（D. Fourmanow: Die roten Helden, deutsch von A.Videns, Verlag der Jugendinternationale, Berlin 1928）重译的，也许就是《赤色陆战队》。所记的是用一支奇兵，将白军的大队打退，其中似乎还有些传奇色采[3]，但很多的是身历和心得之谈，即如由出发以至登陆这一段，就是给高谈专门家和唠

3　现代汉语常用"色彩"。——编者注

明主义者的一个大教训。

将"Helden"译作"英雄们",是有点流弊的,因为容易和中国旧来的所谓"显英雄"的"英雄"相混,这里其实不过是"男子汉,大丈夫"的意思。译作"别动队"的,原文是"Dessert",源出法文,意云"追加",也可以引申为饭后的点心,书籍的附录,本不是军用语。这里称郭甫久鹤的一队为"rote Dessert",恐怕是一个诨号,应该译作"红点心"的,是并非正式军队,它的前去攻打敌人,不过给吃一点点心,不算正餐的意思。但因为单是猜想,不能确定,所以这里就姑且译作中国人所较为听惯的,也非正装军队的"别动队"了。

肖洛霍夫(Michail Sholochov)以一九〇五年生于顿州。父亲是杂货、家畜和木材商人,后来还做了机器磨坊的经理。母亲是一个土耳其女子的曾孙女,那时她带了她的六岁的小儿子——就是肖洛霍夫的祖父——作为俘虏,从哥萨克移到顿来的。肖洛霍夫在墨斯科时,进了小学,在伏罗内希时,进了中学,但没有毕业,因为他们为了侵进来的德国军队,避到顿方面去了。在这地方,这孩子就目睹了市民战。一九二二年,他曾参加了对于那时还使顿州不安的马贼的战斗。到十六岁,他便做了统计家,后来是扶养委员。他的作品于一九二三年这才付印,使他有名的是那大部的以市民战为材料的小说《静静的顿河》,到现在一共出了四卷,第一卷在中国有贺非译本。

《父亲》从《新俄新作家三十人集》中翻来,原译者是斯忒拉绥尔(Nadja Strasser),所描写的也是内战时代,一个哥萨克老人的处境非常之难,为了小儿女而杀较长的两男,但又为小儿女所憎恨的悲剧。和果戈理、托尔斯泰所描写的哥萨克,已经很不同,倒令人仿佛看见了在高尔基初期作品中有时出现的人物。契诃夫写到农民的短篇,也有近于这一类的东西。

潘菲罗夫（Fedor Panferov）生于一八九六年，是一个贫农的儿子，九岁时就给人去牧羊，后来做了店铺的伙计。他是共产党员，十月革命后，大为党和政府而从事于活动，一面创作着出色的小说。最优秀的作品，是描写贫农们为建设农村的社会主义的斗争的《勃鲁斯基》，以一九二六年出版，现在欧美诸国几乎都有译本了。

关于伊里因科夫（V. Ilienkov）的事情，我知道得很少。只看见德文本《世界革命的文学》（Literatur der Weltrevolution）的去年的第三本里，说他是全俄无产作家同盟（拉普）中的一人，也是一个描写新俄的人们的生活，尤其是农民生活的好手。

当苏俄施行五年计划的时候，革命的劳动者都为此努力的建设，组突击队，作社会主义竞赛，到两年半，西欧及美洲"文明国"所视为幻想、妄谈、昏话的事业，至少竟有十个工厂已经完成了。那时的作家们，也应了社会的要求，应了和大艺术作品一同，一面更加提高艺术作品的实质，一面也用了报告文学、短篇小说、诗，素描的目前小品，来表示正在获胜的集团、工厂，以及共同经营农场的好汉，突击队员的要求，走向库兹巴斯、巴库、斯太林格拉特，和别的大建设的地方去，以最短的期限，做出这样的艺术作品来。日本的苏维埃事情研究会所编译的《苏联社会主义建设丛书》第一辑《冲击队》（一九三一年版）中，就有七篇这一种"报告文学"在里面。

《枯煤·人们和耐火砖》就从那里重译出来的，所说的是伏在地面之下的泥沼的成因，建设者们的克服自然的毅力，枯煤和文化的关系，炼造枯煤和建筑枯煤炉的方法，耐火砖的种类，竞赛的情形，监督和指导的要诀。种种事情，都包含在短短的一篇里，这实在不只是"报告文学"的好标本，而是实际的知识和工作的简要的教科书了。

但这也许不适宜于中国的若干的读者，因为倘不知道一点地质、炼煤，开矿的大略，读起来是很无兴味的。但在苏联却又作别论，因为在社会主义的建设中，智识劳动和筋肉劳动的界限也跟着消除，所以这样的作品也正是一般的读物。由此更可见社会一异，所谓"智识者"即截然不同，苏联的新的智识者，实在已不知道为什么有人会对秋月伤心，落花坠泪，正如我们的不明白为什么熔铁的炉，倒是没有炉底一样了。

《文学月报》的第二本上，有一篇周起应君所译的同一的文章，但比这里的要多三分之一，大抵是关于樱林的故事。我想，这大约是原本本有两种，并非原译者有所增减，而他的译本，是出于英文的。我原想借了他的译本来，但想了一下，就又另译了《冲击队》里的一本。因为详的一本，虽然兴味较多，而因此又掩盖了紧要的处所，简的一本则脉络分明，但读起来终不免有枯燥之感，然而又各有相宜的读者层的。有心的读者或作者倘加以比较、研究，一定很有所省悟，我想，给中国有两种不同的译本，决不会是一种多事的徒劳的。

但原译本似乎也各有错误之处。例如这里的"他讲话，总仿佛手上有着细索子，将这联结着的一样。"周译本作"他老是这样地说话，好像他衔了甚么⁴东西在他的牙齿间，而且在紧紧地把它咬着一样。"这里的"他早晨往往被人叫醒，从桌子底下拉出来。"周译本作"他常常惊醒来了，或者更正确地说，从桌上抬起头来了。"想起情理来，都应该是后一译不错的，但为了免得杂乱起见，我都不据以改正。

从描写内战时代的《父亲》，一跳就到了建设时代的《枯煤·人们和耐火砖》，这之间的间隔实在太大了。但目下也没有别的好法子。因为一者，我所收集的材料中，足以补这空虚的作品很有限；二者，是虽然还有几篇，却又是不能绍介，或不宜绍介的。幸而中国已经有了几种长篇或中篇的大作，可以稍稍弥缝这缺陷了。

一九三二年九月十九日，编者

4　现代汉语常用"什么"。——编者注